DU MÊME AUTEUR

Romans et nouvelles

L'ABYSSIN, *Gallimard*, 1997. Prix Méditerranée et Goncourt du Premier roman (« Folio » n° 3137).

L'ABYSSIN. Lu par Claude Giraud, Jean-Yves Berthelot et dix comédiens (« Écoutez Lire »).

SAUVER ISPAHAN, *Gallimard*, 1998 (« Folio » n° 3394).

LES CAUSES PERDUES, *Gallimard*, 1999. Prix Interallié (« Folio » n° 3492 *sous le titre* ASMARA ET LES CAUSES PERDUES).

ROUGE BRÉSIL, *Gallimard*, 2001. Prix Goncourt (« Folio » n° 3906).

ROUGE BRÉSIL. Lu par Bernard Gabay (« Écoutez Lire »).

GLOBALIA, *Gallimard*, 2004 (« Folio » n° 4230).

LA SALAMANDRE, *Gallimard*, 2005 (« Folio » n° 4379).

LE PARFUM D'ADAM, *Flammarion*, 2007 (« Folio » n° 4736).

UN LÉOPARD SUR LE GARROT. Chroniques d'un médecin nomade, *Gallimard*, 2008 (« Folio » n° 4905).

KATIBA, *Flammarion*, 2010.

SEPT HISTOIRES QUI REVIENNENT DE LOIN, *Gallimard*, 2011 (« Folio » n° 5449).

LE GRAND CŒUR, *Gallimard*, 2012 (« Folio » n° 5696).

LE GRAND CŒUR. Lu par Thierry Hancisse (« Écoutez Lire »).

IMMORTELLE RANDONNÉE. Compostelle malgré moi, *Éditions Guérin*, 2013. Prix Pierre Loti (« Folio » n° 5833).

IMMORTELLE RANDONNÉE. Compostelle malgré moi. Photographies de Marc Vachon, *Gallimard*, 2013.

LE COLLIER ROUGE, *Gallimard*, 2014. Prix Littré. Prix Maurice Genevoix (« Folio » n° 5918).

LE COLLIER ROUGE. Lu par l'auteur (« Écoutez Lire »).

CHECK-POINT, *Gallimard*, 2015 (« Folio » n° 6195).

CHECK-POINT. Lu par Thierry Hancisse (« Écoutez Lire »).

LES ENQUÊTES DE PROVIDENCE. Contient *Le parfum d'Adam* et *Katiba* (« Folio » n° 6019, série XL).

Suite des œuvres de Jean-Christophe Rufin en fin de volume

LES FLAMMES DE PIERRE

JEAN-CHRISTOPHE RUFIN

de l'Académie française

LES FLAMMES DE PIERRE

roman

GALLIMARD

Il a été tiré de l'édition originale de cet ouvrage
quarante exemplaires sur vélin rivoli des papeteries Arjowiggins
numérotés de 1 *à* 40.

ARÊTE DES FLAMMES DE PIERRE

L'arête des Flammes de Pierre, ainsi dénommée par Guido Rey en 1909, monte de la mer de Glace jusqu'au pied du Petit Dru ; longue de 1 500 m env., sa partie basse est presque exactement W sur 700 m puis devient SW avec un contrefort de même direction dominant la langue terminale du glacier de la Charpoua.

Extrait du guide Vallot,
La chaîne du Mont-Blanc,
tome III, Aiguille Verte-Triolet
Dolent-Argentière-Trient

Il est presque toujours impossible de savoir comment sont nées les histoires que l'on raconte. Celle-ci fait exception. J'ai le souvenir précis du jour et des circonstances dans lesquels elle m'est apparue.

Nous étions quatre amis, Sylvain, Cathy, Daniel et moi, partis cet été-là escalader l'aiguille de la République. Il est bien tentant pour des grimpeurs de se faufiler le long de ce doigt de granit, brandi avec une absurde sévérité au-dessus de la vallée de Chamonix. Sylvain n'avait pas eu de mal à nous y entraîner.

La montagne, pour cette occasion, nous avait offert de merveilleux cadeaux : un refuge presque vide en cette fin de septembre, qui bradait ses dernières tartes aux myrtilles ; un départ nocturne dans une harmonie de bleus, celui, d'encre, du ciel étoilé et jusqu'à la réverbération pastel de la glace dans le faisceau de nos lampes frontales ; une température relativement douce pour une fin de nuit en haute montagne. Puis il y avait eu le lever de soleil sur les dalles de granit. Un feu de pierres s'était mis à crépiter dans l'œil, à mesure que la lumière rasante du soleil levant éveillait le cristal millénaire et le teintait de reflets ardents. De toute la journée, le beau temps ne s'était jamais démenti. Le ciel restait d'un bleu métallique sur lequel la ligne blanche et noire des crêtes de neige et de roc se détachait avec une netteté parfaite. En montant, nous avions fini par apercevoir en contrebas la mer de Glace qui se dessinait tout entière, des séracs du Géant jusqu'au Montenvers. Lorsqu'on chemine sur ce glacier, on le trouve encombré de rochers et souillé de cailloux noirâtres. Vu d'en haut, il s'ordonne et prend la forme d'un grand reptile blanc, avec ses anneaux sombres et sa peau crevassée. Il acquiert une majesté et une beauté qui rendent encore plus désolante son agonie.

Ensuite avait commencé l'escalade, longue, peu difficile mais continue, une grande promenade verticale dans le jardin zen de la paroi. L'hostilité de ses surplombs était atténuée par des points de faiblesse : fissures franches, larges rampes, prises nombreuses, aisément révélées à cet initié qu'est le grimpeur. Chaque progression donnait le sentiment que l'on avait pénétré un petit mystère de la montagne. Ainsi, de surprise en surprise, nous étions parvenus, après des heures d'efforts enthousiastes, jusqu'aux terrasses qui entourent l'ultime monolithe de roc, le menhir dressé à près de 4 000 mètres par un démiurge farceur. Le franchissement de ce cristal aux parois lisses ne fut réalisé qu'en 1904, grâce à la ruse d'un chasseur chamoniard. Tous les moyens étaient bons à l'époque pour conquérir un sommet : courte échelle, longue canne servant de crochet, lancer de corde. Pour l'aiguille de la République, rien de tout cela n'était possible. Jusqu'à ce que Joseph Simond eût l'idée d'emporter son arbalète. Un carreau attaché à une corde, habilement lancé par-dessus le sommet, avait permis au malin Joseph de s'y hisser. Rien ne plaît davantage à Sylvain que ces aventures absurdes. Elles provoquent immédiatement en lui le désir de les renouveler. C'est donc avec une arbalète sur le dos que nous nous étions engagés dans cette course. L'instrument est aujourd'hui totalement inutile puisque la dalle terminale est semée de points d'assurage bien enfoncés dans la roche. Mais l'inutilité ne fait qu'ajouter au pur esthétisme du geste.

Nous nous sommes donc livrés à une séance de tir à l'arbalète, avec sous nos pieds plusieurs centaines de mètres de vide et autour de nous le décor somptueux d'une journée de grand soleil au cœur du massif du Mont-Blanc. Détail supplémentaire : le soin de manœuvrer l'arbalète était laissé à Cathy, que Sylvain avait tenu à enrôler dans cette aventure, car elle est l'arrière-petite-fille du fameux Joseph. Elle fit de son mieux pour renouveler l'exploit de son aïeul. Sylvain lui donnait avec un grand sérieux d'inutiles et brillants conseils qui ne faisaient qu'ajouter au burlesque de la situation.

Cependant l'heure tournait et il fallut se résoudre à interrompre cette touchante reconstitution historique. Daniel, le quatrième larron, ancien champion du monde d'escalade et grimpeur hors pair, avait franchi la dalle par les moyens modernes, c'est-à-dire en chaussons et en s'assurant à des anneaux posés à demeure. Nous l'avions rejoint l'un après l'autre. Le sommet n'est guère plus grand qu'une table de cuisine. Nous y étions restés à califourchon pendant de très longues minutes. D'un côté, la fosse verdâtre de la vallée, et de l'autre, les immenses pénitents de roc au nom mythique, les Grandes Jorasses, les Drus, la dent du Géant…

Il était déjà bien tard quand nous nous sommes décidés à rompre le charme et à rentrer. La course s'était avérée plus fastidieuse que prévu et la descente n'était pas plus facile que la montée. Elle risquait de nous prendre autant de temps sinon davantage. La première partie était peu raide et il faisait encore jour. Puis le soleil, en disparaissant, avait laissé place à une fraîcheur qu'un vent d'est rendait désagréable. La nuit mauve, somptueuse, monta lentement. Elle était chargée d'une beauté vénéneuse qui invitait à la contemplation alors qu'il n'y avait pas de temps à perdre. Nous n'y voyions déjà plus rien quand la paroi, en sa seconde partie, devint subitement verticale, imposant de lancer des rappels. La difficulté était de repérer la bonne ligne pour descendre, celle le long de laquelle des relais sûrs seraient installés tous les 40 mètres. Ce genre de détail paraît dérisoire lorsque, bien au chaud, on examine un schéma de la voie. Mais quand la nuit vous enveloppe d'un voile violet, quand les lointains seuls, recueillant quelque ultime rayon de lumière, se laissent apercevoir tandis que la paroi a pris une noirceur d'obsidienne et absorbe tout ce qui en approche, à commencer par vos compagnons de cordée, une angoisse vous envahit. Comme si votre esprit devenait poreux, ces mauvaises humeurs s'en écoulent, fusent dans le liquide opaque qui vous environne, contaminent les autres si bien que, rapidement, toute la cordée baigne dans la même peur muette.

Nous attendions que Daniel ait trouvé le point d'amarrage du premier rappel. Il en découvrit un, hésita, poursuivit ses recherches, en repéra un autre, revint finalement au précédent. Dans ces montagnes très fréquentées, il faut se méfier des équipements mis en place dans leur déroute par des alpinistes aussi égarés que vous. Ces hésitations ne nous avaient pas rassurés mais, en de telles circonstances, nul ne tient à exprimer ses doutes, sauf à ruiner l'autorité du chef de cordée, plus nécessaire que jamais. L'idée de s'en remettre à quelqu'un pour prendre les décisions qui portent sur la vie et la mort a quelque chose de profondément désirable lorsque l'on est environné par le danger. L'assurance de Daniel nous faisait du bien. Si nous frissonnions, c'était seulement à cause du courant d'air glacial qui remontait du glacier. Dans le halo de nos frontales, nous vîmes le paquet de corde lancé par Daniel plonger dans l'obscurité. Puis, lentement, il commença à descendre vers un inconnu d'autant plus redoutable qu'il était enveloppé de majesté et de calme, comme ces poisons qui tuent en apportant d'abord le repos, l'oubli et la volupté.

La petite lumière, au casque de Daniel, s'éloigna et, peu à peu dissoute dans le grand bain noir, disparut. Maintenant que nous étions seuls, le silence ne suffisait pas car il n'était plus une marque de respect à l'autorité du guide mais seulement l'expression de nos peurs. C'est alors que surgit entre nous ce qui, à tout autre moment, nous aurait paru ridicule : une conversation sérieuse. Peut-être nous semblait-il inconsciemment que, dans le danger où étaient nos corps, le seul câble solide auquel nous pouvions nous raccrocher était les idées.

C'est moi, je crois bien, qui ai lancé le sujet. À vrai dire, avec deux écrivains dans la cordée, il s'imposait, même si, dans des conditions plus normales, nous n'aurions pas songé à nous en préoccuper.

— C'est tout de même bizarre, dis-je en essayant d'éliminer de ma voix toute trace d'inquiétude, qu'il n'y ait plus de littérature de montagne.

Et comme personne ne se pressait pour me répondre, je poursuivis mon monologue pour emplir le silence.

— On dirait qu'il y a eu une époque bénie, un âge d'or du roman d'alpinisme : Frison-Roche en France, Ramuz en Suisse, Rigoni Stern en Italie… Et puis plus rien.

— Plus rien, tu exagères, répliqua enfin Sylvain.

Impossible de savoir en l'entendant s'il avait peur. Le casque lui tombait sur les yeux. Comme d'habitude, il s'agitait, tripotant le relais pour voir si la corde était toujours tendue. Il a horreur de tenir des propos sérieux en escalade. Le fait qu'il n'eût pas coupé court à la conversation par une plaisanterie me laissa penser que, lui non plus, n'était pas rassuré.

— Quand même, il y a Salter, reprit-il. *L'homme des hautes solitudes*. Ce n'est pas rien…

En dessous de nous, la mer bleutée du glacier perçait à peine l'obscurité et laissait deviner l'immense distance verticale qu'il nous restait à parcourir.

— C'est une histoire d'addiction plus qu'un livre sur l'alpinisme.

— Qu'est-ce que c'est d'autre, l'alpinisme, sinon une addiction ? grinça Sylvain.

— Justement, les grands classiques, ce n'était pas seulement de la psychologie. Ils faisaient vivre tout un monde, les alpages, les villages de montagne, la figure mythique du guide comme ton arrière-grand-père, Cathy.

— Tu sais qu'il parle de lui dans *Premier de cordée,* Frison-Roche ?

Les nuages couvraient les étoiles et aucun bout de lune ne paraissait pour jeter sa lueur laiteuse dans le bain d'encre où nous flottions. Les voix seules témoignaient de la présence des autres.

— Toi, c'est la fiction qui t'intéresse, me lança Sylvain, alors tu parles des romans. Mais regarde les grands récits écrits par les alpinistes eux-mêmes. Depuis *Les conquérants de l'inutile,* ça n'a jamais cessé : *Montagne d'une vie* de Bonatti, *J'habite au paradis* de Chantal Mauduit, etc.

— D'accord, mais je n'appelle pas cela de la littérature. Pour un Lionel Terray qui sait écrire, il y a vingt types qui racontent leur vie dans un magnétophone, quand ils ne font pas écrire des journalistes à leur place…

Cathy n'était pas très à l'aise sur les sujets littéraires. En revanche, le monde de l'alpinisme, elle connaissait bien. Son compagnon était aspirant guide. Et elle tenait à prendre part à la discussion, à faire retentir sa voix, à montrer que, comme nous, elle n'avait pas été avalée par la nuit.

— Il faut dire que les guides, aujourd'hui, ça n'a plus grand-chose à voir avec l'époque Rébuffat, Frison-Roche et compagnie. Les chaussettes en jacquard et les croquenots en cuir, c'est fini… Les nouvelles pratiques sont plutôt fun : le freeride, l'escalade en salle, le windsuit.

L'évocation des guides nous fit penser à Daniel, le seul guide parmi nous. Nous regardâmes en bas. Tel un plongeur sous-marin, il avait disparu dans les abysses. On distinguait par intermittence la lumière de sa lampe sous la forme d'un halo bleuté, comme un minuscule coquillage au fond de l'océan. Avait-il trouvé le relais suivant ?

— Ce qui est vrai, énonça Sylvain lugubrement, c'est que de nos jours, dès qu'on leur parle de montagne, les gens ne s'intéressent qu'à une seule chose : les accidents.

À cet instant où toutes nos pensées allaient vers le pire, ce mot d'« accident » désignait avec une violence obscène l'objet de toutes nos craintes. Au moins avait-il le mérite de crever l'abcès et de faire voler en éclats nos pudeurs de vierges.

— C'est bien vrai, répliquai-je. *Tragédie à l'Everest*, de Krakauer, par exemple. Je n'ai jamais compris pourquoi ce bouquin avait eu un tel succès.

— Et *La mort suspendue* ? Et tous les films et les livres autour du Malabar Princess…

— *La neige en deuil…*

— Et *Cliffhanger…*

Nous y allions chacun de notre tragédie, comme si l'évocation crue de ces drames faisait paraître notre situation beaucoup moins critique.

Daniel avait enfin trouvé le relais. Nous entendions monter de faibles échos de sa voix pour nous informer que nous pouvions le rejoindre. Il nous faudrait tirer encore bien des rappels. Restait que l'attente, pour le moment, se terminait. Nous allions pouvoir absorber notre angoisse dans les gestes qu'exigeait la mise en place de nos dispositifs de descente.

Cathy était prête à s'élancer. Elle s'assit dans le vide et, avec aisance, disparut lentement dans l'eau noire.

Je la suivis dès qu'elle fut arrivée. Sylvain, comme à son habitude, se réservait de veiller seul et de nous rejoindre en dernier.

Le nouveau relais était très exigu, réduit à une étroite marche de pierre. Je me serrai tant bien que mal contre Cathy tandis que Daniel préparait déjà le rappel suivant. Malgré les 40 mètres que nous venions de descendre, le glacier en bas paraissait toujours aussi lointain.

— Alors, comme ça, me lança Daniel, tu penses que les guides d'aujourd'hui ne sont plus romanesques...

Cathy, pendant qu'ils nous attendaient, avait dû lui résumer notre conversation. Je regardai Daniel. La lumière de sa frontale m'aveuglait et m'empêchait de bien voir ses traits mais je savais qu'il souriait. C'est une nature optimiste et généreuse. Je ne l'ai jamais connu que de bonne humeur, disponible à tout, heureux de ce que la vie lui apporte.

Déjà, il s'était tourné dos au vide et s'apprêtait à commencer la descente vers un nouvel inconnu. Un instant, je me sentis un peu ridicule : n'était-il pas le vivant démenti à mes propos trop péremptoires ? Lui qui avait gravi des voies extrêmes dans le monde entier, qui passait son temps d'expédition en expédition, du fond du désert malien jusqu'aux massifs montagneux de Patagonie, et qui allait s'élancer dans l'obscurité le long d'une paroi verticale sans savoir s'il rencontrerait un point d'arrêt sûr, n'était-il pas l'exemple même de ce que l'on peut définir comme un personnage romanesque ?

L'arrivée de Sylvain nous bouscula, précipita le départ de Daniel et m'ôta tout loisir de réfléchir. Il nous fallut nous secouer, ménager de l'espace sur notre perchoir pour le nouveau venu, rappeler la corde du haut et en lover les brins. L'attente reprit.

Daniel semblait avoir eu moins de mal à trouver le relais suivant. Nous ne sentions pas l'envie de prolonger notre éphémère conversation littéraire. Elle avait produit son effet en nous permettant au moment le plus crucial de conjurer nos angoisses. Tout allait mieux, désormais. Il était évident que nous avions bel et bien découvert la bonne ligne de rappels et qu'il nous suffirait de la suivre jusqu'au sol. La phosphorescence du glacier, en contrebas, nous apparaissait de plus en plus nettement et indiquait que nous en approchions.

Daniel lui-même se relâchait un peu : il chantonnait pendant qu'il se laissait glisser le long du rappel...

Enfin nous rejoignîmes le glacier, en évitant la large crevasse qui sépare la paroi rocheuse du bord du glacier. Puis nous chaussâmes les crampons pour entamer la marche vers le refuge. Il nous fallait encore une bonne heure pour y parvenir. La lune, comme un secours inutile car trop tardif, éclairait maintenant le fleuve de glace qui s'écoulait mollement jusqu'au rognon rocheux sur lequel était construit le refuge.

La peur, en nous, avait fait place à la fatigue. Nous nous mîmes en marche en file indienne sans dire un mot, déjà gagnés par le sommeil. Daniel, increvable, était encore vif et très désireux de parler, lui qui, pendant la descente, était presque toujours resté seul. Il nous avait souvent fait part de sa déception : en grimpant avec des écrivains, il s'attendait à les entendre tenir des conversations brillantes. Au lieu de quoi, nous échangions la plupart du temps des plaisanteries stupides et d'affligeantes banalités. Il avait l'impression que, pour une fois, l'occasion lui était donnée de participer à un échange de bonne tenue et il comptait bien en profiter.

— Je ne suis pas d'accord avec vous. Des destins de guides exceptionnels aujourd'hui, ça ne manque pas du tout.

Il se mit à égrener une série d'anecdotes concernant des alpinistes miraculeusement tirés de situations impossibles, d'autres venus à bout de défis sportifs surhumains, d'autres encore qui avaient mené des opérations humanitaires admirables au profit de lointaines populations de montagne…

Je titubais d'épuisement en marchant et ne trouvais pas la force d'expliquer à Daniel que ces drames, ces exploits ou ces belles actions étaient exactement ce à quoi je regrettais que les récits de montagne se bornent désormais. D'aucuns pouvaient écrire sur ces faits des récits admirables, il leur manquerait toujours quelque chose d'essentiel pour constituer à mes yeux des sujets de roman. Ce supplément d'âme qui transforme un sujet en intrigue, une personne en personnage, c'est ce que l'on appelle une histoire. Il y faut un début, une fin et surtout, au-delà des faits, des sentiments. Les héros que me proposait Daniel étaient de merveilleux robots, des surhommes, de grandes figures exemplaires, mais qu'avaient-ils ressenti ? Quels étaient leurs désirs, leurs regrets, leurs attachements et leurs peines ?

Un dernier ressaut de rochers nous séparait du refuge. Nos pieds glissaient sur le sable de moraine du sentier. Plusieurs fois, je m'arrêtai, appuyé sur mon piolet, pour reprendre mon souffle.

Daniel parlait toujours quand nous abordâmes la terrasse du refuge. Là, dans un désordre de cordes et de crampons, nous nous délestâmes de notre matériel, pressés de rejoindre au plus vite un bat-flanc, un banc, une table, n'importe quelle surface sur laquelle nous allonger et dormir.

Le lendemain matin, comme toujours, il ne restait que la lumière. Un grand soleil éclairait en contrebas le glacier de Leschaux et les Jorasses. Disparues les angoisses, les souffrances, le tribut de l'effort. Seuls demeuraient la ligne pure de l'ascension dont nous apercevions l'itinéraire au-dessus de nous, les moments d'extase au sommet, l'épisode foutraque du tir à l'arbalète…

Nous nous engageâmes dans la longue descente du refuge qui serpente dans les pentes d'herbes et les replats de granit sur lesquels suintent les eaux de fonte des glaciers.

Daniel essaya bien de reprendre la conversation de la veille mais il comprit vite que nous n'étions pas d'humeur à lui répondre sérieusement. Il se tut et notre petite colonne s'étira, chacun marchant seul ou choisissant pour quelque temps un compagnon, sans sortir pour autant de ses rêves. Un gros effort produit sur l'esprit une sorte de commotion, comme le ferait un bruit assourdissant ou un choc, et il s'ensuit un moment d'étonnement pendant lequel tout paraît neuf et presque incompréhensible.

En cette fin de saison, l'Alpe était vide. Nous fûmes d'autant plus surpris de voir deux alpinistes sortir des échelles qui permettent de redescendre au niveau de la mer de Glace. C'était un guide qui emmenait un client, un jeune Américain grand et lourd, que la montée avait mis au bord de l'asphyxie.

Le guide était un garçon d'une quarantaine d'années. Il connaissait Daniel et ils s'arrêtèrent pour prendre des nouvelles de leurs connaissances communes. Nous les rejoignîmes tous et Daniel fit sommairement les présentations.

— Rémy, dit-il en désignant le guide.

Ils échangèrent encore quelques mots à propos des conditions de la montagne, des prévisions météo et de la course facile que le guide envisageait pour le lendemain avec son client. Sans attendre, Sylvain et Cathy s'étaient déjà engagés sur les échelles. Pour une raison que je ne m'expliquais pas, je ne me décidais pas à les suivre. Je ne participais pas à la conversation des deux guides et, à vrai dire, ils ne me prêtaient pas plus d'attention qu'au client américain. Cependant, j'étais incapable de détacher mon regard de la personne que Daniel venait de me présenter sous le nom de Rémy.

Qu'est-ce qui me retenait ? C'était un homme d'une taille assez moyenne, sec et musclé comme le sont les professionnels de la montagne. Il était habillé plus modestement que ne le sont la plupart du temps les guides, sans aucune ostentation. Il ne portait rien de neuf, aucune couleur vive, et ses vêtements, quoique techniques, devaient lui avoir déjà fait plusieurs saisons. Ses cheveux bruns étaient assez longs et bouclés. Ses sourcils bien dessinés ajoutaient une touche presque féminine à son visage aux traits anguleux. De cela ressortait l'impression qu'il était parfaitement conscient d'être beau mais refusait de tirer parti de cette qualité.

Il la tenait non pas cachée mais captive, comme s'il avait décidé de n'en faire qu'un usage choisi et restreint, selon sa volonté. Rien de tout cela n'aurait suffi à le rendre remarquable s'il n'y avait eu son regard. Il ne le porta pas longtemps vers moi mais assez pour que j'en fusse fortement marqué. Qu'en dire ? Je ne saurais le détailler. Il me revient seulement le mot qui s'est imposé sur l'instant : c'est un regard foudroyé.

Une grande lumière, semblait-il, avait irradié ces yeux. Elle les avait ouverts sur une âme et on avait l'impression de la sonder lorsqu'on les regardait. En même temps, dans l'autre sens, elle avait le don d'ouvrir à son tour les yeux de ses interlocuteurs jusqu'à pouvoir pénétrer profondément leur esprit. Le contact fut bref mais si intense que j'eus presque le sentiment d'une brûlure. J'avais la conviction que cet homme avait vu en moi jusqu'à mes secrets les plus intimes et que c'était par pitié, pour ne pas me soumettre trop longtemps à cette effraction, qu'il avait détourné les yeux.

Je restai ainsi, fasciné, à attendre et à désirer qu'il tournât de nouveau la tête vers moi. Mais il prit congé de Daniel et me serra la main distraitement sans me regarder.

Nous nous engageâmes sur les échelles.

— Qui est-ce ? demandai-je à Daniel dès que nous fûmes hors de portée.

— Un guide de la compagnie de Saint-Gervais.

— Et c'est quoi, son histoire, à lui ?

Daniel ne montra guère d'empressement à me répondre. Il devait juger que le personnage ne méritait pas une attention particulière.

— Il n'a rien fait de remarquable en montagne, dit-il sans enthousiasme. Il s'est installé dans la vallée depuis une vingtaine d'années avec son frère qui, lui, est un grand alpiniste.

Il entreprit d'énumérer quelques-uns des exploits du frère.

— D'accord, le coupai-je. J'ai compris que l'autre était intéressant. Mais à propos de ce Rémy, il n'y a vraiment rien à dire ?

— Rien.

Daniel devait sentir ma déception, même s'il ne la comprenait pas.

— Pour l'alpinisme, rien. Sa seule grande histoire, c'est une histoire d'amour.

— Encore mieux ! m'écriai-je.

Daniel se retourna pour me jeter un regard incrédule et voir si je plaisantais. Il haussa les épaules et poursuivit sa descente.

— Eh bien, insistai-je, raconte.

Mon compagnon se fit encore prier quelques instants. Puis le plaisir du conteur prit en lui le dessus sur le sérieux de l'alpiniste.

PREMIÈRE PARTIE

I

Rémy ne regardait plus la montagne.

Il est inutile désormais de mettre le nez dehors pour savoir le temps qu'il fait. Il suffit de consulter la météo sur son téléphone portable. Une belle journée d'hiver, conclut Rémy. Cela lui convenait. Il ne jeta même pas un coup d'œil par la fenêtre de sa chambre. La courbe des dômes de Miage se dessinait en douceur sur les lointains mauves de l'aube. Les dernières étoiles brillaient encore dans les hauteurs noires du ciel cependant que des festons de glace scintillaient déjà sur les sommets. Mais à quoi bon contempler tout cela ? La montagne était là, Rémy le savait et il n'en demandait pas davantage.

Il s'était levé tôt et avait enfilé ses vêtements de la veille sans y penser. Sa seule inquiétude était de savoir si sa médaille de guide était bien accrochée sur sa veste neuve. Il aimait les tons fluo de ce nouveau modèle. C'était un cadeau de son frère Julien, alpiniste lui aussi et conseiller de la marque. Julien détestait les vêtements trop voyants et ne s'habillait jamais qu'en couleurs éteintes. La montagne, pour lui, restait un office grave, presque funèbre.

Rémy, au contraire, aimait porter des tenues chères, à la fois techniques et branchées. Avec ses cheveux bruns aux boucles rebelles, sa barbe de trois jours bien entretenue, ses yeux noirs, il incarnait à merveille le guide moniteur de ski tel que se l'imaginaient ses riches clients de Megève, la station où il travaillait. Il aimait la « glisse », le monde superficiel du loisir et du plaisir. Il avait laissé derrière lui les années masochistes de son adolescence et de sa première jeunesse pendant lesquelles il traînait de vieux équipements, des habits ternes. La honte de ces accoutrements s'ajoutait aux souffrances de l'alpinisme. Ces époques étaient heureusement révolues. Il avait juste trente ans.

Rémy monta dans sa voiture, un 4 × 4 Mercedes qu'il avait acheté d'occasion l'année précédente, en faisant une affaire. Le lecteur CD s'alluma seul, à fond, toujours réglé sur la chanson de Freddie Mercury qu'il écoutait la veille au soir, en rentrant du bureau des guides. Il emprunta la route en lacets qui descendait du hameau où il vivait. Le chasse-neige était passé à l'aube. Dans les virages à l'ombre, la chaussée était encore couverte d'une semelle de glace. Par endroits, de hauts sapins plongeaient la route dans l'obscurité. Les phares éclairaient leur ramure blanche de givre qui formait comme une voûte de cathédrale. Rémy, à un croisement, rejoignit la route principale et prit la direction de Megève. Il avait fixé le rendez-vous ce matin-là au mont d'Arbois, devant le téléphérique horizontal qui permet de rejoindre les pistes de Rochebrune. Les clients du jour étaient au nombre de cinq : deux couples âgés d'une soixantaine d'années et une autre personne que Rémy ne vit pas tout de suite car elle était occupée à boucler ses chaussures. Un des deux hommes s'avança, en tendant la main. Il portait un nom célèbre – « mais appelez-moi Jérôme ». C'était lui qui avait réservé Rémy pour la journée. Il fit les présentations. Sa femme, élégante et sportive, était occupée à couvrir de crème la peau de son visage, ridée par trop d'expositions au soleil. L'autre couple, bien que plus modeste, appartenait à la même caste de retraités aisés. Rémy ne retint pas les prénoms car la cinquième personne, entre-temps, s'était relevée. C'était une femme beaucoup plus jeune, d'une beauté hiératique. Rémy pensa : glaciale. Elle le regarda bien en face. Ce regard fut si intense, si plein, que Rémy devait l'évoquer souvent par la suite, et y découvrir un spectre presque infini d'expressions.

Cependant, au premier abord, il ne put chasser l'idée prétentieuse qu'il était devant une proie. Une de plus. Depuis qu'il s'était engagé dans ce métier de moniteur mondain, il enchaînait les conquêtes. Il en avait d'abord tiré une certaine vanité puis l'habitude, en cette matière aussi, avait fait son œuvre. Il savait qu'à chaque sortie, ou presque, un échange charnel lui serait offert. C'était au point qu'il se demandait parfois si ses clientes ne se passaient pas son téléphone en confidence. « Avec celui-là, tu sais... » La plupart du temps sinon toujours, la rencontre comportait d'emblée des limites qui condamnaient la relation à n'être qu'une aventure sans lendemain : femmes trop âgées qui auraient pu être sa mère – si seulement sa pauvre mère, dans son HLM de Brétigny, avait pu imaginer pareille situation – ou gamines riches à la recherche de sensations pendant leurs vacances avant de revenir, pleines d'expériences nouvelles, à des amours plus sérieuses.

Voilà pourquoi il crut d'abord voir se répéter le scénario habituel. Quelque chose, pourtant, l'alertait et lui laissait penser, sans qu'il le formulât, que cette fois c'était différent. D'abord, cette femme avait, comme lui, à peine la trentaine et cette égalité créait une forme de complicité, surtout devant ces deux couples mûrs. Mais il y avait plus, beaucoup plus, et l'âge n'était qu'un détail insignifiant comparé à la puissance de tout le reste. Comment définir ce « tout le reste » ? Rémy ne se doutait pas encore qu'il allait passer bien des soirées douloureuses à chercher la réponse à cette question.

Elle s'appelait Laure.

Et la proie, cette fois, c'était lui.

Qu'avait-il vu d'elle ? Rien de précis, en vérité, seulement une impression confuse. D'habitude, au contraire, il détaillait ses clientes sans complaisance. Personne n'avait cultivé autant que lui cet art de maquignon : juger au premier coup d'œil des qualités et des défauts d'une femme. Il faut dire que, le plus souvent, dans son métier de gigolo des neiges, il était lui-même jaugé et jugé. Peut-être même l'était-il avant la rencontre puisque les clients consultaient son site Internet et n'ignoraient rien de son sourire commercial, de sa musculature de sportif et d'un bronzage entretenu toute l'année au grand air. C'étaient en somme des rapports mutuels de consommateurs et il n'y avait rien de choquant à cela.

Cette fois, son sens critique, sa lucidité cruelle étaient

en défaut. Laure lui arrivait comme un bloc. Tout au plus avait-il noté qu'elle était grande, très mince et blonde. Le premier mot qui lui avait traversé l'esprit en la voyant était « scandinave », à cause de ces cheveux fins, raides, coupés en carré long, et des yeux bleus qu'elle fixait sur lui. C'était peut-être aussi un effet inconscient produit par son bonnet de laine aux dessins nordiques. Car, pour que Laure fût scandinave, il lui manquait un côté pâle, diaphane, naïf. En se raccrochant à ses préjugés, Rémy reconnut plutôt en elle le stéréotype de la Française, avec un éclair de malice dans les yeux et une élégance sophistiquée. Il aurait même dit une Parisienne, catégorie qu'il avait identifiée depuis qu'il vivait à la montagne. Naguère, avant d'habiter dans les Alpes, il se considérait lui-même comme un Parisien. En s'éloignant, il avait compris qu'il avait été seulement un banlieusard. Ceux qu'il appelait désormais les « vrais » Parisiens étaient les êtres favorisés qui louaient les services de professionnels dans son genre pour leurs loisirs. Il avait pénétré dans leur monde grâce à son métier de guide. En somme, Parisien, pour lui, était devenu le synonyme de riche. Et cette fille, à l'évidence, appartenait à ce monde de luxe et de privilèges.

En même temps, elle s'en distinguait. Rémy ne savait pas d'où venait cette conviction. Peut-être de l'expression particulière de son visage. Laure le regardait sans prendre des poses, sans se forcer à sourire, sans sacrifier à ce qu'il considérait comme les codes superficiels de la civilité parisienne. Il y avait ce jour-là chez elle quelque chose de grave. Rémy se demanderait longtemps si c'était l'effet sur elle d'un choc analogue à celui qu'il avait ressenti en la voyant pour la première fois. À vrai dire, il l'espérait mais sans parvenir à s'en convaincre. Dans l'urgence de ce premier moment et pour reprendre contenance, il suspendit cette question et conclut que cette femme était simplement mystérieuse. Et surtout que ce mystère était, à un degré infini, désirable.

La journée de ski se déroula sans aucun fait marquant. En montant dans la benne jusqu'au sommet des pistes, les deux hommes âgés parlèrent à haute voix et rivalisèrent de références sportives. À les entendre, ils étaient l'un et l'autre des skieurs hors pair et alignaient les plus belles descentes de par le monde, de l'Aconcagua au mont Fuji. Sitôt les skis chaussés, ils se montrèrent moins vaillants. Leur style était maladroit et leur équilibre précaire. Rémy, habitué à ces forfanteries, savait qu'en enchaînant de jolies pistes faciles et en proposant deux ou trois fois des variantes sans danger sur les côtés, il permettrait aux prétendus champions de sauver la face. Ils lui en seraient reconnaissants, ce qui voulait dire un bon pourboire. Personne n'utilisait ce mot car le métier de guide garde toujours un petit parfum d'héroïsme et de fierté qui interdit toute référence trop évidemment servile. Cependant, les clients satisfaits trouvaient toujours une manière de le récompenser en sus du tarif, sans l'humilier.

Laure, pendant cet enchaînement monotone de descentes faciles, ne montra aucun signe d'ennui ni de lassitude. Elle skiait avec élégance, sans effort apparent, sans hâte, sans hésitation sur l'itinéraire. Surtout, chacun de ses mouvements, comme chacune de ses poses quand elle s'arrêtait, était marqué par une grâce naturelle. Rémy pensait même, en la regardant : une *autorité* naturelle. Elle exerçait sur tout son corps et pour les moindres gestes une souveraineté absolue.

Enfin, vers seize heures, non sans avoir hésité, Rémy les dirigea vers La Pure Folie. La discothèque en plein air, située sur la crête qui domine Saint-Gervais et Megève, commençait à s'animer. La musique techno sortait des immenses baffles installés sur la terrasse. Les basses vibraient à fond. Les aigus semblaient assez puissants pour parcourir tout l'espace et atteindre, à travers l'air glacé, la pointe des Fiz, raide dans sa redingote grise, les sommets godronnés des Aravis, tapis dans la neige comme de gros chats, et jusqu'à la cime aristocratique et indignée du Mont-Blanc. Avec le soleil qui déclinait, les vallées apparaissaient saturées d'un air sale, obscurcies par les brumes marron de la pollution. Vu de La Pure Folie, le monde d'en haut semblait un univers à part, réservé à une élite, qui s'appropriait la beauté, pour la souiller.

Les coups sourds des percussions remuaient les tripes des danseurs. L'alcool les mettait en extase. L'ivresse prenait des allures de plénitude. Chaque participant se sentait envahi par une gratitude sans objet. Elle ne demandait pour s'épancher qu'une bouche offerte et des corps à étreindre. Dans la chaleur de la danse et dans une promiscuité que l'hostilité glacée du décor rendait plus désirable encore, les danseurs abandonnaient toutes leurs inhibitions et rien ne s'opposait à l'expression directe du désir. Voilà pourquoi Rémy, comme d'autres moniteurs mondains, concluait les journées de ski en emmenant ses clients dans cet endroit. Voilà aussi pourquoi, ce jour-là, il avait hésité à le faire.

Mais il n'avait pas eu à prendre la décision. C'était le groupe lui-même qui, en sortant du télésiège et en passant devant l'entrée de La Pure Folie, avait insisté pour y entrer. Rémy admira une fois de plus la puissance de métamorphose de ceux qu'il appelait les Parisiens. Un instant plus tôt, ils arboraient l'attirail et les postures de skieurs aguerris – surtout à l'arrêt, à vrai dire. Sitôt entrés dans la boîte, ils avaient l'aisance de noctambules – quoiqu'il fît encore grand jour.

Laure, avec son sourire énigmatique et sa démarche souple, se faufilait entre les danseurs. Sur une proposition du dénommé Jérôme, ils rejoignirent tous la piste en plein air où la foule était la plus déchaînée. Deux filles, sans doute payées par la direction, dansaient sur une table presque dévêtues. Laure, en avançant jusqu'à la terrasse, avait pris imperceptiblement un déhanchement souple qui l'avait fait passer de la marche à la danse. Les deux couples qui l'accompagnaient s'évertuaient à composer des figures de rock'n'roll et se cognaient aux autres danseurs sans la moindre gêne. Laure, elle, se conformait aux usages et dansait seule, ce qui soulagea Rémy. Il sentait qu'il devait à tout prix se garder de la toucher et cela le surprenait. D'ordinaire, dans cette bousculade, il se retrouvait assez vite au contact de sa compagne du jour. La proximité devenait naturelle et la violence de la musique absorbait et neutralisait la violence des désirs. En peu de temps, la pudeur était oubliée. Tous les gestes devenaient licites. Il n'était pas besoin d'être séduit pour étreindre. C'était tant mieux car d'ordinaire ses partenaires, malgré leurs efforts, n'exerçaient aucun attrait sur Rémy.

Avec Laure, au contraire, le désir était si puissant qu'il faisait obstacle à la libération bestiale que portaient en elles cette musique et cette promiscuité. Rémy, en dansant, respectait inconsciemment une distance, certes réduite, mais suffisante pour maintenir leurs corps séparés.

Cette attitude distante le mettait assez mal à l'aise. Il n'avait jamais l'occasion de danser seul et, lorsqu'il s'enlaçait à quelqu'un, ses mouvements ne lui appartenaient plus en propre. Cette fois, il se livrait dans toute sa vérité et se rendait compte à quel point il dansait mal. C'était du moins sa perception face à l'élégance et au naturel dont Laure faisait preuve.

En toutes circonstances, il y avait en elle un mélange de passivité et de contrôle. Passive, elle l'était au sens où elle ne semblait jamais prendre aucune part à la décision. Ce n'était pas elle qui avait conduit le groupe vers la discothèque ni choisi de se retrouver sur la piste de danse. En même temps, quoi qu'il pût lui arriver, elle dominait la situation. Sa danse était aussi précise et harmonieuse que son ski.

Face au désir qu'il sentait monter en lui, il choisit la pire solution et essaya de parler. Le niveau sonore était tel qu'il devait hurler et Laure ne l'entendait pas. Elle avança la tête sans cesser de danser. Un instant, ses cheveux, en se balançant, effleurèrent la joue de Rémy. Il se troubla et dut répéter sa question. Elle lui parut encore plus stupide et malvenue que la première fois.

— Combien de temps restez-vous à Megève ?

Jérôme avait décrété qu'ils devaient tous se tutoyer. Rémy avait eu du mal à s'y faire. Dans sa question, le

« vous » pouvait être le signe de cette difficulté ou s'appliquer à tout le groupe.

Laure répondit d'un geste évasif de la main qui signifiait « toujours » ou « je ne sais pas » mais que Rémy interpréta comme « ne te préoccupe pas de ça ». Puis, tout aussitôt, elle se pencha vers lui et dit d'une voix remarquablement audible malgré le tumulte ambiant :

— J'aimerais faire une randonnée, demain.

— Une randonnée ?

— À ski.

— Dans la montagne ?

Rémy était consterné de poser des questions aussi bêtes et elle avait l'air un peu agacée aussi.

— C'est-à-dire, pas sur les pistes comme aujourd'hui ? précisa-t-il.

— Oui, une rando, quoi.

— Avec moi ? insista Rémy, heureux que dans la chaleur humaine de la terrasse il eût été impossible de voir qu'il avait rougi.

Laure hocha la tête.

— Je veux dire : avec les autres aussi ? ajouta-t-il.

Laure écarta les mains comme pour signifier que cela ne dépendait pas d'elle et surtout que cela n'avait aucune importance.

— Eh bien, avec plaisir. Je m'en occupe.

Rémy s'était emparé de cette proposition comme d'un cadeau précieux. Il passa le reste de la soirée à espérer que rien ne troublerait ce bonheur ni ne romprait le charme. Il prit garde à ne pas approcher de Laure. Entre eux, désormais, le regard était chargé d'un secret et d'une promesse.

Le dôme du Goûter était orange au couchant, avec

des ombres mauves dans les combes, et le Mont-Blanc, à peine visible derrière l'aiguille de Bionnassay, était coiffé de mèches blanches par un vent d'altitude.

Ils partirent vers dix-huit heures, saisis par le froid et tout assourdis encore par la musique. Rémy reprit sa voiture au mont d'Arbois. Les deux couples l'avaient embrassé avec effusion mais il avait à peine approché ses lèvres des joues de Laure.

Ils étaient convenus de se téléphoner dans la soirée à propos de la randonnée du lendemain.

II

En rentrant chez lui, Rémy trouva Julien dans la cuisine, assis de travers sur son fauteuil roulant, en train de faire cuire une entrecôte sur la cuisinière. Depuis trois semaines, Julien s'était installé chez son frère. Victime d'engelures au cours d'une ascension hivernale très difficile, il venait d'être amputé de deux orteils. Il ne pouvait plus vivre dans sa maison : elle était pleine d'escaliers et l'hiver on l'atteignait en gravissant 100 mètres de chemin mal déneigé.

— Je ne savais pas si tu rentrais, dit Julien. Je n'ai pas préparé à dîner pour toi mais il me faut deux minutes...

— Ne t'inquiète pas pour moi.

Rémy passa dans sa chambre et s'allongea sur son lit. Il avait laissé la porte ouverte et Julien continuait de lui parler en haussant la voix, pour être certain qu'il l'entende.

— Alors, comme ça, pas de conquête, ce soir ?

Rémy répondit par un grognement.

— Je croyais que tu emmenais un groupe à Megève. Tu n'en as pas trouvé une à ton goût ?

— Tais-toi !

— Pardon, je ne savais pas que c'était un sujet sensible.

Rémy vivait dans un chalet séparé en deux dont il louait une moitié. L'autre servait de résidence secondaire à un dentiste lyonnais si bien que, la plupart du temps, Rémy n'avait pas de voisins. Le loyer n'était pas très élevé car sa moitié de chalet, orientée au nord-est, ne recevait plus le soleil, d'octobre jusqu'à fin mars. De surcroît, devant la fenêtre du salon, un hangar mitoyen bouchait presque entièrement la vue.

Rémy n'avait pratiquement pas décoré sa maison. Le séjour et l'entrée étaient encombrés de cordes, de piolets, de chaussures de montagne et de skis. La carte en relief du massif du Mont-Blanc couvrait un mur. Sur une bibliothèque composée de deux planches posées sur des briques s'alignaient des topoguides d'escalade et des livres sur l'alpinisme.

— Tu viens trinquer ? cria Julien.

Il avait débouché une bouteille de Clairette de Die. C'était le seul alcool qu'il supportait et encore, lors des grandes occasions. En entendant sauter le bouchon, Rémy comprit que son frère voulait l'entretenir d'un sujet important. Il se releva et vint s'asseoir en face de lui, de l'autre côté de la table de salle à manger.

— Il est arrivé quelque chose ? demanda Rémy, en se passant la main sur le visage.

— Oui. On va arroser ta liberté, mon petit frère.

Julien était le cadet à deux ans près, mais depuis toujours il y avait en lui une énergie, une détermination, un sérieux qui faisaient de Rémy, malgré l'écart de leurs âges, le « petit » frère.

— De quoi parles-tu ?

— J'ai vu le chirurgien, cet après-midi.

— Et alors ?

— Tout est cicatrisé, impeccable. Ils m'enlèvent les pansements la semaine prochaine. Je vais pouvoir rentrer chez moi.

Rémy se sentit soulagé mais il eut honte de ce sentiment.

— Rien ne presse, tu sais. Je suis content que tu sois ici.

C'était vrai ou, plutôt, ça l'avait été au début. Pourtant, à la longue, la présence de Julien était devenue oppressante. Rémy avait la conviction d'être observé et jugé. Son frère passait ses journées à lire des cartes, à planifier des ascensions futures. Assis des heures devant la fenêtre il observait la montagne, sans se lasser. Par contraste, Rémy avait l'impression de se disperser, de sacrifier à des activités futiles. Quand il traînait à la maison, il n'osait pas allumer la télé et regarder des séries ou des clips comme il aimait le faire quand il était seul.

— En tout cas, je suis heureux pour toi, lança Rémy, en levant son verre. Tu devais en avoir assez d'être bloqué ici.

— J'ai mis ce temps à profit pour réfléchir et élaborer de nouveaux projets. Mais tu as raison. Je suis content que ça finisse. Et d'ailleurs…

Julien but une petite gorgée et fit une grimace. Même la Clairette le mettait sur ses gardes comme si l'alcool, si léger fût-il, pouvait représenter un danger, en lui faisant perdre sa concentration et en menaçant le régime qu'il s'imposait.

— … d'ailleurs, poursuivit-il, j'ai une proposition à te faire. Une superbe aventure…

Rémy tressaillit. Les projets de son frère étaient ce qu'il avait le moins envie d'entendre à cet instant. Depuis longtemps déjà, leurs ambitions avaient divergé et les entreprises sportives de Julien lui étaient devenues complètement étrangères. De surcroît, il était encore plein de sa rencontre avec Laure et tout autre sujet lui semblait sans intérêt.

Julien manœuvra les roues de son fauteuil pour se reculer un peu. Il se cala sur le dossier et prit l'air grave que son frère lui connaissait lorsqu'il se proposait de relever un défi majeur.

— On est fin février, commença-t-il avec autorité, on a encore un peu plus de trois semaines pour réaliser une hivernale dans le massif.

Rémy ferma les yeux. Ses craintes étaient fondées. À travers ses paupières closes, il vit le visage de Laure.

— Tu m'écoutes ?

— Oui, bien sûr, répondit Rémy, en rouvrant les yeux.

— La semaine prochaine je serai d'attaque. Vu que j'ai suivi la rééducation comme il faut, je n'aurai besoin que d'une dizaine de jours pour être au top.

— Je te crois volontiers. Et alors ?

— Alors, j'ai repéré une goulotte sur les photos de la face nord des Droites.

— Tout a déjà été fait par là, il me semble.

— Pas cette cascade-là. Et pour une raison simple : elle n'est pas permanente. Il faut un hiver froid comme celui-ci pour qu'elle se forme. Regarde un peu. J'ai demandé au gardien du refuge d'Argentière de m'envoyer des clichés au téléobjectif.

Il recula vivement le fauteuil et alla jusqu'au petit bureau qu'il avait recouvert de ses papiers. Il revint avec une photo tirée sur l'imprimante.

— Il n'y a plus beaucoup d'encre dans la cartouche mais tout de même, on voit bien.

Rémy prit la feuille. C'était curieux. Il avait l'impression de s'observer lui-même en train de regarder et de juger de sa réaction, comme s'il était quelqu'un d'autre. Ces entrelacs noirs et blancs de rochers et de glace lui semblaient presque indéchiffrables. Il se souvenait pourtant d'avoir palpité, autrefois, en contemplant des images de ce genre. Il apercevait l'éclat brillant dans les yeux de son frère et reconnaissait l'excitation qu'il avait pu lui-même connaître lorsqu'ils se proposaient une nouvelle ascension. Désormais, en lieu et place de cette passion, il y avait une indifférence totale, presque un dégoût pour ces figures minérales, hostiles à l'être humain, plus arides qu'un désert, glacées comme la mort, inutiles.

Julien, du bout du doigt, montrait un fin liseré blanc qui serpentait dans la paroi de la base au sommet.

— Personne ne l'a vue, cette goulotte ! Tu te rends compte ?

— Oui, c'est étonnant.

Julien était si excité qu'il ne remarqua même pas le ton morne de cette réplique. Il continua, penché sur la feuille, fébrile.

— La glace ne doit pas être bien épaisse, par endroits. J'imagine même qu'il y a plusieurs passages qui sont cassants comme du verre. Une simple pellicule d'eau gelée... Il y a aussi des longueurs raides et même une zone en surplomb. Mais ça doit passer. Ce sera l'occasion de tester le nouveau piolet main gauche que j'ai dessiné et qu'ils vont mettre sur le marché à la fin de l'année.

Il se tut un long instant, comme pour laisser infuser ce projet dans l'esprit de son frère. Puis, en relevant la tête et en le regardant avec un grand sourire :

— Ça te tente ?

Rémy répondit du tac au tac, sans réfléchir et avec une sincérité sans fard.

— Pas du tout !

Julien se redressa et rit très fort.

— Je te comprends. Moi aussi, au début, ça m'a refroidi. Mais pas de panique ! J'ai tout étudié. Ce ne sera pas du solo : il y a des becquets et des fissures pour l'assurage sur les rochers des rives. Il faudra surtout bien surveiller les conditions de gel...

— Tu ne saisis pas, Julien. Je n'ai plus envie de trucs comme ça.

Devant le regard incrédule de son frère, Rémy ajouta avec une pointe d'agressivité :

— Pas en ce moment. Ni plus tard, d'ailleurs. C'est fini, pour moi, ces grosses galères. J'ai une autre vie. D'autres projets.

Il y eut un long silence pendant lequel ils se toisèrent. Rémy voyait disparaître l'éclat dans les yeux de son frère et tout son visage s'éteindre. Finalement, Julien ramassa le papier et manœuvra son fauteuil jusqu'au bureau.

— Comme tu voudras, déclara-t-il en tournant le dos à Rémy. Ça m'est égal. Si tu n'y vas pas, je trouverai quelqu'un d'autre. Bernard Dussigny est libre ce mois-ci et, ça tombe bien, il a envie de grimper avec moi.

Rémy ne répondit pas. Il laissa passer du temps pour que son frère se calme. Il le vit fourrager dans ses papiers. Au bout d'un long moment, il reprit la conversation sur un ton dégagé.

— Toi qui as suivi la météo ces derniers jours, qu'est-ce que tu penses de la montée à Croisse-Baulet ? C'est en condition, à ton avis ?

— La montée à Croisse-Baulet ? sursauta Julien, en se retournant. Par où ?

— Par la trace normale.

— Mais, c'est une rando pour débutants.

— Justement, je compte y emmener des débutants. Bons skieurs de piste mais pas d'expérience à peau de phoque.

En prononçant ces mots, il se dit qu'au fond il n'en savait rien. Il n'avait pas interrogé Laure sur ses expériences de ski hors piste. Et il ne savait toujours pas si les autres viendraient.

— Enfin, je crois, précisa-t-il.

Julien pivota de nouveau vers le bureau et haussa les épaules.

— Croisse-Baulet ! soupira-t-il.

Puis il se mit à marmonner comme pour lui seul.

— Pas d'envie pour la face nord des Droites. Il préfère se balader sur des pentes pour Bidochon. Croisse-Baulet ! Pff…

Rémy s'était resservi de mousseux et arrivait presque au bout de la bouteille.

— Et pourquoi pas ?

— Tu veux vraiment que je te le dise ?

— Vas-y.

— Je trouve que tu gâches ton talent, voilà tout. Tu étais parti pour être un des meilleurs alpinistes de ta génération. Et maintenant tu traînes des débutants à Croisse-Baulet.

— Qu'y a-t-il de mal à ça ?

— Rien, rien.

Julien s'absorba dans la lecture du premier magazine de montagne qui lui était tombé sous la main et se mit à tourner les pages rageusement.

Rémy se leva. L'alcool répandait en lui une chaleur douce. Il s'était de nouveau laissé aller à penser à Laure et la bouderie de son frère l'indifférait. Il alla prendre une douche brûlante. Quand il revint, en peignoir, se préparer à dîner, Julien n'avait pas changé de place. Il avait dû gifler l'une après l'autre toutes les pages du magazine sans se calmer et, maintenant, il en attaquait un autre.

Rémy avait ouvert le frigo pour sortir quelque chose à manger. Sans se retourner, Julien lança d'une voix neutre une nouvelle qui se voulait un coup de théâtre mais qu'il formula sans commentaire ni émotion apparente.

— Tu sais que Robert la Gargouille est mort la semaine dernière ?

Rémy ne répondit rien. Il continua ses préparatifs.

— Ça n'a pas l'air de te toucher, reprit Julien, vexé par ce manque de réaction. Moi, ça m'a fait un choc. Sans lui et la bande de Montpellier…

Brusquement, Rémy renonça à ce qu'il avait commencé à faire. Il éteignit le gaz sous la casserole d'eau, posa le sac de pâtes. Au hasard, il saisit un paquet de gâteaux sur une étagère. Pour ne pas en entendre davantage, il disparut dans sa chambre et claqua la porte derrière lui.

Allongé sur son lit, il déchira le paquet et se mit à croquer nerveusement les biscuits. Robert la Gargouille ! La bande de Montpellier ! Son frère savait ce qu'il faisait en convoquant ces souvenirs. Leurs premières courses en montagne, à quatorze ans, avec ces amis de leur père… Les rêves d'escalade, de sommet, les lectures de Rébuffat et de Frison-Roche… Tout ce qui les avait amenés à faire le choix de cette vie. Ces valeurs auxquelles Julien prétendait être fidèle et que lui, Rémy, était accusé de trahir.

Comment expliquer que ce n'était pas une trahison ? Comment faire comprendre à ceux qui n'avaient pas suivi le même chemin qu'il avait seulement découvert une autre montagne, une montagne de lumière et de plaisir, un lieu sans douleur, coloré, qui n'avait plus rien à voir avec l'effort masochiste, la souffrance et la mort ? En un mot, la montagne qu'il avait l'intention de faire découvrir à Laure.

Il prit son portable et l'appela. Personne ne répondit mais il entendit sa voix dans le répondeur. Elle ne se nommait pas et invitait seulement à laisser un message sur un ton neutre. Rémy donna le lieu et l'heure du rendez-vous pour le lendemain, sans commentaire ni formule de politesse, afin de ne pas trahir son émotion.

Puis il posa le téléphone à côté de son lit et s'abandonna à la rêverie. Il se mit à penser à Laure intensément. Il la voyait descendre, souple et gracieuse, sur le fond blanc d'une piste déserte. Il sentait ses cheveux contre sa joue et, en se remémorant son corps, imaginait sa main qui en suivait les courbes. Il n'entendait plus le va-et-vient nerveux de Julien sur son fauteuil. Il oubliait le triste désordre de sa chambre de célibataire. Il était heureux.

Sans se dévêtir, il s'endormit.

III

Le lendemain matin, en conduisant sa voiture jusqu'au point de rendez-vous, au-dessus du golf de Combloux, Rémy avait peur. Comme un grand cuisinier qui s'assure des moindres détails avant l'arrivée des convives, il passait en revue tous ses préparatifs. Il avait hésité à se raser, conscient que sa barbe de trois jours faisait partie de son charme. Beaucoup de femmes le lui avaient dit. C'est justement ce qui l'incitait à changer. Cette fois, il voulait que tout fût différent. Finalement, il était resté comme il était, de crainte de le regretter. S'il avait pu jeter tous ses habits et en porter des neufs, il l'aurait fait. Faute d'avoir le temps – et les moyens – de se procurer une nouvelle garde-robe, il avait choisi, en sortant de sa douche, des vêtements qu'il n'avait presque jamais portés. Tous étaient de couleurs vives, un first-layer jaune paille, une polaire fuchsia, un pantalon en Gore-Tex orange. Il avait l'impression d'être un oiseau mâle en pavane (et c'est bien ce qu'il était). Le temps aussi atteignait la perfection et, même s'il n'y était pour rien, il s'en félicita. L'anticyclone tenait bon. Le ciel était uniformément bleu. Le gel, pendant la nuit, avait consolidé les pentes mais la neige restait légère et serait idéale à skier.

Une seule inconnue demeurait, qui le préoccupait de plus en plus à mesure qu'il approchait : Laure serait-elle seule ? N'ayant pas pu lui parler la veille au soir, il ne savait toujours pas si elle serait accompagnée par ses amis – qui étaient-ils d'ailleurs pour elle ? Les deux situations avaient des avantages. Si elle n'était pas seule, Rémy pourrait prolonger cet état délicieux qui l'avait retenu jusque-là d'oser le moindre geste. Il continuerait de se conduire avec précaution et douceur, comme un collectionneur de porcelaine ou plutôt, pensa-t-il en apercevant l'aiguille Verte au loin dans un virage, comme son frère lorsqu'il gravissait une chandelle de glace, en redoutant à tout instant qu'elle ne se brise.

Et si elle était seule, eh bien… il comprendrait.

Il gara la voiture dans un des derniers lacets de la route, sortit ses skis, enfila ses chaussures à coque plastique. Puis, en se dandinant, les planches sur l'épaule et les bâtons à la main, il monta jusqu'au départ de la trace. La neige, repoussée par une lame au bout de la route, formait un monticule. Derrière, il aperçut la tête de Laure, coiffée d'un bonnet anthracite. Il était encore impossible de voir si quelqu'un l'accompagnait. Rémy gravit la courte pente et d'en haut découvrit la plateforme de neige où les randonneurs chaussaient leurs skis.

Elle était seule.

Il se figea, tenté un instant de prendre la fuite. Puis il ferma les yeux, respira profondément et dégringola jusqu'à elle.

— Bonjour, fit-il.

— Bonjour.

C'était un salut ordinaire, plat et proféré de façon neutre. Pourtant, l'atmosphère avait changé. D'une certaine manière, tout était dit. Le fait qu'ils ne fussent que tous les deux créait une intimité naturelle. Rémy avait le sentiment bizarre et agréable d'avoir toujours connu cette femme.

Laure conservait la même attitude réservée, son sourire énigmatique aux lèvres. Elle ne donna aucune explication et il n'en demanda pas. C'est l'éventuelle présence des autres qui aurait mérité un commentaire. En somme, le fait qu'ils ne fussent que deux reflétait l'ordre logique des choses.

Ils chaussèrent leurs skis sans un mot. D'immenses sapins, au-dessus d'eux, dessinaient une allée enneigée qui s'élevait à travers les bois. Rémy passa un détecteur d'avalanche autour du cou de Laure. Elle portait un petit sac à dos et il fourra dedans une pelle et une sonde. Elle devait avoir l'expérience du ski de randonnée car elle ne posa aucune question sur l'usage de ces instruments de sécurité. Ou peut-être s'était-elle renseignée auprès de ses amis ou sur Internet.

Ils collèrent les peaux de phoque sous les skis. L'équipement de Laure était neuf. Rémy ne lui demanda pas si elle l'avait acheté ou si quelqu'un le lui avait prêté. Il l'aida seulement à bien étaler les lanières adhésives sur les semelles noires. Puis ils enfilèrent leurs gants, empoignèrent leurs bâtons et se mirent en route.

La trace était sale au début car des piétons y avaient déposé de la boue collée sous leurs chaussures. Peu à peu, les empreintes de pas prirent une autre direction et ils suivirent des rails de neige blanche, lustrés par le passage d'autres skieurs avant eux. Leur foulée glissait en silence et les millions de poils des peaux synthétiques les empêchaient de reculer. Rémy fit passer Laure devant. C'était une manière de lui laisser découvrir le paysage, mais il y trouvait aussi son compte. Car il pouvait tenir les yeux fixés sur elle. En quelques minutes, ils eurent chaud et se dévêtirent. Au-dessus du pantalon de ski, elle découvrit une fine polaire rose pâle qui moulait ses seins. Ils se remirent en route. Les yeux de Rémy étaient hypnotisés par la taille fine et les mouvements souples des épaules de Laure.

La piste zigzaguait à travers une forêt clairsemée où alternaient les conifères et les feuillus dénudés. Des troncs blancs de bouleaux sortaient de la neige comme s'ils eussent été formés de la même matière. Des mélèzes couleur de paille se mêlaient aux branches vertes des sapins chargés d'aiguilles grasses. Des paquets de neige restaient accrochés sur les branches et, en passant, il leur arrivait de les faire tomber dans un poudroiement irisé de lumière dorée. Partout, des traces d'animaux serpentaient entre les troncs et les branches, laissant deviner la vie intense de ces bois lorsqu'ils étaient livrés à l'obscurité silencieuse de la nuit.

Ils croisèrent les pistes du domaine de Combloux. Des adolescents vêtus en kaki et coiffés de bonnets bariolés à grelots les dévalaient en hurlant. Ils traversèrent rapidement la pente damée puis retrouvèrent le calme de l'itinéraire de randonnée. Le ciel d'un bleu intense servait de toile de fond à l'entrelacs vert sombre des bois enneigés. Un peu plus haut, la trace s'élargit et ils purent monter côte à côte. Rémy attendit que Laure rompît le silence. Elle resta un long moment sans dire un mot.

— C'est toi qui as choisi de vivre en montagne ? demanda-t-elle enfin.

— Mon frère et moi.

La veille, avec le groupe, Rémy avait mentionné qu'il n'était pas originaire de la région et qu'il venait « de Paris ». C'était une confidence inexacte et ridicule qu'il s'était tout de suite reprochée. Comme si, en révélant cette origine citadine, il avait voulu se rapprocher de Laure ou, à défaut, se sentir moins éloigné d'elle...

Un petit fœhn tiède réchauffait l'air glacé qui stagnait le long de la pente. La montée était régulière, peu raide. Le bruit soyeux des peaux de phoque sur la neige rythmait paisiblement la progression. Rémy se sentait légèrement essoufflé, non pas à cause de l'altitude encore modeste et de l'effort – il était habitué dans ses sorties solitaires à des ascensions plus rapides et plus raides – mais sous l'effet d'une émotion qui faisait battre son cœur plus vite. Il avait l'impression que ses paroles – les premières qu'il échangeait seul à seule avec Laure – seraient déterminantes et pourraient, en cas d'erreur, le perdre aux yeux de la jeune femme. Au lieu de l'inciter à la prudence, cette crainte le poussait à un bavardage désordonné, comme si des phrases précipitées et sans cohérence fussent moins compromettantes que des propos bien réfléchis.

— J'ai découvert la montagne assez tard, confia-t-il. Ce sont les copains de régiment de mon père, des Montpelliérains, qui nous ont fait faire nos premières ascensions. J'avais quatorze ans et mon frère douze. On a été camper dans le massif du Caroux-Hortus, le pic Saint-Loup, tu connais ? Ça nous a tellement plu qu'on a tout fait pour repartir. Après, ça a été l'Oisans : Ailefroide, le Pelvoux, et puis tous les classiques : le Mont-Blanc, la Vanoise, le Valais. Et comme ça, petit à petit, il est devenu évident qu'on serait guides.

Depuis les pistes de Combloux, il était passé devant et, en parlant, il s'animait et accélérait le rythme. Laure ne bronchait pas. Mais elle suivait avec plus de difficultés. Ses mouvements étaient moins harmonieux, moins bien synchronisés. Elle finit par s'arrêter.

— Tu aurais de l'eau ?

— Oui, oui, bien sûr.

Il s'en voulait de ne pas avoir été plus attentif à celle qui, en vérité, restait sa cliente. Il retira son sac et sortit un Thermos rouge.

— Du thé chaud ?

Laure but dans le capuchon du Thermos, qui servait de tasse. Rémy se servit à son tour et, en se repérant à l'anse, il plaça ses lèvres à l'endroit où elle avait posé les siennes. C'était une sensation voluptueuse et, en même temps, comme elle était le fruit d'un procédé déloyal qu'elle avait peut-être remarqué, il se sentit gêné et rougit. Il revissa le bouchon, remit le sac sur son dos et ils repartirent.

La trace à cet endroit menait à un petit sommet arrondi. De là, il fallait suivre une longue crête légèrement descendante pour atteindre le pied de la dernière pente. À cet étage, il n'y avait plus aucun arbre et les traces d'animaux avaient disparu. Les champs de neige étaient sculptés par le relief qu'ils recouvraient.

Accrochée à l'étoffe indigo du ciel sans nuage, la pente formait comme un drapé jeté à la hâte sur la nudité des alpages et en épousait les rondeurs.

Ils avançaient maintenant en plein soleil et avaient repris la progression en file indienne. La trace, canalisée entre les berges du manteau neigeux, devenait très étroite. Cela rendait la conversation difficile. De toute manière, ils n'avaient plus envie de parler. Ils étaient concentrés sur leurs sensations, la chaleur du corps en mouvement et du soleil sur la peau. La lumière aveuglante, même avec des lunettes, donnait à la montagne blanche et au ciel bleu un aspect marin, comme s'ils marchaient sur une longue plage immaculée qui montait vers un infini d'océan.

C'est par de tels cadeaux sensuels que la montagne sait faire oublier les tourments qu'elle inflige et qui peuvent la faire haïr. Rémy était reconnaissant à une invisible Providence qu'une telle faveur leur fût accordée précisément en ce jour où il la désirait plus que tout.

Laure, de nouveau en tête, franchit un dernier lacet raide et se retrouva au-dessus de Rémy. Sa silhouette se découpait sur la pente blanche comme une sculpture baroque polychrome. Elle lui sourit et il remarqua que coulait sur sa tempe une goutte de sueur. S'il y a un signe par lequel se trahit l'amour, c'est bien cette capacité à rendre désirable ce qui peut être, en temps ordinaire et sur des êtres auxquels on est indifférent, objet de dégoût. Plus que sur la bouche de Laure en cet instant, c'est sur cette perle de sueur que Rémy avait un désir fou de poser sa langue. Mais tout aussitôt, il fit une conversion à son tour et se retrouva derrière elle.

Dix foulées encore et ils atteindraient le long sommet plat. Une dernière poussée de bâtons pour y prendre pied et ils n'auraient plus qu'à remonter la table neigeuse faiblement inclinée jusqu'à la plateforme qui marquait le point culminant. Deux groupes de randonneurs s'y trouvaient déjà. Ils avaient déchaussé leurs skis et se prenaient en photo avec des cris de joie. Laure et Rémy s'arrêtèrent un peu à l'écart.

Pendant la montée, ils avaient gardé les yeux fixés sur la pente monotone et suivi attentivement la trace. Tout à coup, parvenus à ce point ultime, le sol n'avait plus rien à leur dire et c'est l'immense panorama qui aimantait leurs regards. D'où ils venaient, derrière l'abîme sombre et brumeux de la vallée, se dressait le Mont-Blanc, trop loin pour être impressionnant. Tandis que sur l'autre versant, le massif des Aravis tout proche dessinait une gigantesque denture, brillante de glace et comme émaillée.

Rémy connaissait le nom de tous ces sommets. Il les avait pour la plupart escaladés. Une ascension accomplie dépose dans l'esprit de curieux souvenirs. On a beau répéter que le sommet lui-même n'a aucune importance, les instants que l'on y passe s'impriment dans la mémoire. En regardant une montagne que l'on a gravie un jour, on revoit les quelques mètres carrés de sa cime. Sont-ils plats, neigeux ou rocheux ? Les humains ont-ils dressé en ce point culminant un monument, une statue, un tas de pierres ? On a, pendant quelques minutes, fait de ce lieu sans confort un séjour, presque un domicile. On y a accumulé une quantité inouïe de sensations, d'émotions, sans même s'en rendre compte. Tout ce qui a été vécu sur ce sommet pénètre profondément dans l'esprit et pourra se libérer un jour, comme un génie sorti de sa bouteille, quand le regard, d'en bas ou d'ailleurs, se posera à nouveau dessus. Ceux qui ont partagé cette expérience sont habités par ces souvenirs rares et qui les lient à jamais. Rémy et Laure partageaient le sommet de Croisse-Baulet et, si modeste qu'il fût, il faisait pour eux de cet instant un moment inoubliable.

Rémy connaissait trop la force de cette communion pour y mêler les gestes minuscules de l'amour. Il sentait que son désir était partagé, que cette émotion avait la valeur d'une étreinte et que Laure, pas plus que lui, ne pourrait l'oublier. Tout devait garder son ampleur, sa grâce. Les petites effusions, les maladroites caresses humaines, dans ces décors de lumière, d'espace et de vent, sont dérisoires et mêmes insupportables. Il fallait laisser l'esprit se mouvoir sans contraintes. Le regard était suffisant pour exprimer l'émoi et celui de Laure parlait sans ambiguïté. Les mains, engourdies par le froid vif, ne pouvaient être d'aucune utilité pour exprimer la tendresse. Les bourrasques rondes et soyeuses qui montaient par instants de la combe de Doran tenaient lieu de caresses.

Ils retirèrent les peaux de phoque des skis, réglèrent les fixations pour la descente et raccourcirent les bâtons. Puis, sans se hâter, l'esprit plein d'un moment qu'il était inutile de faire durer tant il était saturé d'infini, ils s'élancèrent dans la pente.

La neige, comme prévu, était légère et se laissait sans effort entamer par les spatules. Le relief était suffisamment doux pour qu'ils puissent faire onduler leurs traces avec souplesse. Rémy se dirigea vers une combe vierge dans laquelle ils gravèrent leur sillage comme sur une page blanche. Le mouvement synchrone de leurs hanches était comme un geste d'amour physique, élargi à la dimension de la montagne. C'était, sans se toucher, la forme d'étreinte qui convenait exactement à leur désir. De temps à autre, leurs trajectoires se croisaient, ils se frôlaient, échangeaient un bref regard où se lisait le bonheur. La mémoire est là pour celer à jamais ces instants éphémères. De tels souvenirs partagés sont comme un enfant qui ne naîtra jamais mais vivra pour toujours dans le corps mystérieux de ceux qui l'ont conçu.

Il leur fallut remettre les peaux pour remonter la longue crête horizontale qui menait au premier sommet. Ensuite vint la descente dans les sapins. Ils se suivirent dans l'étroit défilé de la trace. Ils devaient sans cesse sauter, bondir. Des gerbes d'étincelles gelées brillaient dans le soleil rasant. Une gorge bleue d'ombre les ramena vers une piste damée qu'ils traversèrent en provoquant les cris indignés d'un groupe de débutants. Puis, de plus en plus étroitement serrés par les troncs drus, ils rejoignirent la plateforme d'où ils étaient partis.

Il y a des jouissances si impudiques qu'on n'ose pas s'y abandonner, fût-ce devant celle ou celui qui les a provoquées. Aussi restèrent-ils encore à distance pendant qu'ils déchaussaient. En silence, ils allèrent jusqu'à leurs voitures. Celle de Laure était une Mini Countryman neuve garée un peu en avant de la vieille Mercedes de Rémy.

— Tu me suis, dit-elle.

Ce furent les seuls mots prononcés. Ils contenaient tout, la certitude, la promesse, le mystère.

Les deux voitures descendirent la route lentement, comme si l'un et l'autre avaient reconnu leur ivresse et décidé de s'en protéger.

IV

Un énorme ours blanc braquait sur les intrus deux yeux d'un jaune presque fluorescent. La toile occupait un mur entier, face à la porte d'entrée de l'appartement.

— C'est Youki, dit Laure.

Ils rirent et cette diversion atténua le voluptueux malaise que Rémy ressentait en entrant dans ce lieu inconnu avec Laure. Aussitôt, elle ajouta :

— Il n'y a personne. Ils sont partis hier.

L'appartement de ses amis était situé aux Choseaux, au-dessus de Megève, dans une ancienne ferme dont il occupait les combles. Rémy reconnut immédiatement le raffinement de ces tanières de luxe, fruit du travail d'un décorateur d'intérieur. Tout était fait pour donner le sentiment qu'on était là depuis longtemps quand on venait seulement d'arriver et qu'on y resterait sa vie durant, paisible, immobile, serein, alors même qu'on ne comptait pas y passer plus d'un week-end.

Une épaisse moquette blanche donnait le ton. Les meubles étaient en bois clair, patinés par la trace de vies antérieures écoulées en des siècles de labeur et d'économie : table incisée par le frottement des couteaux au sortir du repas, accoudoirs lustrés par la main noueuse d'ancêtres perclus, vaisseliers aux ais tordus par les siècles au voisinage de l'âtre. Tout cela, évidemment, était dûment nettoyé et ciré, en sorte que si l'usure avait valeur de trace humaine, nulle sueur, nulle graisse, aucune forme de crasse ne pouvait se transmettre à l'utilisateur d'aujourd'hui.

Le soleil déclinant parvenait juste au ras de la baie vitrée et donnait aux cadres, aux meubles, aux objets traditionnels suspendus aux murs, un contour d'or.

Rémy se tenait planté là, en tentant de démêler ses sentiments. De tels décors le mettaient mal à l'aise car il avait déjà pénétré dans bien des lieux de ce genre et y avait chaque fois rempli avec un certain dégoût le rôle sans gloire qu'on attendait de lui. En même temps, il aimait ce luxe, sentait dans la perfection de ces univers une beauté, une douceur, une plénitude auxquelles il aspirait. En somme, il aimait la richesse et s'il pouvait parfois nourrir une certaine agressivité face aux gens de ces milieux, c'était peut-être à cause de la frustration de ne pas en faire partie.

Laure, il ne savait où, s'était dévêtue. Elle arriva devant lui moulée dans un body noir. À ses cheveux blonds s'accrochaient comme des étincelles les ultimes rayons du soleil qui frôlaient la rambarde chantournée du balcon.

Elle s'approcha de Rémy et, sans altérer son sourire grave, entreprit de défaire son anorak. Ses doigts fins coururent ensuite le long de son buste en tirant la fermeture Éclair de sa polaire. Rémy assista à tout cela sans bouger, partagé entre l'étonnement et la volupté. Puis, soudain, il ôta lui-même en hâte ses autres vêtements et enlaça Laure. Elle l'entraîna vers le grand canapé couvert d'un feutre écossais et ils accompagnèrent par leurs gestes enflammés la montée obscure du crépuscule.

Ils firent d'abord l'amour dans le salon ; en riant, ils allèrent ensuite jusqu'à la chambre et recommencèrent leurs jeux. Laure mettait dans l'étreinte physique autant de souplesse, de naturel et de grâce que dans tous les autres emplois de son corps, mais elle ne se livrait pas. Elle pouvait se montrer avide, active, empressée à donner autant de plaisir qu'elle en éprouvait. Mais, pas un instant, elle ne semblait perdre le contrôle d'elle-même. Rémy n'aurait pas su dire sur quoi il fondait cette impression. Néanmoins, elle avait en lui la force d'une certitude. Laure décidait souverainement de son plaisir : elle lui assignait une place et aucune surprise, aucun imprévu, aucune sollicitation n'aurait pu lui faire dépasser cette limite.

Pour autant, Rémy, avec elle, ne se sentait pas utilisé.

Il était habitué à des femmes qui, en ne lésinant pas sur des émois démonstratifs, ne faisaient qu'exiger de lui ce à quoi elles pensaient avoir droit, à proportion du prix qu'elles avaient payé. Laure, au contraire, était généreuse et authentique. Sans qu'elle eût rien dit, sans qu'aucune parole fût prononcée, Rémy était convaincu qu'elle éprouvait pour lui un sentiment sincère et profond. Et lui-même, qui n'osait pas rompre ce silence, s'entendait prononcer au-dedans de lui des mots d'amour passionnés.

Le désir assouvi, dans une obscurité que traversait seulement la lueur blafarde de la neige au-dehors, ils restèrent longtemps enlacés, silencieux, poursuivant un tendre bavardage de caresses.

Cet abandon muet ne ressemblait pourtant guère à Rémy. D'ordinaire l'amour physique était suivi pour lui par une phase déplaisante pendant laquelle, au nom de la soumission qu'on lui avait accordée, il était enclin, peut-être parce qu'il se méprisait lui-même, à maltraiter l'autre. Les vieux termes militaires qui désignaient l'amour jadis procédaient sans doute de là : conquête, victoire, capitulation. Il se croyait tout permis, alors que c'était lui, en vérité, qui se sentait vaincu. Et, le plus souvent, il prenait la fuite.

Avec Laure, l'effraction du corps n'ouvrait aucun droit et surtout pas celui de la domination. Rémy était envahi par une tendresse sereine, sans familiarité, comme si de se mieux connaître physiquement l'avait introduit à une reconnaissance émue, un respect plus profond.

Le soir tombé, ils s'assoupirent. Dès que Laure s'éveilla, elle se dégagea des bras de Rémy et se mit debout. Elle manœuvra un interrupteur qui alluma des lampes tamisées et une ligne de lumières invisibles installées dans la charpente. Elle alla dans la salle de bains, fit couler de l'eau et revint vêtue d'un peignoir en soie blanc, très court. Rémy alla prendre une douche à son tour. Elle lui apporta des serviettes.

— Où est-on, ici ?

— Chez Jérôme et Catherine, répondit Laure en se faufilant vers la porte, comme si elle avait compris que Rémy voulait lui attraper le poignet et l'attirer à lui.

— Comment connais-tu ces gens-là ?

Il criait à travers la porte ouverte. Elle répondait en s'affairant derrière le bar.

— Ce sont de vieux amis. Tu veux du thé ?

La bouilloire se mit à grésiller. Rémy entra sous la douche. Quand il revint dans la grande pièce, les cheveux mouillés peignés en arrière, enroulé dans un drap de bain moelleux, le thé était prêt sur la table basse devant la fenêtre. Laure étalait du miel sur des tranches de pain grillé. Il s'assit sur le canapé à côté d'elle. Elle fit un imperceptible mouvement pour se décaler. Ce n'était pas le début de fuite d'une femme au désir éteint et qui souhaite que chacun reprenne au plus vite sa place. Rémy lisait plutôt dans ce mouvement une preuve d'autonomie, le signe d'une volonté farouche d'indépendance, le refus de toute entrave. Aussitôt d'ailleurs, ce fut elle qui vint l'embrasser. Il comprit qu'il fallait que ce fût ainsi : elle voulait garder l'initiative, rester maîtresse sinon de leur relation, du moins de sa propre vie. Elle lui donnerait tout mais ne lui laisserait rien prendre.

— Donc ils te prêtent leur maison ? Ils ont confiance.

— Je les considère un peu comme des parents. Jérôme m'a confié mon premier job quand je suis sortie de l'école.

Rémy avait traduit ce mot : il voulait dire « Grande École ». Lui qui s'était arrêté avant le bac avait une sensibilité sur ce sujet. Il évita de demander de quelle grande école il s'agissait afin de ne pas creuser un fossé entre eux. Elle n'avait sans doute pas l'intention d'en parler non plus et n'ajouta rien.

— Et tes vrais parents ?

Laure, qui versait le thé, tressaillit.

— Ils sont au Pays basque.

Le ton était sec, la phrase laconique. Ellc n'avait pas envie d'en dire plus. Rémy eut l'intuition que le sujet n'était pas en cause. Ni sur ses parents ni sur rien d'intime elle n'avait l'habitude de se livrer à des confidences. En revanche, le travail était son vrai monde, son centre d'intérêt.

— Jérôme était un patron exceptionnel. Je n'ai jamais connu personne qui ait comme lui le sens des affaires. Il réussit tout.

— Le fait est qu'il est très connu. Même moi, j'ai entendu parler de lui.

Laure se leva et alla fouiller dans le frigo.

— Tu n'as pas faim ?

— Qu'est-ce qu'il y a à manger ?

— Plus grand-chose. Ils savaient qu'ils allaient partir. Un peu de fromage, des carottes râpées...

— Rien à boire ?

— Ça, il y a toujours ce qu'il faut chez eux.

Elle fouilla dans les casiers placés en hauteur et tira plusieurs bouteilles pour lire les étiquettes.

— Blanc ? Rouge ?

— Ce que tu veux.

Rémy l'avait rejointe devant le bar et s'était assis sur une chaise haute.

— Ils viennent souvent ici ?

— Deux fois par an, pendant une semaine à peu près. Ils ont des maisons partout : un domaine dans l'arrière-pays niçois, un manoir en Bretagne, des haras dans la Bresse...

Rémy frissonna, comme si un courant d'air froid s'était

glissé en lui. Son corps avait juste un peu d'avance : l'angoisse physique était venue avant que son esprit ne se représente ce qu'il craignait. C'était pourtant simple. Invitée probablement dans toutes ces maisons, Laure n'avait pas de raison non plus de venir à Megève plus de deux semaines par an. La crainte de la perdre était si soudaine, si neuve, il l'avait si rarement éprouvée dans sa vie, qu'elle le surprit et l'épouvanta au point de vaincre sa fierté et de le faire parler.

— Et toi, tu les suis dans toutes ces destinations ?

Elle sourit. Il se sentit transparent, prévisible. Elle attendit qu'il eût débouché la bouteille qu'elle lui avait tendue.

— Il m'est arrivé d'aller dans leurs autres maisons. Mais ma vie et la leur, ça n'a rien à voir.

— C'est-à-dire ?

Cette fois, elle rit carrément de son expression désemparée. Elle fit le tour du bar et, en se calant contre lui, elle l'entoura de ses bras.

— Moi, je préfère la montagne.

D'une main, elle saisit une mèche alourdie qui était tombée sur le front de Rémy et, de l'autre, elle attrapa son cou. En approchant les lèvres, elle lui donna un long baiser. Quand ils se détachèrent, il avait les larmes aux yeux. Une question occupait son esprit mais ce fut une autre qu'il posa. Il avait envie de demander : quand reviendras-tu ? Il dit plutôt :

— Quand pars-tu ?

— Demain, trancha-t-elle d'un ton décidé.

Elle le laissa encaisser le coup sans broncher, comme le maître observe l'animal qu'il dresse. Puis voyant avec satisfaction qu'il ne répondait rien, ne laissait paraître aucune émotion, ne se rebellait pas, elle ajouta :

— Mais je vais revenir.

*

Elle revint.

Pas aussi vite que Rémy ne l'aurait souhaité mais tout de même, elle revint. Jusqu'à son départ, il avait résisté à la tentation de lui demander quand elle serait de retour. Cette question aurait pu tout ruiner. Laure vivait dans un monde sans états d'âme, ce qui ne voulait pas dire sans sentiments. Elle cloisonnait sa vie et franchissait sans effort ces cloisons. Elle n'appréciait pas que quoi que ce fût s'oppose à ces transitions, les rende pénibles. Garder cette légèreté lui permettait à l'évidence d'être tout entière dans l'instant. Rémy devait d'autant plus accepter son absence que sa présence, quand elle reviendrait, serait totale.

Lui était incapable de dresser des murs étanches entre les diverses composantes de sa vie. Sitôt Laure partie, il se mit à penser à elle à tout moment. En vérité, il n'y pensait pas en permanence mais son image pouvait surgir dans n'importe quelle circonstance. Parfois, quand il prenait son tour au bureau des guides, il lui arrivait, quand la porte s'ouvrait, de voir entrer Laure. Il répondait au client avec un sourire niais, perdu dans sa rêverie et complètement indifférent à la randonnée à raquettes qu'on lui demandait d'encadrer.

Il ne sortait plus le soir. Il restait seul à la maison (son frère était rentré chez lui) et se mettait face aux programmes les plus stupides de la télévision – il avait l'embarras du choix –, pourvu que des images mouvantes et des sons sirupeux permissent à son esprit de vagabonder en pensant à Laure.

Elle n'avait donné aucune explication sur son fonctionnement. À lui de comprendre ce qui, dans leur relation, était licite ou non à ses yeux à elle... Il était parvenu à la conclusion qu'il ne devait jamais laisser paraître sa mélancolie, son impatience, encore moins sa souffrance. Il se bornait à envoyer de temps en temps des messages positifs, surtout lorsqu'il était en montagne. C'était d'ailleurs le seul motif qui pût encore le pousser à sortir. Il accompagna quelques clients, jamais de femmes seules, il aurait été incapable de faire semblant. Parfois même, il partait en solitaire, plus volontiers quand le soleil était là et qu'il lui rappelait les journées passées avec Laure.

Avec elle, il avait partagé ce qu'il appelait la « montagne plaisir », c'est-à-dire un de ces moments rares où tout est parfait. Les photos qu'il lui envoyait maintenant étaient toutes de même nature. Ni brume, ni pluie, ni orage, ni grisaille, ni foule : il ne lui montrait que des images de rêve. Il fallait bien les choisir car ce printemps était plutôt maussade. Il y eut de longues semaines de ciel bouché et les vacances de Pâques, tardives cette année-là, déversèrent sur la vallée un nombre inhabituel de vacanciers.

Rémy refusa plusieurs invitations à des dîners ou à des fêtes. Certains de ses amis s'inquiétaient de le voir aussi distant et solitaire. Personne ne supposa qu'il était amoureux tant il avait acquis la réputation de se conduire durement avec les femmes et de multiplier les relations sans lendemain. Lui-même ne sut pas tout de suite mettre un nom sur sa délectation morose. Un matin, alors qu'il traînait chez lui, il aperçut la camionnette jaune du facteur qui s'arrêtait devant sa boîte aux lettres. Il courut dehors en pantoufles, fourragea la serrure rouillée pour découvrir finalement... une facture d'électricité. Il eut à peine le courage de rentrer. Il resta planté là, les pieds dans la boue mêlée de neige fondue, en tee-shirt dans le vent glacé, les bras ballants. Dieu sait pourquoi, il s'était imaginé que Laure lui annoncerait son retour par lettre. Les rares échanges qu'ils avaient eus – elle le remerciait pour ses photos – étaient pourtant passés par courrier électronique. Cette idée romantique d'une lettre lui venait de loin. Elle renvoyait sans doute à ses lectures d'enfance et aux histoires d'amour qu'il avait connues par la littérature. Il n'avait pas suivi de longues études mais la seule matière qui l'avait passionné était le français. Et c'est ce matin-là seulement, désemparé d'avoir conçu un fugace espoir et de l'avoir vu disparaître aussitôt, qu'il mit soudain un nom sur la maladie dont il était frappé.

Ainsi, se dit-il, je suis amoureux.

Nommer un mal, ce n'est pas en guérir mais c'est déjà apprendre à vivre avec lui. Par la suite, il ne pensa plus seulement à Laure mais à son amour, comme s'il se fût agi d'un être à part entière. Il le voyait grandir, prendre de la force et parfois s'assoupir. Il projetait sur lui ses douleurs et ses angoisses. Si bien qu'il put petit à petit reprendre pied dans la vie normale, indemne des maux dont était accablé son pauvre amour, qu'il retrouvait le soir en rentrant à la maison.

Le mois de mai passa ainsi. Le printemps mûrit. Les feuillus se chargèrent de bourgeons, les prés se nappèrent d'un vert cru et la neige recula, laissant noircir les forêts et dégageant les hauts alpages. Devant le chalet de Rémy, un pommier se chargea de fleurs blanches et dans les jardins alentour parurent les trop vives couleurs de plantes achetées dans les jardineries et transposant dans l'Alpe des fulgurances japonaises ou australiennes. Rémy réussit quelques belles photos de forêts printanières et de falaises. Il avait parlé avec Laure avant son départ de l'initier à l'escalade. À mesure que le temps passait, il dut se rendre à l'évidence : il ne restait plus aucune randonnée à skis praticable. Dans ses messages, il se mit à jouer d'une autre corde sensible : il détailla les belles grimpes qui étaient désormais praticables. Il fit une sortie d'escalade à la falaise des Chéserys et envoya à Laure des photos de cette paroi blonde, face aux glaciers de l'aiguille Verte. Sans doute avait-il tapé juste.

Moins d'une semaine plus tard, elle annonçait son arrivée.

V

Le mois de juin était presque terminé. Laure débarqua un jeudi soir. Elle s'était fait prêter un autre appartement, au-dessus d'Argentière cette fois. Ils convinrent de se retrouver là-bas à vingt et une heures. Quand Rémy entra, il la trouva installée, en tenue de détente, pantalon élastique et pull jacquard à motifs norvégiens. On aurait pu croire qu'elle vivait là. Elle n'était pourtant pas arrivée depuis plus d'une heure.

Le même naturel présida à leurs retrouvailles. Ils s'embrassèrent comme s'ils s'étaient vus la veille. L'avidité que Rémy était tenté de laisser transparaître fut aussitôt tempérée par l'imperceptible mais infranchissable distance que Laure mettait entre elle et le monde. Il comprit qu'il ne devait pas la presser. Il la laissa se dégager de son étreinte bien plus tôt qu'il ne l'aurait désiré.

Elle sortit une bouteille de Bordeaux d'un placard et pendant qu'elle l'ouvrait, elle se mit à interroger Rémy sur le programme qu'il envisageait.

— Alors, tu vas m'emmener grimper ?

C'était étrange. Toute son appréhension était oubliée

et Rémy se sentait parfaitement à l'aise. Il se mit à énumérer les activités qu'il avait prévues pour les jours à venir. Sa seule frustration était de ne pas oser encore l'interroger sur ce qu'*elle* avait fait pendant tout ce temps. Il aurait aimé savoir si elle avait voyagé, qui elle avait rencontré, si elle avait pensé à lui. Mais ce n'était pas encore le moment. Au lieu de cela, ils parlèrent de corde et de baudrier.

— Tu as déjà grimpé ? demanda-t-il.

— Une ou deux fois en salle à Paris mais je te préviens : il faudra tout m'apprendre.

— C'est bien pour ça que j'ai l'intention de commencer par une falaise école. Combien de temps me donnes-tu ?

Rémy avait osé cette question en la plaçant dans un contexte technique mais il était possible qu'elle l'eût comprise autrement, comme une interrogation sur la durée de son séjour. Il craignait d'avoir rompu le charme. Elle se tut un long instant.

— On verra. J'attends des réponses pour mon boulot. Je ne sais pas encore quand ils auront besoin de moi.

Il était inutile d'insister. Rémy savait qu'elle ne dirait rien. La maîtrise toujours et la liberté...

Il l'observait pendant qu'elle évoluait dans l'appartement, à la recherche d'un plateau et de verres. Elle allait droit aux bons rangements et semblait aussi familière des lieux qu'elle l'était chez Jérôme à Megève. Rémy se demanda avec qui elle était venue là et combien de temps elle y avait passé.

— Demain, on va commencer par des voies courtes. On montera aux Chéserys, c'est en face d'ici, sur le coteau ensoleillé. Tu sais, les photos que je t'ai envoyées ? Des dalles faciles, bien équipées et prisues.

— Ça a l'air magnifique. Et ensuite ?

— Tout dépendra de ta forme et aussi de la météo.

— Il fera beau, trancha-t-elle.

Lui aussi avait consulté la météo et il avait les mêmes informations. Avait-elle choisi la date de son séjour en fonction de cela ou étaient-ils de nouveau servis par la chance ?

— Tu as dîné ?

— Oui, mentit-il. Toi aussi ?

— J'ai grignoté en route.

Ainsi, elle avait posé la question par politesse mais n'avait pas plus envie que lui de ressortir car il ne devait rien y avoir à manger dans la maison. Ce dernier obstacle écarté, chacun de leurs silences ouvrait un peu plus grand l'espace du désir. Rémy qui, avec tant d'autres, n'avait jamais éprouvé la moindre gêne à proposer, souvent de façon très impudique, le moment de l'amour physique, se sentait incapable de prendre quelque initiative que ce fût. Heureusement, avec une autorité sans artifice, Laure fit les gestes attendus. Leurs corps n'avaient rien oublié. Ils reprirent un échange que les semaines écoulées ne semblaient pas avoir interrompu.

Sans savoir si c'était cette longue abstinence qui altérait son jugement, Rémy eut l'impression que Laure prenait plus de plaisir encore à leurs jeux que lors de leur première rencontre. Il n'en conçut nulle fierté car il avait l'intuition qu'en cette matière comme dans tout le reste, tout procédait de la décision souveraine de sa compagne.

Le lendemain, il la laissa dormir et alla chercher des croissants dans une boulangerie d'Argentière. Ils prirent le petit déjeuner sur la terrasse. L'appartement était orienté face aux aiguilles Rouges. Ils voyaient la trouée d'arbres du téléphérique de la Flégère. Les sommets rocheux se découpaient sur le ciel bleu tandis que des pâturages couleur d'absinthe montaient jusqu'à leur pied. De larges bandes caillouteuses écorchaient les pentes, cicatrices à vif creusées dans la montagne au bulldozer. L'hiver, recouvertes par la neige, elles formaient autant d'harmonieuses pistes de ski.

— Il faut d'abord qu'on aille t'équiper, annonça Rémy.

À vrai dire, la journée n'imposait pas l'action et il aurait volontiers prolongé leurs ébats jusqu'au soir. Cependant, Laure, douchée et habillée, montrait assez qu'elle attendait un programme actif et sportif. Le guide, en Rémy, reprit le dessus. Il l'interrogea sur ce qu'elle avait apporté comme vêtements de sport et griffonna une liste de matériel à acheter. Ils allèrent avec la voiture de Laure jusqu'à Chamonix et se garèrent dans le parking souterrain, place du Marché. Ils descendirent la rue Vallot en se tenant par la main.

Rémy était habillé avec les vêtements techniques des meilleures marques. Comme tous les guides, il aurait préféré s'enrouler dans un sac en plastique plutôt que de porter des produits achetés dans les chaînes de sport grand public. Ce discret snobisme est un moyen de se distinguer des clients et de montrer que l'on a la confiance des fabricants les plus performants, voire, consécration suprême, qu'on est sponsorisé par eux. C'est d'ailleurs souvent le cas. On sait que Rémy bénéficiait en la matière des avantages de son frère mais il payait lui-même certains articles, comme les lunettes de soleil par exemple. Malgré la modestie de ses revenus, il prenait toujours les modèles les plus chers, les dernières créations. Il n'achetait rien pour sa maison, se nourrissait de pâtes, ne voyageait pas. Été comme hiver, il consacrait la plus grosse part de son budget à son équipement sportif.

Bronzé, vêtu avec recherche et décontraction, consacré par la médaille ronde de la Compagnie qu'il épinglait, bien en vue, sur sa manche, il était l'archétype du guide. Sa jeunesse, ses traits virils, sa silhouette souple et musclée le rendaient désirable. Il était habitué à ce que les femmes qu'il séduisait le promènent comme un trophée. Il y avait cette fois une différence. D'ordinaire, ce genre d'expérience le rendait vaguement honteux. Il avait la désagréable impression d'être réduit à sa part animale, et il prenait presque en horreur ses qualités physiques. Avec Laure, en revanche, il était fier de la valeur qu'elle lui accordait. Il se sentait jeune, beau, admiré et ces qualités dont il était si peu responsable représentaient comme un cadeau que la nature lui avait offert et qu'à son tour il déposait aux pieds de Laure.

Sa fierté allait aussi dans l'autre sens. Auparavant, il attachait peu de prix aux relations qu'il entretenait avec des femmes ; cette fois, il était gonflé d'importance de se promener au bras de Laure. Il avait envie de le montrer, jouissait des regards qui se portaient sur elle. Ce n'était pas un effet de vanité. Il ne fallait pas y voir la satisfaction machiste d'un homme sûr de sa conquête. C'est au contraire parce qu'il se sentait si peu maître de cette relation qu'il profitait, comme d'un baume apaisant, des minutes où, en s'affichant face au monde comme un couple, il pouvait avoir l'illusion qu'ils en formaient un.

Ils entrèrent dans plusieurs magasins et choisirent avec soin les différents équipements dont Laure aurait besoin pour ses débuts en escalade.

Par habitude et aussi parce qu'il était persuadé, sans en avoir jamais parlé avec elle, que Laure gagnait très bien sa vie et disposait sans doute d'une fortune personnelle venue de sa famille, Rémy orienta ses choix vers les articles les plus sophistiqués et donc les plus coûteux. Pour les chaussons d'escalade, il lui fit essayer quantité de modèles et lui conseilla la paire qui offrait les meilleures performances. C'était un peu optimiste, sachant qu'elle n'avait pratiquement aucune expérience dans ce sport et qu'elle n'y persévérerait peut-être pas. Il fut assez surpris de la voir opter plutôt pour un modèle bas de gamme. Il y vit l'expression d'une certaine modestie. Pas un instant il ne conçut l'idée que ce fût plutôt une question de prix. Elle ne se cachait pas pourtant pour regarder les étiquettes.

Elle fit le même choix de simplicité et d'économie pour le baudrier, le sac à magnésie et les chaussures d'approche. Faute de connaissances, elle ne discuta pas la proposition de Rémy pour le système d'assurage et ce fut le seul article cher qu'elle acquit. Elle refusa d'acheter des vêtements d'escalade, arguant qu'elle avait des tee-shirts et un collant de yoga qui feraient aussi bien l'affaire.

Munis de toutes ces acquisitions, ils repassèrent chez Laure. Rémy prit dans sa voiture la corde et un sac contenant son équipement et ils repartirent en direction du col des Montets.

Le sentier jusqu'à la falaise des Chéserys monte en lacets tranquilles sur le flanc des aiguilles Rouges. Il offre à intervalles réguliers des panoramas imprenables sur le village du Tour, que domine le front d'un glacier moribond. À mesure qu'on s'élève, on découvre ensuite le massif de l'aiguille Verte, avec ses contreforts et le plus célèbre d'entre eux, celui des Drus. Vus du sentier des Chéserys, les Drus apparaissent non plus comme des pointes mais comme une gigantesque main dans la paume de laquelle, à ce moment précoce de la saison, se dessine encore en blanc la niche neigeuse de la face nord.

Comme la plupart des alpinistes, Rémy ne regardait plus ces splendeurs naturelles, sauf pour les montrer à quelqu'un. Il le faisait d'ordinaire de façon routinière, nommant les sommets avec fierté comme un boucher qui désigne dans son étal les pièces de choix qu'il propose à ses clients. Avec Laure, cet enthousiasme n'était plus de commande. Il était profondément heureux pour elle mais aussi pour lui-même de pouvoir lui détailler les merveilles de ce qui, au fil des ans, était devenu son domaine. Le regard de Laure rafraîchissait le sien. Il avait l'impression de découvrir ce spectacle avec une virginité nouvelle.

En arrivant sous la longue barre rocheuse des Chéserys, on découvrait en face, séparées par des vallées glaciaires, toute une enfilade de pointes au nom prestigieux : le Dolent, le Chardonnet, les Grands Charmoz et le Grépon, les aiguilles du Plan et du Midi.

Ces sommets conquis dans la douleur, témoins de tant de sacrifices, avaient été naguère pour Rémy les supports d'un rêve : celui de son adolescence habitée par l'ambition de devenir guide, par la tyrannie de la « liste de courses » à produire pour être admis à l'École nationale qui forme à cette profession. Ces noms prestigieux avaient été en leur temps synonymes de peur et d'effort. Conformément à l'évolution qu'il avait suivie et que son frère lui reprochait, tout cela n'était plus pour lui qu'un paysage, une matière inoffensive et harmonieuse offerte à la contemplation. Car Rémy ne cherchait plus l'exploit ni la souffrance dans ces grandes courses classiques de haute difficulté. Il leur préférait désormais des escalades en falaise, sur des parois raides, plus courtes et bien équipées et seulement quand le soleil les réchauffait. L'alpinisme plaisir vers lequel il tendait pouvait apparaître comme un renoncement voire une démission, mais il retrouvait tout son sens lorsqu'il avait pour cadre, comme en cet instant, le domaine enchanté où il pouvait faire pénétrer la femme dont il était amoureux.

Son seul regret, presque informulé, était que Laure ne découvrait pas ces merveilles pour la première fois. Elle admirait le paysage, montrait par l'émotion qu'elle laissait paraître combien elle était sensible à ces tableaux grandioses. Deux ou trois fois cependant, elle compara cette vue avec celle qu'on pouvait avoir du Brévent ou de la Flégère, ne faisant pas mystère d'avoir fréquenté ces autres belvédères, sans doute pour y skier. Et Rémy, tout en lui répondant avec naturel, était traversé par l'idée douloureuse qu'elle avait partagé ce spectacle avec quelqu'un d'autre.

En cette fin de printemps, des plaques de neige résistaient encore au milieu des fourrés de rhododendrons. Pour atteindre le pied des parois, ils durent quitter le sentier principal et cheminer par une trace raide entre des blocs de rochers et des bouquets de fougères. Ils croisèrent une femelle chamois avec deux petits. Dans cette réserve naturelle, les animaux n'étaient pas sauvages. Ils s'en approchèrent à quelques mètres. Laure était visiblement fascinée mais elle ne montra aucun des signes d'attendrissement bruyant et forcé que Rémy avait si souvent déploré chez les personnes qu'il accompagnait. Elle regardait avec un surcroît de gravité ce miracle naturel qu'est le lien particulier entre un animal et les êtres qu'il a enfantés. Les petits fouillaient sans crainte dans le désordre du monde où la naissance les avait jetés. Ils éprouvaient leur équilibre sur les rochers, ils goûtaient les feuilles que la neige, en fondant, venait de découvrir et jetaient aux deux humains qui les contemplaient des regards de curiosité. La mère se tenait à peu de distance et au-dessus d'eux, indulgente pour leurs jeux mais prête à intervenir pour les guider ou les défendre. Puis, avec une indifférence méprisante, elle se détourna des intrus et les trois bêtes ensemble disparurent derrière un repli du terrain.

Rémy posa son sac au pied de la voie qu'il avait choisie. Cette notion de « voie », expliqua-t-il en désignant à Laure l'immense bouclier de dalles striées de fissures qui les surplombait, ne va pas de soi. L'alpinisme a d'abord consisté à gravir des sommets. Ensuite, les alpinistes se sont intéressés aux arêtes de ces figures géométriques que sont les montagnes. Ce sont ces arêtes qui indiquaient l'itinéraire. Plus tard est venue l'ascension des faces. Dans ces larges parois, il fallait tracer un itinéraire. De là est venu le terme de voie.

Il racontait cela doctement en déballant le matériel de son sac quand il surprit le regard ironique de Laure.

— Bien sûr, tu sais déjà tout ça.

— Je crois que j'ai compris. Oui. Et comment s'appelle la voie qu'on va suivre ?

— Elles ont toujours des noms plus ou moins stupides, en falaise. Quand les grimpeurs ont commencé à développer l'escalade libre, ils se sont moqués des grands anciens, avec leurs noms pompeux. Aujourd'hui c'est à qui trouvera le truc le plus nul.

— Celle-ci, alors ?

— Ça va encore. Elle s'appelle « Un père Noël pour Lucy ». L'ouvreur devait avoir envie d'offrir sa voie à sa gamine ou quelque chose comme ça. Un peu plus haut, à l'Index, il y en a une qui s'appelle « L'an d'Émile »... Tu vois le genre.

Pendant qu'il bavardait, il avait enfilé son baudrier et surveillé du coin de l'œil la façon dont Laure s'y prenait avec le sien. Il délova la corde et montra comment il fallait l'attacher au baudrier. Il fit ensuite un petit rappel du fonctionnement des mousquetons et du système d'assurage.

— Le mieux, conclut-il en abrégeant sa démonstration, c'est de voir tout ça en grimpant.

Il attaqua la première longueur. La dalle était tiédie par le soleil. Elle offrait des prises bien franches pour les mains et adhérait sous les chaussons. Arrivé à 25 mètres du sol, il fit relais sur une chaîne, avala la corde, installa un assurage. Il cria à Laure de monter. Elle s'élança. Il la voyait d'au-dessus et ce n'est pas la meilleure situation pour juger d'un compagnon de cordée. Pourtant, il fut immédiatement rassuré. Elle grimpait vite, choisissait les prises avec sûreté. À l'évidence, elle n'avait aucune appréhension et mettait dans les gestes de l'escalade la même précision et le même naturel qu'elle avait démontrés à ski. Tout cela était en harmonie avec sa personnalité : calme, efficace, maîtrisé. Rémy en éprouvait une certaine frustration. Car derrière ces qualités, se cachaient une histoire, une vie, des expériences dont il ignorait tout et qu'elle n'entendait pas livrer, dissimulée comme elle l'était par sa perfection même.

Cependant, prise après prise, elle approchait et Rémy chassa ces ombres pour jouir du bonheur présent. Il n'y a pas plus grand plaisir pour un grimpeur que de partager cette vie verticale avec la personne que l'on aime.

La technique de l'escalade a ceci de particulier que les mêmes gestes permettent de grimper une paroi de quelques mètres ou de gravir les plus hauts sommets. En voyant Laure arriver avec tant d'aisance à ce premier relais, Rémy comprit que tout serait possible avec elle. Elle dut ressentir la même émotion car, à peine parvenue sur l'étroite plateforme où il s'était attaché, elle embrassa Rémy à pleine bouche. Ils restèrent un long moment ainsi, dorés par un doux soleil ; enivrés d'espace et de vide, vibrants, émus, unis dans cette dimension exaltante qu'est la verticale.

Les jours suivants, ils eurent le temps de faire deux autres sorties d'escalade, à la dalle de Vallorcine et au Chapeau.

Puis Laure repartit.

VI

Laure avait promis qu'ils se reverraient bientôt mais s'était gardée de préciser quand. Rémy n'avait pas osé le lui demander. Évoquer son retour alors qu'elle n'était pas encore partie aurait été une faute. Elle aurait peut-être été tentée de l'en punir en retardant son retour. Leur séparation, selon sa volonté à elle, s'était faite sans effusion, comme un événement naturel et prévisible. Elle voulait à l'évidence que tout restât léger. Elle semblait passer sans nostalgie ni appréhension d'un état à un autre, fussent-ils émotionnellement bien différents.

Chaque instant avec Laure était plein. Ainsi ce court séjour avait-il paru très long à Rémy. Ils avaient grimpé, marché, mangé et bu, dormi, fait l'amour, tout cela sans retenue. C'est du moins ainsi que Rémy l'aurait résumé. Il était fasciné de voir à quel point Laure pouvait se livrer tout entière ou seulement le laisser croire. Lui, au contraire, n'était jamais tout à fait là où il prétendait se trouver : rêveur pendant qu'il agissait, déjà au lendemain quand la journée présente n'était pas encore terminée, agité dans son sommeil et serein dans les épreuves, mêlant dans ses songes le passé et l'avenir.

Quinze jours passèrent sans elle. On était déjà à la fin de juillet. Il avait fait très beau dans les Alpes pendant ces deux semaines, ce qui avait d'autant plus fait souffrir Rémy. Chacune de ces radieuses journées lui semblait des moments volés à sa relation avec Laure. Il se claquemurait chez lui, apathique, mêlant les souvenirs de leurs brèves ascensions au spectacle désespérant du ciel trop bleu sur l'arête de Bionnassay, tranchante comme une lame et brillant au soleil.

Une fois, on l'avait appelé du bureau des guides pour encadrer un groupe qui voulait grimper la Via Corda de Chamonix, un parcours d'initiation qui mène à la buvette des Mottets. Il s'était impatienté : la petite famille qui avait loué ses services tremblait d'épouvante sur les ressauts rocheux faciles de l'ancien glacier des Bois. Il n'était pas parvenu à cacher son irritation. Les clients avaient laissé des commentaires désagréables à son propos. Cela avait donné lieu à une conversation aigre-douce avec le président de la Compagnie. Rémy avait claqué la porte et refusé toutes les propositions pour les semaines à venir. Heureusement, deux jours plus tard, Laure s'annonçait. Dans un message laconique, elle demandait simplement à Rémy s'il était libre. Ce vocabulaire lui déplut car c'était celui qu'utilisaient les clients. Il n'était cependant pas en condition pour protester. La joie de savoir qu'elle allait arriver balayait toutes les susceptibilités. Il répondit qu'elle pouvait venir quand elle le voulait et qu'il serait toujours libre pour elle. Elle descendit de Paris en voiture le week-end suivant. Cette fois, elle avait réservé une chambre d'hôtel.

Elle avait choisi l'Hermitage, le plus ancien établissement de Chamonix encore en activité. Rémy se dit qu'elle devait aimer cette ambiance vieillotte qui rappelait l'époque des premiers touristes anglais. Ce cachet permettait de faire oublier l'absence de confort et justifiait les prix bas pratiqués par la direction.

De toute manière, ils y resteraient peu. Si le beau temps durait – comme la météo l'annonçait –, ils seraient surtout en montagne. Rémy avait prévu de passer au moins une nuit en refuge.

Le premier soir, ils dînèrent dans une pizzeria du centre-ville. Leurs ébats, dans la literie à bout de souffle de l'Hermitage, furent limités par les grincements épouvantables du sommier au moindre mouvement. Ils partirent tôt le lendemain matin, découragés à l'avance par la perspective d'une grasse matinée dans ces conditions. Ils prirent la voiture et roulèrent plus d'une heure jusqu'au col de la Colombière. De là, ils saisirent les sacs, la corde et montèrent par un large sentier en direction des pointes du Midi.

Le paysage n'avait rien à voir avec celui qu'ils avaient contemplé face à l'aiguille Verte. Ils étaient là au cœur des Aravis, montagnes plus douces aux larges vallées paisibles. Dans cette terre de monastères, l'alpinisme lui-même devient humble. De grandes parois blanches couronnent les alpages où paissent les vaches. Dans leurs entrailles mûrit paisiblement le lait qui servira à confectionner le reblochon. La montagne plaisir trouve là son expression la plus pure. La modestie des sommets environnants ôte de l'esprit toute idée de conquête ou de sacrifice. Ceux qui viennent ici chercher la verticale le font sans dissimuler leur hédonisme.

Rémy avait choisi de gravir la première des pointes du Midi. C'était une ascension raide mais brève et de niveau technique moyen ; ils y seraient seuls.

Laure révéla dans cette escalade les mêmes aptitudes que lors de son précédent séjour. Elle se montrait assez à l'aise pour que Rémy pût lui enseigner de nouvelles techniques, en particulier l'assurage du second et l'équipement d'un relais, conditions pour pouvoir grimper en premier de cordée.

Il lui fit également remarquer à quel point le rocher qu'ils escaladaient était bien différent de celui des Chéserys. Rémy avait toujours été extrêmement sensible aux variétés de texture des pierres. Il avait souvent essayé d'en parler avec son frère mais Julien était beaucoup plus hermétique à cette question. Il se consacrait surtout à la difficulté des itinéraires, au défi que représentaient les ascensions nouvelles. Rémy entretenait un rapport plus animal avec ce sport. La qualité de la roche était pour lui la condition principale de son attrait – ou de sa répulsion – pour un massif et pour les voies qu'on pouvait y gravir.

C'était ce qui l'avait amené à préférer à toute autre discipline l'escalade rocheuse. Il avait trouvé chez les grimpeurs cette sensibilité à ce que l'on pouvait appeler non pas seulement le toucher mais le « goût » de chaque roche. Ils y reconnaissent autant de saveurs différentes que le gastronome dans un plat. Ainsi, le calcaire des Aravis est peu adhérent mais subtilement sculpté. L'eau, en ruisselant à sa surface, y creuse des cannelures, des boutonnières, des fentes où la main peut se glisser. L'escalade est possible grâce à une subtile adaptation du corps à ces reliefs d'une variété infinie. Il faut d'abord caresser le rocher pour en repérer les imperceptibles défauts. Mais le grimpeur n'aurait pas l'idée d'appeler ainsi ces singularités providentielles qui deviendront sous ses mains et sous ses pieds autant de prises qui permettront la progression verticale.

Le gneiss sur lequel ils avaient évolué aux Chéserys est, au contraire, une roche compacte et cristalline très adhérente. Le contact du rocher et de la peau – ou de la gomme des chaussons – permet de sceller pour un instant une alliance étroite, par-delà les millénaires, entre le magma minéral refroidi, solide et presque immuable, et l'être humain éphémère et fragile qui passe là. À la surface du gneiss, de fins lichens tracent en couleurs des signes de piste mystérieux qui semblent adresser au grimpeur un énigmatique message. Si le calcaire offre pour l'escalade des trous ou des arêtes vives, le gneiss s'aborde plutôt par le frottement, tout en bosses, en réglettes, en affleurement cristallin.

Mais Rémy, s'il sentait intensément ces nuances, n'était pas capable de les exprimer avec des mots. Il se contenta de demander à Laure si elle remarquait des différences et quelle paroi elle préférait. Elle répondit que le rocher des Chéserys lui avait plu davantage que le calcaire. Les grimpeurs un peu machos qualifient pourtant ce dernier de « féminin ».

— Ce que je n'aime pas ici, c'est que le rocher garde la trace de tous ceux qui sont passés avant.

En effet, le calcaire tendre se lustre et se patine à chaque passage. Le gneiss, lui, reste intact et paraît vierge.

L'autre attrait de la pointe qu'ils gravissaient était

qu'elle offrait pour la première fois une manière de sommet. Ce n'était pas encore, bien sûr, la cime solitaire et majestueuse telle que l'ont magnifiée les récits héroïques. Tout de même, en franchissant le dernier pas, on prend pied sur un lieu indépassable, une petite plateforme pierreuse entourée de vide. Pour un débutant, ce que Laure était toujours, l'arrivée au point culminant d'un relief, si modeste soit-il, donne une impression de complétude et de satisfaction. Quelles qu'aient pu être pendant l'escalade les hésitations, les maladresses, les peurs, l'arrivée au sommet montre qu'on est parvenu à les surmonter, au sens littéral de ce mot.

Ils rentrèrent à Chamonix à la tombée de la nuit, allèrent dîner rue de l'Aiguille-du-Midi et se couchèrent tôt. Laure, comme à son habitude et d'autant plus que l'ascension l'avait fatiguée, s'endormit vite. Rémy regarda longtemps par la fenêtre briller les glaciers de la Jonction éclairés par la lune. Il rêva à Balmat, le cristallier vainqueur du Mont-Blanc en 1786 qui avait installé là-haut son gîte. À sept heures, ils se levèrent, bouclèrent les sacs et partirent pour la Suisse.

Monter en refuge est un temps paisible, propice aux longues conversations. Depuis qu'il connaissait Laure, Rémy avait eu assez peu l'occasion de recueillir ses confidences. Ils étaient toujours accaparés par l'action, à ski comme en escalade, ou réduits au silence par l'intimité et ses émois muets.

Dans la montée vers la cabane d'Orny, le sentier s'élève doucement et laisse assez de souffle pour pouvoir parler. Rémy en profita pour poser à Laure quelques questions sur sa vie. Elle y répondit de la façon la plus elliptique possible mais sans pouvoir se soustraire complètement à l'interrogatoire.

— Tu m'as dit que tu étais dans le business…

— Oui.

— Mais quel genre de business ?

— La finance. C'est horrible, non ?

— Je ne sais pas ce que c'est.

— Eh bien, je travaille dans une banque d'affaires.

À l'âge où il aurait pu découvrir le monde, Rémy était entré dans l'univers clos de la montagne. Il n'avait que peu d'idée de ce qu'étaient l'économie et la politique, sinon par ce qu'en disait la télévision – et il regardait rarement les émissions d'actualité.

— C'est quoi, cette espèce de sphinx, là-bas ? demanda Laure pour détourner la conversation.

— Le clocher du Portalet. Une paroi verticale qui a été longtemps considérée comme infranchissable. Aujourd'hui, elle est parcourue par plusieurs voies de haute difficulté.

Le sentier alternait entre portions aériennes et gorges étroites, au fond desquelles des ruisseaux clairs coulaient sur un fond d'ardoises délitées. Rémy laissa revenir le silence puis reprit en suivant sa pensée.

— Ça veut dire que tu achètes des entreprises ?

— On les évalue et on les vend ou on les fusionne avec d'autres.

— Et ça te plaît ?

— Oui. C'est très varié. Nous faisons toujours la même chose mais avec des boîtes qui appartiennent à des secteurs différents.

— Des secteurs ?

— C'est-à-dire que l'on passe par exemple de l'automobile aux télécoms, de la grande distribution à la production de films, etc.

Rémy accueillait ces confidences avec des sentiments mêlés. Il était si étranger au monde de Laure qu'il aurait pu en concevoir une certaine humiliation pour son infériorité. Mais elle ne cherchait pas à enjoliver son activité et elle en parlait d'un ton morne. Comparées au soleil éclatant sur le vallon d'Arpette, au serpent vert de la vallée de Champex en contrebas ou à la cime chaotique du Portalet qui dégringolait en une cascade titanesque de rochers saupoudrés de mica, les œuvres de bureau de Laure apparaissaient pour ce qu'elles étaient sans doute : ternes et dérisoires. En même temps, Rémy se sentait attiré par ces milieux inconnus de lui. Il ne concevait pas de borner sa connaissance du monde aux sentiers et aux glaciers, aux vallées, fussent-elles grandioses, et aux parois de rochers. Il se servait de ces beautés pour faire reconnaître par Laure leur égalité et même, dans ce contexte, sa supériorité. Mais il ne pouvait pas se cacher à lui-même qu'il était fasciné par ces ailleurs mystérieux où il ne pouvait pénétrer.

— Une banque d'affaires, répéta-t-il, songeur. Et il y a longtemps que tu fais ce boulot ?

— Depuis que j'ai terminé mes études.

— Ça t'occupe beaucoup ?

— Je rentre tous les soirs à minuit, parfois plus tard encore…

— Tu n'as le temps de rien faire d'autre, alors ?

— Pas grand-chose.

— Tu ne sors pas ?

— Je rencontre beaucoup de monde pour mon travail mais je n'ai pas assez de loisirs pour voir des gens en dehors.

— Tu n'as pas d'amis ?

— Quelques-uns, si.

— Jérôme et Catherine, par exemple ?

— Eux, c'est différent. Je te l'ai dit : lui a été mon premier patron. Il m'a donné une chance dans ce métier. Ils n'ont pas eu d'enfant et depuis leur retraite ils me considèrent un peu comme leur fille.

Un petit épicéa poussait en travers du sentier. Personne n'avait eu le cœur de le couper et les marcheurs, depuis aussi longtemps qu'il vivait, enjambaient son tronc qui poussait à l'horizontale avant de pointer vers le ciel. On avait l'impression, en franchissant ce seuil, d'entrer dans un espace consacré. Le vallon, d'ailleurs, s'élargissait à cet endroit et le torrent y coulait à plat, formant de petites flaques frémissantes où ils allèrent plonger leurs pieds nus.

Rémy avait fourré dans son sac un morceau de tomme et du pain. Il sortit un couteau et découpa des tranches pour Laure. L'air était immobile, les pierres tiédies par le soleil, le torrent serpentait entre les blocs avec le bruit d'une mèche de cheveux secs qu'on ferait crisser contre son oreille. Il fallait cet abandon voluptueux, cette paix pour que Rémy s'enhardisse à poser la question qu'il avait en tête.

— Et, à Paris, dit-il en refermant lentement le couteau et en le remettant dans sa poche, tu vis seule ?

Laure braqua les yeux sur lui et, un instant, il eut peur. Puis elle forma sur ses lèvres le sourire énigmatique qui donnait à Rémy le sentiment qu'elle lisait dans ses pensées.

— Oui, répondit-elle sans cesser de le fixer.

— Ah !

Il détourna les yeux et les posa au loin, sur une courbe de la rivière qui coulait en contrebas, au fond de la vallée de Champex. Mais il sentait toujours le regard de Laure sur lui.

— J'ai vécu longtemps avec le même garçon, précisa-t-elle sans le quitter des yeux. C'était pendant mes études et les premières années de boulot.

Rémy se détourna. Maintenant, il aurait voulu qu'elle se taise. Il était convaincu qu'elle allait lui en vouloir de ces confidences.

— Je ne te demande rien, souffla-t-il.

— Non. Mais tu *te* le demandes. Alors, je te le dis. On s'est séparés l'année dernière, et depuis je vis seule.

Ils restèrent silencieux puis Rémy tendit le bras vers Laure et lui serra le poignet.

— Ça va, dit-il avec un grand sourire. Ça va. Ne m'en dis pas plus.

Elle se leva souplement, se donna de petites claques sur les fesses pour en faire tomber le sable.

— Il n'y a rien de plus à dire, de toute façon. On continue ?

Elle se montrait pleine d'une gaieté forcée. Ils saisirent les sacs puis se remirent en chemin. La montée devenait un peu plus raide. Des chaînes fixées aux rochers servaient de main courante dans des passages plus étroits, qui devaient être dangereux en fin d'hiver.

Rémy se sentait si gêné d'avoir forcé les confidences

de Laure qu'en manière d'échange et peut-être d'excuse il se mit à raconter les détails de sa propre enfance, son arrivée à la montagne et même à dévoiler un peu ce qu'il n'aurait pas osé appeler sa vie sentimentale car le sentiment y prenait bien peu de part. Il parla de son père ouvrier dans une usine de conserves à Longjumeau, de sa mère au foyer, de ses grands-parents et quelques cousins, en Haute-Marne et en Bretagne. Il évoqua son milieu catholique, la JOC, les camps scouts. Il s'étendit longuement sur son frère cadet.

— C'est drôle, Julien et moi, on a tous les deux adoré la montagne mais pour des raisons différentes. Lui, c'était le petit. En montagne, il a trouvé l'occasion d'être considéré. Il s'est mis à chercher la performance, comme si son âge véritable avait pu devenir celui de ses exploits en alpinisme. Plus c'était dur et plus il se croyait grand et il aimait ça.

Laure marchait derrière. Rémy ne voyait pas ses réactions. Au bout d'un moment, il parla pour lui-même. Il s'en voulait mais n'était pas prêt à laisser s'installer de nouveau le silence.

— Moi, avec les films de Gaston Rébuffat, j'avais déjà découvert qu'on pouvait chercher le plaisir en alpinisme. Alors, quand j'ai vu pour la première fois *La montagne à mains nues*, avec Patrick Edlinger, j'ai compris que l'escalade, ça pouvait non seulement être le plaisir, mais la liberté. Se débarrasser de tout : les grosses chaussures, les pitons, les étriers, le bastringue qu'on traînait dans les parois… Edlinger, lui, portait un short de gym, des chaussons en gomme et un peu de magnésie pour sécher les doigts. Ça lui suffisait pour grimper d'immenses parois raides en solo. Fini la punition. Restait le soleil, avec la chaleur, et la liberté... J'ai choisi l'escalade rocheuse.

Ils montaient maintenant le long de la moraine. Leurs pas s'imprimaient dans le sable gris où brillaient de petits cristaux. Rémy pensait qu'il avait trop parlé mais c'était Laure, à présent, qui le relançait par ses questions.

— Qu'est-ce que tu veux dire ? Tu n'aimais plus aller en montagne ?

— En fait, je me suis détourné de l'alpinisme classique, la glace, la neige, le gel, tout cela. Je me suis mis à pratiquer le haut niveau technique dans les diverses disciplines du rocher. La plus dure et la plus formatrice, c'est ce qu'on appelle le bloc. De petites parois que l'on escalade sans corde en trois ou quatre mouvements, en se réceptionnant sur des tapis en cas de chute.

— Comme à Fontainebleau ?

— Exactement. Mais ça existe partout. Je pratiquais aussi la falaise, surtout en Provence et dans les calanques. Et, de temps en temps aussi, je continuais d'escalader les grandes parois rocheuses en haute altitude.

— Et toi, qu'est-ce que tu préférais ?

— Je pense que si j'étais resté en région parisienne, je n'aurais fait que du bloc et de la falaise. Mais j'avais suivi mon frère ici. Donc, j'ai aussi pratiqué les grandes voies. Plutôt des courses courtes, celles qu'on peut faire à la journée en prenant le téléphérique. Et j'ai laissé tomber l'alpinisme pur et dur, la cascade de glace, les hivernales, tout ce que Julien adore.

— Mais tu es quand même devenu guide.

— Oh, le diplôme, ils me l'ont donné parce que

j'étais un fort grimpeur de rocher. C'était le début des compétitions d'escalade et j'étais bien classé.

Ces propos pouvaient passer pour de la vanité. En réalité, ils cachaient une blessure et Rémy s'en voulait un peu de ne pas dire toute la vérité. S'il avait été sincère, il aurait avoué que, dans cette discipline de pur grimpeur, il avait atteint un bon niveau mais pas les premières places. Comme de surcroît ce sport, à la différence du foot ou du cyclisme, n'est pas très médiatisé, seuls les meilleurs y survivent. Ils deviennent conseillers techniques pour des marques d'équipement ou de vêtements. Les compétiteurs moyens, comme lui, ne sont rien. Il était bien content d'avoir pu faire valoir ses talents pour passer guide et il avait complété sa formation par le monitorat de ski pour travailler l'hiver. Au total, c'était à ses yeux un parcours médiocre. Il savait qu'il aurait pu aller beaucoup plus loin mais il avait manqué de persévérance et de motivation. Son naturel rêveur et hédoniste l'avait détourné de la rude discipline nécessaire pour atteindre les premières places. Il ne pouvait faire illusion qu'auprès de simples amateurs comme Laure.

Pour elle, ignorante de ces milieux, la vie de Rémy avait des couleurs désirables. Après tout, c'était ce qu'il voulait et elle n'avait certainement pas envie non plus de l'entendre égrener des échecs et des frustrations. Il connaissait les règles du jeu. Avec les gens qui ne viennent en montagne que pour leurs loisirs, il faut rester positif et livrer des récits enthousiasmants. Il le faisait avec ses autres clients sans éprouver le moindre remords. La différence, avec Laure, était ce désir de sincérité qui l'envahissait et auquel il devait à tout prix résister.

L'après-midi était bien entamé quand ils arrivèrent en vue de la cabane d'Orny. Ils gravirent le petit ressaut de rochers sur lequel elle est construite et tombèrent face à face avec un chamois de bronze grandeur nature, planté sur une dalle de pierre. Ils posèrent leurs sacs et pénétrèrent dans le refuge où flottait une bonne odeur de cuisine.

VII

La cabane d'Orny est tenue par un guide et sa femme avec la méticulosité proverbiale des Suisses. Cela veut dire qu'elle est plus propre que les autres refuges du massif, qu'on y mange mieux, que l'organisation y est plus rigoureuse et les grimpeurs plus disciplinés.

Pourtant Rémy, parce qu'il était avec Laure et voyait tout par ses yeux, avait l'impression de découvrir mille défauts qu'il n'avait jamais remarqués jusque-là. Il lui semblait que la salle en bas était bruyante, que les alpinistes, de toutes origines, sentaient la sueur, que le dîner, servi dans des gamelles en aluminium, était composé de mets caloriques et grossiers. Les lits dans les dortoirs étaient durs et les couvertures paraissaient douteuses. C'était du moins ainsi que Rémy, inconsciemment, pensait que Laure jugerait. En mettant les choses au plus mal, il exprimait sa crainte de la décevoir. Il n'osait pas l'interroger pour lui demander son opinion et elle ne disait rien.

Quand ils sortirent sur la terrasse pour voir le soleil se coucher derrière les aiguilles Dorées, le calme du soir était absolu. L'air était si immobile et si pur que l'on entendait monter de la vallée un tintement lointain de clarines. Face au refuge, la face nord du Portalet, naguère couverte de glace épaisse et de séracs, n'était plus qu'une pente désordonnée de rochers découverts, entre lesquels subsistaient des bandes de névés souillés de coulées boueuses.

Rémy se souvenait de l'excitation que Laure avait montrée en dansant sur les tables de La Pure Folie à Megève. Il imaginait qu'elle avait, comme beaucoup de citadins, peur du « silence éternel des espaces infinis » et que le crépuscule muet d'Orny devait la mettre mal à l'aise. Il lui proposa de rentrer au chaud dans la salle. À sa grande surprise, elle demanda à rester encore. Elle s'était assise sur le rebord de pierre de la terrasse et gardait les yeux grands ouverts sur le spectacle somptueux du crépuscule. Le soleil, en se couchant, illuminait les cirrus de rose et d'orangé. Il dessinait sur leur surface caressante des figures éphémères où, pendant des siècles, les observateurs inspirés ont cru reconnaître les chairs tendres d'angelots ou de nymphes. De temps à autre, une invisible avalanche de pierres grondait. Ce roulement sinistre, prolongé par un écho, donnait au silence revenu une profondeur nouvelle et une tonalité plus tragique. La brise thermique, descendue du glacier du Trient, faisait frissonner Laure. Elle se contenta de resserrer son col, en le saisissant de ses deux mains, mais ne rentra pas. Ils demeurèrent ainsi, sans dire un mot, jusqu'à ce que l'ombre parme, montée de la vallée comme une brume, eût fait presque disparaître la silhouette immobile du chamois de bronze. Alors, enhardi par l'obscurité, Rémy s'approcha et ils s'embrassèrent longuement.

Ce fut seulement quand Raymond, le gardien, sortit dans la nuit et appela les retardataires pour le dîner qu'ils relâchèrent leur étreinte et rentrèrent en se tenant par la main.

Le séjour au refuge se déroula dans l'harmonie et le bonheur. Ils gravirent d'abord une voie dans l'aiguille d'Orny. Laure eut l'occasion de découvrir une nouvelle saveur de rocher : celle du granit, avec ses failles régulières, ses dalles lisses, sa surface immarcescible. Selon l'éclairage et le moral du grimpeur, le granit est tantôt une matière scintillante, pleine de gaieté, colorée d'un brun fauve, native, inviolée, sans trace de lichen ni d'usure humaine ; tantôt, quand le temps se gâte, il devient la sombre matière des tombes, mouchetée de noir et de gris, hostile à l'homme et semblant désirer sa mort, pour l'envelopper de son éternité triomphante.

Dans l'aiguille d'Orny, au soleil, ils n'eurent droit qu'à la première de ces deux versions. Le rocher était enthousiasmant de pureté et de solidité. L'environnement de glaciers s'accordait comme un écrin de soie blanche à cette paroi élégante, taillée dans la matière cristalline et que Rémy offrait à Laure comme un bijou.

Ils passèrent une deuxième nuit au refuge. Rémy devait le regretter par la suite. Au matin, pourtant, tout semblait bien se présenter. Laure avait dormi malgré les ronflements d'un de leurs voisins de dortoir. Rémy avait refusé d'être logé dans la chambre des guides pour rester avec elle. Comme à son habitude, il avait beaucoup ruminé et n'avait trouvé le sommeil qu'à l'aube.

Après le petit déjeuner, il proposa de faire une courte voie d'escalade dans l'aiguille de la Cabane, avant d'entamer la descente.

L'ascension était facile. Laure paraissait décidément apprécier le granit, son caractère rude et franc, ses lignes pures, les mouvements athlétiques qu'il contraint le grimpeur à accomplir. Rémy était heureux d'observer son enthousiasme. Hélas, dès la deuxième longueur, il était accaparé par une autre préoccupation : une dépression orageuse arrivait. Le gardien l'avait prévenu mais Rémy s'était dit qu'ils auraient largement le temps de rejoindre la vallée avant que les choses ne se gâtent. Il avait fait si beau depuis tant de jours qu'il ne croyait plus à une brusque détérioration de la météo. La situation évoluait vite. Il s'en rendit compte une fois engagé dans l'escalade. Ce n'était pas une grande course : quatre longueurs d'une trentaine de mètres tout au plus. En comptant la descente, Rémy calcula qu'ils devraient être retournés au pied de la voie vers midi, ce qui leur laissait le temps d'emprunter le sentier vers le télésiège avant que l'orage n'éclate.

À onze heures cependant, le ciel s'était entièrement couvert par le nord. Les cumulus avaient débordé les crêtes, venus du versant de Chamonix, et rien ne les retenait plus dans leur progression en direction du Valais. La limite entre le ciel bleu et les nuages noirs était nette, comme si une main invisible avait tiré un gigantesque store sur le vallon. Moins d'une demi-heure plus tard, la pluie commençait. Elle tomba d'abord en grosses gouttes tièdes que le rocher, chauffé par le soleil, absorbait aussitôt. Laure ne disait rien et ne semblait pas inquiète.

Mais Rémy, lui, craignait l'orage. Il gardait le souvenir de moments terribles, vécus en montagne dans la tempête. Sa peur était enracinée dans des terreurs profondes, précoces, et s'il avait été tout à fait lucide, il aurait avoué que c'était à l'orage qu'il devait de s'être détourné de la haute montagne pour choisir l'escalade pure. Il pouvait la pratiquer sur des parois moins inaccessibles, où la fuite restait toujours possible.

La pluie maintenant tombait dru. Dès les premiers coups de tonnerre, Rémy devint plus directif et recommanda à Laure d'accélérer. Ils tirèrent deux rappels puis dévalèrent un couloir pierreux. L'eau ruisselait dans les cailloux gris et dérobait la pente sous leurs pas. Ils avaient déposé les sacs au point de départ, en les dissimulant sous un auvent de pierres. Ils les retrouvèrent secs. Les intempéries semblaient se calmer un peu. Ils remirent leurs chaussures de marche. Un instant, Rémy hésita à remonter vers le refuge. Mais Laure avait fini par lui confier qu'elle avait du travail à Paris et qu'elle devait rentrer. Il les engagea donc sur le sentier de descente.

Ils longèrent d'abord un petit lac glaciaire entouré de parois abruptes qu'ils n'avaient pas remarqué en montant. Les nuages se reflétaient en volutes blanches sur l'eau noire. Ce miroir minéral, funèbre, était plus effrayant que la vue du ciel tourmenté mais vivant. Laure, enfin, prit conscience du danger.

Le sentier à la descente apparaissait et disparaissait entre les croupes et les gorges. Il ressemblait à un interminable serpentin. De nouvelles sinuosités se révélaient à chaque fois qu'ils pensaient approcher de la fin. La pluie se mit à redoubler d'intensité, plaquée par de soudaines bourrasques. Le sol détrempé s'imbibait d'eau. Là où le sentier étroit longeait le vide, le pied pouvait à tout moment se dérober sur une pierre instable et glisser vers le précipice. Ils n'avaient pas eu le temps d'ôter leurs baudriers. Rémy en profita pour sortir un bout de corde et l'attacher à la ceinture de Laure. Il tint fermement l'autre extrémité et lui commanda de marcher devant. Dans le danger, il n'y avait plus rien en lui de la retenue tendre qu'il affichait d'ordinaire avec Laure ni même de la bienveillance diplomatique qu'il s'obligeait à conserver avec ses clients. Son interlocuteur, c'était la montagne. Il lui réservait toute son attention, prévenait ses gestes d'humeur, devinait ses caprices. À l'endroit où, en montant, ils s'étaient trempé les pieds et prélassés au soleil, la pluie devint plus dense, empêchant presque de voir le chemin. Ils étaient encore assez haut et entendaient le tonnerre se répercuter sur les parois au-dessus d'eux, donnant l'inquiétante impression que le bruit provenait de plusieurs directions. L'air devint si électrique qu'il fit grésiller le piolet que Rémy portait accroché à son sac. Ces sinistres abeilles avertissent de l'imminence de la foudre. Rémy eut un instant d'hésitation, chercha un abri autour d'eux. Il ne vit que des rochers trempés et des buissons de myrtilles vernis d'eau. Il fit signe à Laure de reprendre la marche à toute allure. En quelques minutes, ils furent en vue du télésiège. Elle le remarqua la première et poussa un cri de joie. Rémy n'y répondit pas. Il se doutait de ce qu'ils allaient découvrir. En effet, à mesure qu'ils approchaient, il devint plus évident que le remonte-pente était arrêté. Avec un vent pareil et l'orage qui grondait, il n'y avait aucune chance qu'il fonctionne. Il était seulement possible de se servir de l'installation pour s'abriter. Ils tirèrent des sacs de quoi mieux se protéger de la pluie et se réchauffer. Laure ne disait plus rien. Elle ne semblait pas pour autant terrifiée. Face à une situation aussi nouvelle et aussi menaçante, elle ne pouvait rien faire d'autre que de s'en remettre à Rémy. En ne laissant jamais paraître le moindre signe de panique, elle montrait qu'elle avait toute confiance en lui.

Une fois qu'ils furent mieux couverts, il sortit pour observer le ciel. Le vent continuait à souffler fort et la pluie était installée. Elle continuerait de tomber, fine et régulière, pendant plusieurs heures. Seule bonne nouvelle : l'orage s'éloignait. On entendait encore au loin des coups de tonnerre mais ils venaient du bassin de Talèfre, au-delà de la fenêtre de la Saleina.

Rémy donna le signal du départ. Il savait que plus ils descendraient, plus le couvert de la forêt deviendrait dense et les protégerait. Le mieux était de dévaler au plus vite la portion de sentier qui serpentait dans les alpages nus. En tout, ils mirent près de trois heures à rejoindre le parking. Ils arrivèrent frigorifiés, les cheveux ruisselants.

Maintenant que le danger était derrière eux, Rémy revenait à lui. Il était envahi par le désespoir. Il s'en voulait d'avoir si mal anticipé les événements. Jusque-là, il était parvenu à n'offrir à Laure que des moments parfaits : la montagne plaisir, telle qu'il la concevait et telle que, pensait-il, elle devait l'aimer. Et voilà que, par manque de prudence, il lui avait laissé découvrir cet autre visage de la montagne, celui que lui-même avait en horreur et qu'il avait cherché à fuir : la fureur des éléments, l'impossibilité de se protéger, l'injonction propre aux armées et aux bagnes « marche ou crève », le froid, la peur, l'inconfort, le risque gratuit, imbécile. La mort, peut-être.

Une fois dans la voiture, il demanda à Laure de l'excuser. Elle le regarda, profondément étonnée.

— T'excuser ? Mais de quoi ?

— Cette galère…

Elle démarra la voiture et resta un moment silencieuse, à fixer la route.

— Je ne sais pas quelle idée tu te fais de moi, lâcha-t-elle enfin.

Ses cheveux trempés d'eau étaient presque bruns et une mèche lui tombait sur l'œil. Elle la fixa d'un doigt derrière l'oreille et regarda Rémy avec son habituel sourire hiératique.

— Ça m'a plu, tu sais ?

Rémy eut l'impression qu'elle allait en dire un peu plus. Il attendit mais elle éclata de rire.

— Ne fais pas cette tête-là. Tout va bien, non ?

Il rit à son tour – leur hilarité dura un long moment. Puis, sans qu'ils se concertent mais d'un plein et commun accord, Laure engagea la voiture dans un parking au bord de la rivière. La pluie tombait toujours et des brumes rampaient le long du cours d'eau, rendant la route presque invisible. Ils s'embrassèrent et Laure mit dans ses baisers une fébrilité et une passion qui parurent à Rémy tout à fait inhabituels.

Le soir même, elle était partie.

*

Pendant tout l'été, Laure fit de nombreux séjours en Haute-Savoie, pour rejoindre Rémy. Chaque fois, elle arrangeait un hébergement différent. Ils passèrent ainsi de nouveau une semaine chez Jérôme et Catherine à Megève, qui les rejoignirent pour le week-end. Ils occupèrent un studio à Flaine pendant deux jours et un luxueux loft aménagé dans les combles d'une ancienne ferme à Vallorcine. Un jour, au début de septembre, alors que l'appartement promis à Laure s'était révélé indisponible à la dernière minute, Rémy, après beaucoup d'hésitations, avait proposé qu'ils se retrouvent chez lui. Avant que Laure n'arrive, il avait rangé frénétiquement, fait la vaisselle et le ménage. Finalement, elle s'était montrée très satisfaite de l'endroit. Elle fit même à Rémy le reproche de ne pas l'y avoir conviée plus tôt.

À mesure qu'il la connaissait mieux, il se rendait compte qu'elle était bien différente de ce qu'il avait imaginé au début. D'abord, elle n'était sans doute pas aussi riche qu'il l'avait cru. Les réservations de chambres d'hôtel grevaient certainement beaucoup son budget et c'est pour cette raison qu'elle multipliait à grand-peine les démarches pour se faire prêter des appartements. Ensuite, il était clair qu'elle pouvait évoluer avec le même naturel dans des univers très variés. Elle était aussi à l'aise avec Jérôme et Catherine qui vivaient sur un grand pied que dans le gourbi de Rémy. Cela le rassurait mais ce constat ouvrait sur d'autres interrogations. Qui, de tous ces personnages, était véritablement *elle* ? Il y pensait souvent pendant les intervalles mornes entre ses visites.

Qui était la Laure authentique ? La femme moderne et mondaine qui évoluait dans la finance et parmi les privilégiés ? Ou la fille courageuse qui marchait, trempée jusqu'aux os, dans la tempête ? La danseuse snob de La Pure Folie ou la rêveuse qui admirait le silence des refuges et le dépouillement austère de la haute montagne ? Elle était tout cela en même temps, il le comprenait. Mais à quel degré et avec quelle hiérarchie ? S'il formulait la question ainsi, c'était pour ne pas regarder en face ce qui lui apparaissait comme l'hypothèse la plus probable. À savoir que la vraie Laure était celle qu'il ne connaissait pas, celle qui vivait ailleurs et loin de lui une vie qu'elle avait choisie, vie de puissance et de confort. Et que l'autre, celle qui acceptait de partager sa paillasse et d'affronter les épreuves de la montagne, sacrifiait seulement à un caprice. En somme, il craignait qu'elle ne fût comme les autres, c'est-à-dire qu'elle pimente sa vie auprès d'un beau guide, un amour de vacances qui lui faisait découvrir, mais pour peu de temps, le délicieux frisson du dénuement, de la beauté sauvage et du risque.

Il était habitué à ce rapport. La différence cette fois était de taille : il se sentait trop envahi par l'amour pour se satisfaire d'un rôle secondaire.

Cependant, ces pensées sombres, si elles l'envahissaient quand il se retrouvait seul, disparaissaient dès que Laure revenait à lui. Alors, sans plus se poser de questions, il goûtait le plaisir d'être avec elle et n'avait qu'une seule idée en tête : choisir de nouvelles ascensions, de belles parois à grimper, des massifs à lui faire découvrir.

Bien que lui-même préférât la pure escalade rocheuse, il jugea nécessaire de lui faire connaître aussi des courses glaciaires. Il la conseilla pour s'équiper et elle acheta chaussures d'alpinisme, crampons, piolet et vêtements d'altitude. Ils allèrent en Vanoise parcourir les glaciers et gravir des faces nord. En Oisans, ils firent la traversée de la Meije et visitèrent le superbe refuge de l'Aigle. Jugeant qu'il serait toujours temps, l'automne venu, de reprendre dans le Midi des ascensions de falaises, Rémy profita des bonnes conditions de l'été pour emmener Laure dans le Valais à l'assaut de la dent Blanche et du Zinalrothorn.

À la fin de septembre, séjour après séjour, ils avaient une liste de courses déjà impressionnante. Pour autant, Laure restait aussi énigmatique qu'aux premiers jours. Partager l'action ne prédisposait pas aux confidences. Leurs échanges étaient toujours consacrés à des projets, tendus par l'effort, et quand ils se reposaient, c'était encore l'occasion d'évoquer ce qu'ils avaient vécu.

Si bien que se développait entre eux une forme particulière de relation. Elle était faite d'une grande proximité, d'une familiarité presque animale, de sueur et d'odeurs mêlées, de partage, d'émerveillement et de douleurs, de montées muettes et d'attention concentrée sur les gestes de la sécurité, l'observation du temps, la recherche de l'itinéraire. Ensuite venaient la faim, l'épuisement et, au repos, l'amour physique. Dans tous ces actes, leur intimité était complète et harmonieuse. Mais ensuite elle repartait et Rémy découvrait qu'ils ne s'étaient rien dit.

VIII

Vint l'automne. Après un mois d'octobre lumineux, novembre apporta sa tristesse et ses brumes.

Laure était moins disponible. Rémy n'osait pas insister pour la faire venir car le mauvais temps ne leur aurait pas permis de sortir. Il retombait dans le spleen des arrière-saisons qu'il connaissait bien. Pendant ces mois-là, la montagne ne séduit plus ; elle ruisselle, dégoutte, se charge de brouillards froids. Les feuilles jonchent les prairies et les sentiers. On peut y trouver du charme, reste que, sur le terrain de la mélancolie, le massif du Mont-Blanc n'égalera jamais les étangs de Sologne…

Chaque paysage a une couleur de prédilection. Les montagnes en ont deux : le vert cru ou le blanc éclatant. Les citadins ne se déplacent que pour trouver ces perfections. Ils ont d'autres choix pour les demi-teintes.

L'automne est la période où les montagnards sont le plus fiers d'aimer leurs vallées et leurs sommets. Cette saison austère les conforte dans l'idée qu'ils sont les seuls habitants authentiques de ces contrées. Aimer la montagne sous la pluie, le froid humide qui précède les temps de neige, les bois dégarnis, noircis par la seule présence des sapins, c'est l'aimer vraiment.

Avant de rencontrer Laure, quand revenaient les temps de froidure et de grisaille, Rémy avait l'habitude d'être oublié par ses maîtresses des heures colorées. Il ne supportait d'ailleurs ces relations que grâce à la certitude que la volte des saisons y mettrait un terme. En automne, il se sentait libéré. Avec la solitude revenaient pour lui le sentiment de sa dignité et un bonheur nostalgique qui lui donnaient l'impression de se retrouver lui-même.

L'éloignement de Laure, c'était autre chose : une pure perte. Il avait le cœur écorché, à vif, navré par la vue des branches dégarnies, empli d'un froid mortel par les filets de brume glacée, terrassé de mélancolie par les ciels plombés et les pluies interminables.

Il n'avait pas grand monde pour partager ses états d'âme. En montagne, à cette saison, chacun se cache plus ou moins chez lui, vaque dans son chalet ou son appartement. Personne ne pose trop de questions aux autres. Ce repli sur soi fait partie de la vie, revient chaque année après l'hystérie de l'été et avant que l'hiver ne rallume une lumière éclatante qui nettoie l'âme.

Julien en profita pour revenir voir son frère. Ils ne s'étaient plus croisés de l'été. Au cours des années précédentes, Julien s'était constitué une clientèle choisie. Il emmenait en course ces perles rares pour les guides que sont les gens riches et suffisamment forts pour pouvoir entreprendre de grandes ascensions. Il était en particulier devenu le guide attitré d'un célèbre chef d'entreprise, patron d'un groupe puissant de l'agroalimentaire qui consacrait tous ses loisirs à l'escalade. Cet été-là, l'homme d'affaires avait réservé Julien pour l'ascension du Cho Oyu, un des 8 000 de l'Himalaya. Ils en étaient revenus la semaine précédente.

Rémy trouva son frère amaigri mais heureux d'avoir découvert ce nouveau terrain de jeux. Il n'avait jamais encore eu l'occasion de grimper en Himalaya. Il était tout excité par cette expérience et avait tant de choses à raconter qu'il ne posa presque aucune question à Rémy sur son activité de l'été. Ils dînèrent ensemble et quand Julien rentra chez lui, Rémy se rendit compte à quel point ils étaient loin désormais.

Le seul sujet qui les avait toujours rapprochés était la montagne. C'était sous l'influence de son frère que Rémy était venu s'installer dans cette vallée des Alpes du Nord. Son goût personnel l'aurait plutôt conduit à vivre en Provence ou dans des lieux où l'on pratique l'escalade en falaise toute l'année. Vivre en Haute-Savoie, c'était choisir de rester près de Julien. Pendant longtemps, leur relation avait été si proche et si essentielle que Rémy n'aurait pas envisagé de s'en éloigner.

Depuis qu'il avait rencontré Laure, tout cela avait perdu son sens. La montagne était toujours là, mais comme le moyen de la séduire, comme le terrain sur lequel ils se rencontraient. Si, un jour, elle l'entraînait vers autre chose, si elle lui proposait de vivre au bord d'une plage ou sur une île, il se sentait prêt à la suivre. Le principal, maintenant, c'était elle. Il lui était reconnaissant d'avoir, sans le vouloir, contribué à lui ouvrir les yeux. Ce qu'il avait jusque-là considéré comme essentiel dans sa vie, son frère, la montagne, la liberté, devenait simple détail. Un grand vide s'ouvrait en lui, que Laure comblait par sa présence et qu'il emplissait de sa rêverie quand elle l'abandonnait.

Au cours de cette morne arrière-saison pendant laquelle Rémy avait surtout envie de rester seul face à sa mélancolie, le hasard lui imposa un dérangement imprévu. Un de ses amis guides qui vivait d'ordinaire à La Réunion avait entrepris un voyage en métropole pour rendre visite à ses parents âgés et acheter de l'équipement. Il demanda l'hospitalité à Rémy pour une huitaine de jours. Il était difficile de refuser.

Bastien arriva par un dimanche de pluie. Il déposa son gros sac de trekking dans l'entrée. Rémy lui offrit sa chambre et se réserva de déplier le canapé-lit du salon. Il ne se faisait pas d'illusions : Bastien n'était pas du genre discret. Il se servirait de la chambre pour dormir mais le reste du temps envahirait tout l'espace. Rémy et lui avaient étudié ensemble à l'École nationale de ski et alpinisme. Bastien y était connu pour son franc-parler, sa bonne humeur et ses cuites. Il mesurait à peine plus d'un mètre soixante, avait le crâne dégarni, une musculature sèche de grimpeur. Il partageait avec Rémy une même conception hédoniste de la montagne. Ensemble, ils se moquaient de ceux qu'ils appelaient les curés masos et Julien se reconnaissait facilement dans cette dénomination. Bastien était fasciné par les nouvelles tendances de la grimpe et de la glisse. Comme Rémy, il aimait les tenues colorées, les exploits rapides, les expéditions légères, les traces d'ange laissées dans la montagne par les surfeurs de l'extrême. La mort, qui avait habité longtemps la mythologie classique de la montagne, était désormais un scandale qui gâtait le tableau et qu'il fallait faire disparaître. Le nouvel alpinisme, sous des dehors anarchistes et libertaires, adoptait en fait les règles rigoureuses du théâtre classique : il bannissait toute représentation de la violence, de la mort ou de la folie.

Un temps spécialisé dans le ski extrême, Bastien avait été le héros muet de films spectaculaires qui passaient en boucle sur les chaînes de sport. On le voyait sauter des barres rocheuses, dévaler des couloirs verticaux, tracer sur des pentes raides des arabesques éphémères. Puis il avait abandonné ces folies pour se consacrer à un alpinisme tropical qui l'avait amené à se fixer à La Réunion. Il y vivait en célibataire. C'était lui qui avait montré l'exemple à Rémy dans sa vie précédente. Il enchaînait les relations avec des clientes riches et menait de front des relations non moins superficielles avec de jeunes beautés locales. Celles-ci étaient en général issues de milieux modestes. En les faisant profiter de l'argent qu'il soutirait aux bourgeoises aisées, il se donnait bonne conscience et se présentait même avec fierté comme une sorte d'Arsène Lupin des montagnes. Prendre aux riches pour donner aux pauvres justifiait ses infidélités. Tout cela baignait dans l'amitié et la bonne humeur. En fuyant les saisons de Haute-Savoie pour la douceur de l'océan Indien, Bastien avait éliminé de sa vie toute mélancolie. Il apportait en cet automne pluvieux l'enthousiasme d'un habitué du soleil qui trouve à son goût, pour quelques jours, l'exotisme du ciel plombé et de l'humidité brumeuse.

Sitôt arrivé, il voulut partager avec Rémy sa gaieté et entama autour d'un punch de sa composition un récit rigolard de ses dernières aventures sentimentales – si tant est que le sentiment prît la moindre part à ces jeux de séduction, de sexe et d'argent. Il se doutait bien qu'en cette saison il lui faudrait en faire des tonnes pour tirer Rémy de l'apathie où le plongeaient le temps maussade et la solitude. Cependant, assez rapidement, il se rendit à l'évidence : il y avait autre chose. La morosité de son ami ne s'expliquait pas uniquement par la météo. Poussé dans ses retranchements, Rémy finit par avouer qu'il était amoureux.

— Amoureux ? Tu es amoureux d'une femme ?

— Oui.

— Tu veux dire que tu penses à elle quand tu es avec les autres ?

Rémy haussa les épaules.

— Il n'y en a pas d'autres, dit-il d'une voix lugubre.

Bastien fixa son ami avec le regard clinique du praticien qui évalue la sévérité d'un mal sur le visage d'un patient. Il dut juger que le cas était sérieux car il s'abstint de ricaner et posa ses questions sur un ton grave.

— Depuis quand cela dure-t-il ?

— Huit mois.

Il hocha la tête d'un air sévère.

— Et… qui est cette créature ?

C'était la seule question à laquelle Rémy eût envie de répondre. Il décrivit Laure au physique et au moral puis, jugeant qu'il n'avait pu rendre justice à ses qualités par ces quelques mots, il en ajouta d'autres et bientôt raconta toute l'histoire. Bastien l'écouta sans l'interrompre. Il s'était étendu en travers du canapé, calé sur de gros coussins, et quand il ne buvait pas son punch, faisait tourner les glaçons dans le verre.

— Quelle affaire ! s'exclama-t-il quand Rémy interrompit enfin son récit et plongea dans un silence rêveur. J'espère que ça ne m'arrivera jamais, un truc pareil.

Il cherchait sincèrement un moyen d'aider son ami.

— Tu as essayé de te désintoxiquer ? Tu n'as pas revu des ex ou tenté de nouvelles rencontres ? Tu pourrais aussi, je ne sais pas, moi… partir en voyage. Tiens, si tu viens me voir à La Réunion, je t'assure que je te présenterai des filles qui te feront passer l'envie de te morfondre…

Rémy sourit. Jusqu'alors, il avait toujours considéré ce qui le rapprochait de Bastien : ils appartenaient l'un et l'autre au même type d'homme. Ils ne se posaient guère de questions, choisissaient ce que la vie pouvait leur apporter de meilleur, peu curieux de connaître d'autres mondes que celui de la montagne, privilégié par sa beauté, où ils avaient la chance de vivre. Tout à coup, il prenait conscience de leur profonde différence. Bastien se satisfaisait vraiment de cela tandis que, sans se l'être jamais avoué, lui attendait autre chose : un amour véritable, une existence nouvelle, d'autres mondes. En somme, tout ce que Laure représentait à ses yeux – sans qu'il pût le définir. L'attente où le plongeaient ses absences était le révélateur d'un espoir plus grand et plus mystérieux : celui d'une autre vie, vers laquelle elle l'appelait.

Il ne servait à rien d'essayer de communiquer avec Bastien sur ces notions vagues. Comme celui-ci le pressait de questions immédiates à propos de ce que Laure lui apportait, Rémy essaya de répondre sur un terrain concret.

— Ça ne t'arrive jamais d'en avoir marre de la montagne ?

— Tu sais, moi, j'habite à la mer. Dans mon île, je vais à la montagne si j'en ai envie. Et, comme ça, j'en ai tout le temps envie.

— Tu as de la chance. Moi, je vis dedans et, à force, je ne la vois plus, la montagne. Je ne la désire plus. Les ascensions sont devenues une routine.

— Tu veux dire que ce que tu appelles l'amour t'éloigne de la montagne…

— Au contraire. Il m'y ramène. Toutes les courses que j'ai faites avec Laure sont gravées là.

Il se tapait le front avec l'index.

— Le rocher, avec elle, s'illumine. Tu me crois ? Je me souviens de chaque relais, presque de chaque prise, parce que quand je grimpe devant elle dans une voie, je les choisis, comme si je cueillais des fruits sur un arbre pour les lui offrir. Je sais qu'elle va les toucher à son tour et que la pierre va imprimer sur ses doigts l'empreinte encore vivante des miens.

Bastien éclata d'un grand rire. Il se retenait depuis un moment mais n'y résistait plus.

— Dis donc ! Elle a fait de toi un poète.

Ce mot, dans sa bouche, n'était pas un compliment, plutôt le constat d'un échec, presque d'une trahison par rapport à la vision simple du monde qu'il croyait partager avec son ami.

Rémy haussa les épaules.

— Poète ou pas, c'est comme ça. Elle m'a redonné goût à la montagne.

Puis, il continua, pensif :

— Le plus curieux, c'est que la montagne n'y est pour rien. Elle me donnerait le goût de tout, si je le partageais avec elle. Je suis sûr que si on allait faire du bateau ou du cheval, j'y prendrais plaisir. Où elle sera, ce sera beau.

Devant l'air atterré de Bastien, il se hâta de conclure.

— De toute façon, la question ne se pose pas, puisque c'est la montagne que l'on partage.

Il but son punch et pendant un long moment de silence on n'entendit dans la pièce que le bruit des gouttes de pluie sur le plancher de bois du balcon. C'est alors que Bastien, sans y penser, fit une remarque qui devait avoir sur son ami des conséquences décisives.

— Si ça se trouve, c'est la même chose pour elle.

— Qu'est-ce que tu veux dire ?

— Eh bien, peut-être qu'elle aussi, elle serait bien partout avec toi et qu'elle vient seulement à la montagne pour te faire plaisir.

C'était une idée en l'air. Bastien l'avait formulée pour mettre un terme à la discussion et montrer à son ami qu'il admettait, malgré la bizarrerie du fait, qu'un accord complet pouvait exister durablement entre deux êtres.

Cependant, cette remarque frappa Rémy. Elle recelait une sorte d'évidence cachée qui l'aveugla. Il se rendait compte qu'il avait fait preuve jusque-là d'un grand égoïsme. En attendant que Laure vienne le rejoindre, il s'assurait le confort d'une existence immobile tandis qu'elle devait jongler avec les multiples contraintes de sa vie pour trouver le temps et les moyens de le retrouver à la montagne. Il était parti du principe qu'elle y prenait plaisir. La phrase de Bastien lui faisait remettre en question cette certitude. Elle aurait peut-être préféré qu'il prenne sa part de l'effort et que ce soit lui qui vienne à elle.

Rien que pour lui avoir ouvert cette perspective, il fut reconnaissant à Bastien et lui pardonna d'avoir interrompu pour quelques jours sa rumination morose.

DEUXIÈME PARTIE

I

« Rue de la Liberté à Suresnes. » Rémy avait écrit bien souvent cette adresse sur des cartes postales. Il avait choisi ce moyen pour donner de ses nouvelles, c'est-à-dire pour essayer d'en recevoir, lorsque Laure s'absentait. C'était moins indiscret que les coups de téléphone. Il l'avait appelée au début de leur relation mais chaque fois il avait eu le sentiment déplaisant de la déranger. Laure était dans un autre univers, celui de son travail probablement. Rémy ignorait tout de ce monde. Il comprenait seulement que ce n'était plus la même femme qui lui parlait. C'était aussi désagréable pour lui que, sans doute, pour elle. Il n'avait pas renouvelé l'expérience.

Les textos étaient trop intrusifs au goût de Rémy. Il aurait eu l'impression de quémander en recourant à ce type de message. Restait la correspondance. Il se méfiait un peu de l'écrit ; il craignait que Laure ne juge son orthographe bancale et son français pauvre. La carte postale avait l'avantage de ne requérir que peu de mots. L'essentiel était l'image.

Il choisissait chez Agnès, la libraire de Sallanches,

de vieilles cartes pleines de poésie qui faisaient revivre l'époque des chars à foin, des javelles dans les champs et des premières bennes de téléphérique. Ces images sépia n'attendaient que Laure pour se colorer. Leur tristesse, empreinte de nostalgie, était un message discret mais clair quant à l'état d'âme de Rémy. Ainsi pouvait-il tout à la fois se montrer digne, ne rien révéler explicitement de sa mélancolie, laisser croire par quelques références de courses griffonnées au dos de la carte qu'il restait actif et, en même temps, satisfaire en mode mineur sa profonde envie de s'épancher et de se faire plaindre.

« Rue de la Liberté. » Combien de fois avait-il rêvé en écrivant cette adresse ! Il avait regardé sur la carte où se trouvait cette rue, perchée au-dessus de l'hôpital Foch, tout en haut de la côte de Suresnes. Il avait scruté la photo satellite, zoomé sur le numéro 64. Avec l'image en 3D, il était passé à cent reprises devant le petit immeuble de quatre étages où habitait Laure. Elle lui avait dit un jour que son appartement était situé au deuxième. En somme, il croyait bien connaître l'endroit sans y être jamais allé.

Maintenant, il y était et éprouvait, en longeant la rue, son sac sur le dos, le sentiment terrifiant de revenir sur des lieux familiers et de ne pas les reconnaître. C'est le cas lorsque le temps a passé ou qu'une catastrophe a bouleversé l'ordre des choses. Cette fois cependant, l'étrangeté ne venait ni des années écoulées ni d'un désastre mais seulement de l'écart troublant entre la connaissance virtuelle et celle tirée de la réalité.

Un vent glacé courait dans la rue et une obscurité précoce provoquée par de gros nuages noirs hâtait le crépuscule. Dans les petits jardins qui bordaient les pavillons, la nature citadine était dénudée par l'hiver. Les feuilles tombées à terre ne masquaient plus la lèpre des crépis ni le maillage gris des joints en ciment sur les murs de briques.

Rémy avait de plus en plus peur, à mesure qu'il approchait de la porte d'entrée. Pourtant, pendant tout le voyage, il avait été confiant, sûr de son choix. Le fait d'arriver ainsi sans prévenir lui apparaissait comme la bonne solution. Il devait seulement s'assurer que Laure serait bien chez elle mais il avait assez bien recoupé son emploi du temps à la faveur de leurs conversations. Il savait que le vendredi en fin d'après-midi elle se rendait à un cours de yoga dans le voisinage. Il avait donc toutes les chances ce soir-là de la trouver à la maison.

Cette incertitude levée, l'arrivée à l'improviste ne présenterait que des avantages. Elle donnerait à Rémy l'occasion unique de savoir ce que Laure pensait vraiment à son propos. La surprise est mère de sincérité. Sa réaction ne serait travestie par aucun préparatif, aucune réflexion. Elle exprimerait instantanément le déplaisir ou l'enthousiasme. Peut-être était-ce le seul moyen d'atteindre la vérité et d'apercevoir sur son visage l'expression sans fard de l'amour.

Évidemment, ce pouvait être le contraire. Elle était capable de se mettre en colère ou de manifester du dépit. Elle pouvait aussi avoir la réaction violente d'un gibier traqué et qui se défend en attaquant. Il était même possible qu'il ne la trouve pas seule…

Au moins, il saurait. Il fallait crever l'insupportable abcès du mystère et du doute. Dans le train, en regardant défiler par la fenêtre les bois dénudés et le tapis monotone des labours, Rémy avait souri à l'idée qu'il allait enfin, par ce geste, redevenir maître de son destin. Il s'était senti fier comme le boxeur qui, après avoir trop longtemps encaissé des coups sans réagir, se relève et reprend l'initiative.

Mais ce courage avait fondu avec la distance qui le séparait de la rue de la Liberté. Maintenant qu'il se tenait devant la porte en verre de l'immeuble, il était pris d'une véritable panique. Il avait tant rêvé à ce moment qu'il ne l'avait pas préparé. Par exemple, il ne s'était pas inquiété de savoir s'il faudrait un code pour entrer dans le hall. Voilà qu'il découvrait que l'accès était protégé par un Interphone. Le nom de famille de Laure figurait dans la liste, en face d'un bouton de sonnette. Rémy était aussi surpris que contrarié par ce dispositif. Il impliquait que le premier choc, le moment où Laure apprendrait qu'il était venu jusqu'à elle, serait caché. Il ne pourrait voir sa réaction et, à supposer qu'elle lui ouvrît, elle aurait eu le temps de travestir son expression.

Les choses étaient ainsi et il fallait s'en accommoder. Il était sur le point d'appuyer sur le bouton, résolu à délivrer son message par l'intermédiaire d'un haut-parleur crachotant qui lui apporterait sans doute une réponse inaudible. La Providence voulut qu'à cet instant précis un couple apparût dans le hall et se dirigeât vers la porte de l'immeuble. Rémy en profita pour se faufiler à l'intérieur. Il prit l'ascenseur et monta au deuxième. Il se crut tiré d'affaire mais découvrit qu'il y avait trois portes dans le couloir. Sur aucune ne figurait de nom. L'une d'elles donnait sur la cage d'escalier. Les deux autres étaient des entrées d'appartement. Rémy écouta un instant les bruits, renifla les odeurs, nota les moindres détails. Devant une des portes était posé un paillasson uni, très propre. L'autre représentait un chat rouge et il y restait des traces de boue séchée.

C'est étrange à quel point, dans de telles circonstances, les notations les plus insignifiantes peuvent mobiliser l'imaginaire et construire tout un monde. De ce qu'il savait de Laure, Rémy pouvait déduire que son appartement serait décoré d'un paillasson uni, rigoureux, d'une propreté irréprochable. N'était-elle pas, dans toute sa personne, l'exemple même de l'élégance stricte, du bon goût classique, de la maîtrise de soi ? En même temps, quelque chose se révoltait en Rémy à l'idée de réduire Laure aux qualités de ce paillasson. Est-ce que justement, pour contredire les a priori qu'on pouvait avoir sur elle, elle n'afficherait pas devant sa porte une image burlesque et tendre comme ce gros chat qui clignait de l'œil ? Et son amour du sport, des promenades et du jogging ne la prédisposait-il pas à laisser sur son paillasson des traces de boue ramassées sur les allées du Mont-Valérien ?

Il s'en fallut de peu que Rémy tirât profit de cette incertitude pour prendre la fuite. Soudain, en entendant quelqu'un appeler l'ascenseur, il revint à lui et appuya sur la sonnette devant laquelle il se trouvait. C'était celle du chat. Deux longues minutes passèrent. Il entendit des frôlements derrière la porte puis elle s'ouvrit en grand. Laure était devant lui.

S'il n'avait pas anticipé les obstacles pour parvenir à cette rencontre, Rémy s'était en revanche consacré à la préparation de cet instant décisif. Les jours précédents, il avait multiplié les sorties au grand air et sa peau était teintée par un hâle avec lequel aucun Parisien ne pouvait rivaliser. Ses cheveux épais étaient bien coupés. Ils se dressaient en mèches élégantes que retenaient des lunettes de soleil fixées sur le haut du front. Il était habillé de vêtements Patagonia. Leur élégance souple conservait l'esprit des sports de montagne, à partir desquels ils avaient été conçus. Il n'avait pas l'air d'un alpiniste égaré en ville mais nul n'aurait toutefois pu le confondre avec un citadin ordinaire. Il avait répété son sourire devant un miroir pour y mettre du charme et un air de détachement qui s'accorderait à ses explications. « Salut, je passais par la région parisienne et je me suis dit… » Sous le coup de l'émotion, si le sourire lui vint naturellement, il fut incapable d'articuler les paroles. Il fixa Laure silencieusement, les yeux avides d'observer sa réaction.

Elle fut d'abord figée par la surprise. Puis son visage s'éclaira et une lueur de plaisir sincère brilla dans ses yeux.

— Toi ! soupira-t-elle.

Elle avança d'un pas et entoura Rémy de ses bras. Sans se préoccuper du gros sac qu'il portait sur le dos, elle glissa ses mains autour de son cou et l'embrassa. Il y avait dans ce baiser comme un abandon, presque un sanglot, comme si l'arrivée de Rémy eût constitué une délivrance et chassé de sombres pensées. Ils restèrent ainsi enlacés sur le seuil. Un frôlement dans les jambes de Rémy le fit sursauter. Il se détacha de Laure et regarda vers le sol. Un gros chat gris se faufilait entre eux et donnait des coups de museau pour attirer l'attention.

— C'est Mohair, dit-elle en riant.

Elle n'avait jamais parlé de son chat à Rémy. Il éprouva une bouffée de jalousie à propos de cette bête qui, elle, disposait de Laure autant qu'elle le voulait. En même temps, la présence d'un animal de compagnie était rassurante en ceci qu'elle révélait peut-être une vie solitaire. Mieux valait découvrir ce matou qu'un autre homme. Les deux n'étaient pas incompatibles mais l'intuition de Rémy, sa vanité masculine et surtout son désir le convainquirent du contraire.

Laure le prit par la main et l'entraîna à l'intérieur. Il posa son sac contre un mur de l'entrée puis la suivit dans le salon. Une seule lampe était allumée, près d'un canapé. Laure devait être en train de lire quand il avait sonné. Tout à l'envie de l'embrasser à nouveau, il ne put s'empêcher de détailler l'appartement comme un pirate qui aborde enfin l'île qui recèle le trésor convoité. Sous ses yeux, il n'y avait aucun trésor, et ce qui devait être la révélation d'un mystère était plutôt la prévisible confirmation de ses déductions. L'appartement de Laure ressemblait à ce qu'il pensait qu'elle était. Cette confirmation était rassurante et, pourtant, elle provoquait en Rémy une certaine déception dont il ne s'expliquait pas encore l'origine.

Le salon n'était pas très vaste mais les baies vitrées, qui ouvraient sur le panorama des toits de Paris, l'élargissaient aux dimensions de l'horizon. La pièce était extrêmement propre et ordonnée. Une moquette gris perle couvrait le sol et amortissait les bruits. Les deux canapés, une table et quatre chaises modernes étalaient leurs lignes sobres auxquelles répondaient celles d'un placard bas et d'une bibliothèque aux fins montants de métal. Les seules notes de désordre n'étaient ni le fruit du hasard ni d'un relâchement véritable mais plutôt des détails réfléchis, choisis et posés là pour tenter de contredire la rigueur et le dépouillement qui caractérisaient la pièce. Une gerbe de colliers ethniques était posée sur un abat-jour, des journaux et des livres couvraient la table devant les canapés mais leur position recelait une harmonie trop parfaite pour être tout à fait le fruit du hasard. Une petite troupe de bouteilles d'alcool, posées sur un plateau au-dessus du placard bas, avaient à l'évidence pour fonction principale sinon exclusive d'apporter une touche colorée sur le fond uni des meubles et des murs. Le plus surprenant était que tout cela ne semblait pas destiné à un public mais répondre à un désir intime d'harmonie. Rémy eut l'impression que cet appartement devait rarement servir à recevoir du monde. C'était pour elle seule que Laure avait composé ce décor dont l'équilibre correspondait sans doute si parfaitement avec son caractère qu'il lui permettait, là et nulle part ailleurs, de se sentir chez elle.

Pour autant, elle ne montrait aucun signe d'impatience ni de gêne en faisant pénétrer Rémy dans ce sanctuaire. Elle se montrait même très heureuse et se conduisait avec le même naturel que d'ordinaire. Elle lui offrit à boire, lui fit visiter toutes les pièces. Ils restèrent un moment silencieux côte à côte à contempler, par la baie vitrée de la chambre, le ciel d'hiver rougi par les derniers feux du crépuscule puis les lumières qui flottaient sur Paris, comme des fanaux de bateaux sur l'eau noire d'un port.

Dans l'obscurité presque complète de la chambre, la ville les éclairait de sa sombre fluorescence. Ils s'embrassèrent en silence puis, pris d'une fièvre soudaine, se dévêtirent l'un l'autre et roulèrent sur le lit.

Ce furent en somme le même bonheur et les mêmes gestes muets que lors de leurs autres rencontres en montagne. Rémy s'était attendu à ce que sa transgression créât un trouble, voire rompît le charme. En réalité, elle accroissait le plaisir des retrouvailles.

Laure semblait avoir beaucoup apprécié que Rémy eût fait l'effort de venir jusqu'à Paris. Il en conclut que Bastien, dans son aveugle rudesse, avait vu juste. Elle était touchée de le voir prendre sa part dans leur relation : il lui offrait une occasion de le retrouver sans avoir à supporter seule la difficulté du voyage.

Rémy s'en tint à cette hypothèse. Il garda pour lui les explications et les questions qu'il avait préparées. La même règle qui prévalait quand Laure était chez lui s'appliqua tacitement : elle ne l'interrogea pas plus sur ses intentions qu'elle n'admettait qu'il le fît sur les siennes, quand elle lui rendait visite. Elle ne lui demanda ni pourquoi il était venu ni combien de temps il comptait rester. Ils se contentèrent, dans les moments que leur laissaient les gestes de l'amour et la contemplation du silence, de parler des sorties qu'ils allaient faire ensemble pendant le week-end.

Le lendemain samedi, ils dormirent tard. Vers midi, ils prirent la voiture de Laure pour descendre dans Paris. Elle avait réservé pour un brunch à la Muette dans un restaurant à la mode, aménagé dans une ancienne gare du chemin de fer de ceinture. Ils en sortirent vers quatorze heures et empruntèrent le périphérique puis l'autoroute du Sud jusqu'à Milly. Rémy avait proposé d'aller grimper dans la forêt de Fontainebleau sur les blocs de grès. Il avait apporté ses chaussons d'escalade et un topo des gorges de Franchard.

La journée était assez ensoleillée et douce, même si le fond de l'air gardait son aigreur hivernale. Ils choisirent un circuit orange, de difficulté modeste. Les petites flèches sur les rochers indiquaient par où devait se faire l'ascension. Chaque fois, trois ou quatre mouvements à peine suffisaient pour franchir le passage mais ils étaient subtils et demandaient beaucoup d'adresse.

À Fontainebleau, les blocs surgissent dans la forêt comme des animaux surnaturels. Leur surface évoque des écailles, des replis de pachydermes, des rostres, des pattes, des torses monstrueux. Un couvert ras de fougères et de bruyères semble leur offrir une pâture éternelle.

Laure se montra très habile à l'escalade de ces parois miniatures. Ils grimpèrent ainsi jusqu'à la tombée du soir, aussi heureux qu'en montagne, comblés lorsqu'en atteignant le sommet d'une colline ils embrassaient du regard le moutonnement infini de la forêt. Pour Rémy, c'était en quelque sorte un moment de vérité. Non seulement la montagne ne lui manquait pas mais il en retrouvait les plaisirs dans ce décor plat. Le relief de Fontainebleau, comme un bonsaï qui reproduit en miniature les formes gigantesques de l'arbre originel, était un concentré en réduction de précipices et de sommets, de parois et de ravins, de vallées encaissées et de cimes aériennes. En somme, ce n'était qu'une question de proportion : la montagne pouvait se trouver partout, à qui savait la découvrir. La fourmi qui chemine sur un sol couvert de feuillage fait à sa manière l'expérience de l'altitude et de la plaine, gravit des pentes raides et se laisse porter dans des descentes vertigineuses.

Ils rentrèrent le soir aussi fourbus qu'au retour d'une course dans les Alpes. Après un dîner rapide dans un restaurant asiatique de la porte d'Ivry, ils se couchèrent et s'endormirent aussitôt.

II

Le dimanche fut un jour d'amour et de calme. Ils se réveillèrent tard, flânèrent au lit et allèrent faire des courses à pied au marché sur les hauts de Suresnes.

Le temps était incertain, venteux. Il menaçait de pleuvoir. Ce n'était pas la journée à entreprendre une sortie d'escalade. Ils décidèrent de cuisiner. Chacun convoqua ses – maigres – compétences. Rémy se chargea d'une blanquette de veau et Laure prit la responsabilité d'une crème au chocolat. Pieds nus, à peine vêtus dans l'appartement bien chauffé, ils profitèrent de ces moments pour mener une conversation désordonnée. Rémy interrogeait Laure sur ce qu'il découvrait chez elle : des cadres, sur un bureau, présentaient des photos de sa famille et des portraits d'enfants. Laure, qui n'appréciait guère les questions abstraites, prenait un visible plaisir à commenter ces images du passé. Pour la première fois, elle parla de ses parents. Rémy apprit avec étonnement qu'ils appartenaient à un milieu modeste. Le père de Laure était agent technique municipal à Troyes et elle n'eut aucune réticence à avouer que sa mère avait, un temps, fait des ménages en ville. Ils étaient deux enfants : Laure et un frère de deux ans son aîné. Rémy nota qu'elle laissait percer une certaine fierté en avouant que ce frère était resté à Troyes et qu'il gagnait assez petitement sa vie comme chauffeur d'ambulance.

Ces origines ouvraient, béante, la question du parcours personnel de Laure. Comment avait-elle pu parvenir à fréquenter les milieux privilégiés dont elle était familière ? Quelles avaient été les étapes de sa réussite professionnelle ? Rémy hésitait encore à lui poser ces questions. Mais ce jour-là, dans la bonne humeur de leurs expériences culinaires, au chaud dans cette cuisine qu'éclairait, entre deux giboulées, le soleil jaune paille de l'hiver, ce fut elle qui, spontanément, raconta.

Sa famille n'était que récemment sortie de la terre. Son grand-père paternel travaillait comme ouvrier agricole et sa mère était issue d'une lignée de journaliers polonais arrivés en France après la Première Guerre mondiale. La religion catholique était bien enracinée dans la famille et servait de socle à un patriarcat autoritaire. Laure avait été préparée pendant toute son enfance à perpétuer le destin de sa mère : se marier tôt, se dévouer à son futur mari, élever des enfants. Tout ce qui venait du dehors, en particulier par le canal de la télévision, était reçu avec méfiance et hostilité. Une préférence sans complexe était affichée pour le garçon, auquel étaient réservés les études supérieures et un bel avenir professionnel. Laure avait dû se battre très tôt contre ces préjugés. Une professeure de mathématiques, en classe de troisième, avait joué un rôle déterminant. Elle avait convaincu ses parents de la laisser poursuivre ses études dans le régime général et avec option scientifique. Son frère, lui, s'essoufflait à l'approche du baccalauréat. Il ne réussit à l'obtenir qu'après avoir été orienté vers l'enseignement technique. Ensuite, il y avait eu pour Laure la classe préparatoire en internat à Paris, grâce à une bourse qu'elle avait obtenue elle-même. Dans ce lycée parisien, elle avait côtoyé des élèves d'origine sociale plus favorisée et passionnément observé leur comportement. Assez vite, on put croire qu'elle était issue des mêmes classes privilégiées.

Elle avait raconté cela sans trop de détails et avec le souci de ne pas faire durer cette mise au point plus qu'il n'aurait fallu. Dès que les plats qu'ils avaient cuisinés furent prêts, ils se mirent à table. La blanquette de Rémy était pleine de grumeaux et un peu trop salée. Il exagéra les critiques pour pêcher des compliments que Laure lui adressa avec son sourire énigmatique. Il comprenait désormais qu'elle s'était composé cette attitude réservée pour observer plus à loisir les milieux inconnus où elle pénétrait et s'en approprier les codes.

Ils passèrent le restant de la soirée à discuter de projets de grimpe. Ils parlèrent de la Jordanie, de Majorque, des Météores en Grèce. Chaque fois, les noms convoquaient des paysages et Rémy décrivait les parois qu'ils pourraient gravir. Les montagnes du globe offrent aux passionnés d'innombrables terrains de rêves et de jeux dont eux seuls soupçonnent l'existence. Aux millions de kilomètres carrés à l'horizontale de la Terre, les alpinistes opposent les surfaces infiniment plus réduites du monde vertical. Secrètes, invisibles pour qui n'a pas exercé son œil à cette dimension de l'espace, elles constituent le domaine enchanté que les grimpeurs partagent avec les oiseaux et le vent.

La journée avait passé vite. La nuit était tombée depuis longtemps.

— Je vais me coucher tôt, annonça Laure. Demain matin, je partirai au travail vers sept heures.

Rémy tressaillit. Pas un instant pendant ce voluptueux week-end, Laure n'avait fait allusion à son travail. Selon son habitude, elle avait veillé à ne pas troubler la plénitude du présent. L'irruption de cette contrainte professionnelle sonnait comme la fin d'une période. En même temps et sans que ce fût formulé, la phrase de Laure contenait une interrogation à l'adresse de Rémy. Il y répondit avec un peu de crainte par une autre question.

— Est-ce que tu accepterais que je reste encore un peu chez toi ?

Elle prit un temps pour répondre.

— Bien sûr. Tu peux passer la journée ici et on se verra le soir. Mais...

— Mais ?

— Je suis invitée à dîner demain.

— Chez des gens que je connais ?

— Non. Mais si tu acceptes de m'accompagner, tu feras connaissance.

Rémy cherchait à déceler dans l'intonation, la mimique, la gestuelle de Laure un signe d'impatience ou de contrariété. Il ne découvrit rien que son habituelle retenue.

— Eh bien, conclut-il, ce sera avec plaisir.

Il la tint enlacée un moment mais elle aimait dormir seule, à distance, recroquevillée sur elle-même. Il la laissa tranquille et se tourna de son côté.

*

Le lendemain matin, Rémy se leva vers dix heures. L'appartement était silencieux et vide. Il trouva un mot dans la cuisine, avec le petit déjeuner préparé sur la table. Mohair, le chat, l'observait à distance, caché sous une armoire.

Rémy se versa un café et le but lentement, debout, en circulant dans l'appartement. Il s'arrêta de longs moments pour contempler plus attentivement la décoration des pièces. Il avait déjà noté que Laure ne possédait que des objets neufs. Parmi les rares traces du passé, figurait un tableau orientaliste sans cadre qui représentait la progression d'une caravane vue de face. Rémy l'avait remarqué la veille sans avoir eu le temps de le détailler. Ce tableau semblait n'avoir aucun lien avec la vie de Laure. Elle avait dû l'acheter dans une brocante ou sur Internet. Sans doute l'avait-elle choisi pour sa fonction décorative : ses tons sable et roses se mariaient avec les teintes de la moquette et des rideaux. Tout le reste, agrandissements photographiques en noir et blanc, lampes, livres d'art, était contemporain, de peu de valeur mais disposé avec goût. Dans la grande bibliothèque s'alignaient plusieurs centaines de livres. Laure achetait les romans en grand format et paraissait apprécier les collections littéraires prestigieuses. Rémy parcourut les noms d'auteurs en laissant traîner son doigt sur les couvertures. La plupart des titres ne lui disaient rien. Il se sentait comme un invité qui débarque dans une fête et se rend compte qu'il ne connaît personne.

Il scruta ensuite la photo de famille qu'il avait aperçue la veille sans s'y attarder. Laure devait avoir dix ou onze ans. Elle apparaissait au premier plan, si petite que sa tête arrivait au ras du cadre. Au-dessus le père avait des yeux durs, la mère, une grande femme blonde coiffée d'un chignon, avait les yeux cernés et les épaules voûtées. Enfin, le torse bombé, dépositaire de tous les espoirs du clan, le fils dépassait sa sœur d'une tête en raison de son âge et de la puberté qui l'avait fait pousser très vite. Rémy, peut-être à cause de ce qu'il savait de lui, jugea qu'il avait un air buté et veule. Il s'en détourna pour rêver sur le visage de Laure, tâcher d'imaginer sa volonté d'enfant, tendue par le désir d'échapper au destin qui lui était réservé. C'était une réalité à laquelle Rémy, en tant que garçon, n'avait jamais été confronté et dont il prenait la mesure avec une sorte de respect et de compassion. Être enfermé dans une nature de femme, être condamné à des devoirs obligatoires et à des limites étroites, c'était un sort qu'il n'avait ni connu ni seulement imaginé jusque-là. Il était clair que, pour sortir de ce carcan, Laure avait dû déployer l'étonnante maîtrise d'elle-même que Rémy avait reconnue en la voyant skier ou grimper.

Il s'interdit d'aller plus loin dans son exploration de l'appartement Il n'aurait voulu à aucun prix donner à croire à Laure qu'il avait cherché à violer son intimité. Il tenait à se montrer digne de la confiance qu'elle lui avait témoignée. Il n'ouvrit pas un tiroir, pas un placard, ne jeta les yeux sur aucune des lettres éparpillées sur le bureau en cuir. Et, pour se prémunir de toutes ces tentations, il s'habilla, sortit et marcha de Suresnes jusqu'à Paris.

Il y avait longtemps qu'il n'avait pas flâné dans une ville sans but ni horaire. Il parcourait les rues comme il aurait suivi des sentiers de montagne, en regardant le paysage autour de lui. La grande cité minérale déroulait ses parois de calcaire, ses crêtes sur lesquelles se dressaient des enseignes lumineuses et des forêts d'antennes, ses torrents de voitures et de piétons qui dévalaient des gorges de pierres. Il se dit qu'il pourrait aimer aussi cette nature-là. La montagne n'était qu'un monde parmi d'autres mais tant d'autres restaient à découvrir. Il avait le sentiment de reprendre sa place dans l'humanité après avoir trop cherché à la fuir dans le silence des glaces et les déserts de rocs. Il rentra presque à la tombée de la nuit.

Laure n'était pas encore arrivée. Il alluma les lampes, prit une douche et l'attendit, assis dans le canapé, en lisant un des magazines de décoration qu'elle collectionnait en nombre. Elle arriva peu après lui. Il ne l'avait pas vue partir le matin et fut surpris par sa tenue. Elle était vêtue d'un tailleur anthracite, de mocassins et d'une blouse en soie à col rond. C'était à l'évidence sa tenue de travail, il pensa : de combat. Comme ces sportifs qui prennent garde à ne rien laisser dépasser que puissent saisir leurs adversaires, Laure ne donnait prise ni à un commentaire ni à un compliment. Sa tenue s'apparentait plutôt à un uniforme. Et pourtant, à sa vue, Rémy sentit en lui un violent désir. L'obstacle inattendu de ce vêtement disciplinaire suscitait une pulsion violente de transgression.

Laure, au contraire, laissa paraître un imperceptible mouvement de recul. Elle avait beau s'attendre à retrouver Rémy, la présence d'un intrus chez elle provoqua une réaction animale de surprise et de fuite. Elle qui, d'ordinaire, savait si bien cloisonner les différents moments de sa vie, se trouvait démasquée à un instant de transition. Elle portait encore sur le visage la mimique froide et préoccupée qui devait être son naturel au bureau. Le changement ne prit qu'une seconde mais ce fut assez pour que Rémy pût en décomposer toutes les étapes : un surcroît de dureté puis l'étonnement, une certaine irritation, enfin le sourire et même une expression presque exagérée de tendresse.

— Tu as passé une bonne journée ? demanda-t-elle en déposant un dossier sur la table de l'entrée et en avançant vers Rémy. Ça fait drôle de te trouver là, ajouta-t-elle.

— Tu n'aimes pas ?

— Mais si, pourquoi ?

Elle s'assit à côté de lui sur le canapé et l'embrassa.

— Raconte un peu ce que tu as fait.

Il résuma ses flâneries dans Paris mais avoua qu'il n'avait rien de saillant à partager.

— Je prends une douche rapide et je me change, lança-t-elle. Tu te souviens qu'on nous attend pour dîner ?

Il écarta les bras pour montrer qu'il comptait y aller comme ça. Il portait toujours ses vêtements de montagne : une chemise à carreaux, un pantalon de sport et des chaussures d'approche basses.

— Tu es parfait. J'arrive.

Ils prirent un taxi pour se rendre au dîner. Pendant que Laure cherchait le code, Rémy contemplait le grand immeuble haussmannien, avec ses cariatides géantes, ses gerbes de laurier sculptées, ses guirlandes de pierre. Son regard s'était éteint pendant ces années en montagne. L'habitude avait émoussé son attention et muselé ses sentiments. Rien ne l'étonnait plus dans le monde alpin ou, plutôt, il avait fait profession de ne plus s'émouvoir, soucieux de montrer à ses clients qu'il avait tout vu. Professionnel du sublime, il s'attachait à ne plus y être sensible, comme un médecin qui met un point d'honneur à regarder la souffrance des malades sans en être affecté lui-même.

La ville, au contraire, lui avait fait recouvrer la vue et c'était Laure, dans cet environnement, qui avançait comme une aveugle.

La soirée était organisée par un couple homosexuel. L'un, Mika, était publicitaire et l'autre, Christian, travaillait dans l'industrie pharmaceutique. Ils étaient habillés dans les mêmes tons gris, ce qui accentuait encore leur ressemblance. Tous deux étaient assez dégarnis, avec un nez étroit et long, et portaient des lunettes rondes en écaille. Ils se présentèrent chacun comme le mari de l'autre et firent fête à Laure en l'appelant leur « témoin ».

— J'ai signé à leur mariage, expliqua Laure.

— Sois plus précise. Tu as signé pour *moi,* dit Mika avec un grand éclat de rire.

Les autres convives étaient déjà là, répartis sur les canapés et près des fenêtres. Ils étaient une dizaine en tout, hommes et femmes, sans que fût très clair pour Rémy qui était avec qui. Il comprit seulement que plusieurs travaillaient dans la finance et devaient être des collègues de Laure.

Un fond sonore assez fort incitait tout le monde à élever la voix. Les conversations étaient déjà très animées. Chacun tenait un verre à la main et un jeune Sri-Lankais en jean noir servait du champagne en slalomant entre les causeurs. Sur les murs tendus de soie bleue étaient accrochées les pièces d'une collection de tableaux et d'estampes baroques. Laure avait prévenu Rémy que c'était depuis des années la passion de leurs hôtes et qu'ils passaient tous leurs loisirs à écumer les ventes publiques et les antiquaires.

Le repas était disposé sur un buffet. Mika donna le signal et tout le monde se leva pour aller se servir. Un couple d'une quarantaine d'années se plaça dans la file à côté de Rémy. Laure les présenta comme des passionnés de ski.

— Élodie a même été championne.

La jeune femme secoua la tête.

— Non, non. J'ai fait des compétitions avec mon lycée quand j'étais à Grenoble mais rien de sérieux.

— Vous êtes moniteur ? demanda Gilles, son compagnon.

— Moniteur et guide de haute montagne.

Ce mot, comme d'habitude, suscitait un respect particulier. Gilles eut une mimique entendue qui signifiait : « Guide ! Alors, c'est autre chose… »

— Et où travaillez-vous ?

— En Haute-Savoie.

Le dénommé Gilles interpella un autre convive, qui se trouvait derrière lui.

— Notre ami est guide de haute montagne à Chamonix, lui lança-t-il.

C'est toujours ainsi, pensa Rémy. Quand on parle de guide, la référence de Chamonix ne tarde pas à sortir. Les lettres de noblesse de ce métier sont intimement liées, dans l'imaginaire du grand public, à la prestigieuse compagnie de Chamonix. Toutes les autres font figure de seconds couteaux, comparées à la Mecque de la montagne.

— Ah, vous êtes à Chamonix, renchérit de loin l'autre personnage, un garçon blond qui se tenait très droit et devait cultiver le style sportif, même si un ventre un peu trop plein faisait saillie sous son pull.

Du coup, Rémy était devenu l'attraction. Les personnes autour de lui le regardaient avec sympathie et admiration. Dans ces milieux, la montagne est presque exclusivement synonyme de neige, de ski, de luxe. Rémy retrouvait un monde qu'il connaissait car ses clientes habituelles lui appartenaient. Cependant, avec elles, il n'y pénétrait pas et restait sur les marges.

Après s'être servis, tous s'égaillèrent dans le salon, prenant place au fond des canapés, sur des chaises poussées contre les murs, ou appuyés sur des accoudoirs de fauteuil. La musique était toujours assourdissante et il n'y avait pas à proprement parler de conversation. Chacun essayait de manger sans renverser son assiette. Le plus commode était encore de boire car le serveur passait maintenant avec des bouteilles de rouge et de blanc. Au bout d'un moment, il sembla à Rémy que tout le monde était passablement éméché. Lui-même n'avait plus tout à fait l'esprit clair.

Ils allèrent, en désordre, chercher des fromages et des desserts. Puis, le dîner terminé, la sono se fit moins bruyante et un semblant de discussion s'organisa.

Depuis leur arrivée, une fille fixait Rémy avec un peu trop d'insistance. Elle s'était présentée comme collègue de Laure et s'appelait Marielle. Rémy avait assez d'expérience pour avoir reconnu le regard provocant par lequel ses clientes exprimaient leur désir et offraient de recourir à ses services en tous genres. Il s'était efforcé de ne pas y répondre. La jeune femme, par dépit ou par habitude, avait beaucoup bu. Ce fut elle qui provoqua Rémy, sans le quitter des yeux.

— Je n'aime pas la montagne, cria-t-elle à son voisin. C'est fasciste.

— De quoi parles-tu ? Qui est-ce qui est fasciste ?

— La montagne, je te dis. C'est le cœur de l'idéologie nazie. Tout le monde sait ça.

Un des hôtes renchérit, mais sur un ton calme comme pour clore la controverse.

— Les enfants blonds, l'air pur, les corps vigoureux. Elle n'a pas tort.

— Ça ne veut rien dire, Marielle, s'insurgea une autre femme, assise sur un canapé, qui tenait un homme par l'épaule et avait remarqué la gêne de Rémy. Il ne faut pas généraliser.

— J'ai été mariée dix ans à un Autrichien, rétorqua la dénommée Marielle. Je sais de quoi je parle.

Rémy était embarrassé. En temps normal, il aurait contre-attaqué dans le registre sexuel et aurait fait, en somme, ce qu'on attendait de lui. Il n'était pas question de se laisser prendre à ce piège. Il détourna son regard des yeux brillants de cette femme ivre. Ce fut Laure, d'une façon inattendue, qui vint à son secours.

— Je ne sais pas de quelle montagne tu parles,

coupa-t-elle. Celle qu'on pratique avec Rémy, c'est exactement le contraire.

— Le contraire ! piailla la femme, doublement frustrée qu'on la contredise et qu'une autre s'interposât entre Rémy et elle.

Un relatif silence s'était fait pour assister au développement de la controverse.

— La montagne, pour nous, c'est la liberté absolue.

— Hum, moqua la femme, la liberté... c'est un peu court.

— Je veux dire, coupa Laure avec une autorité qui étonna Rémy mais n'eut pas l'air de surprendre ses amis, que c'est le dépassement de toutes les limites. La paroi est verticale, on est lourd, il n'y a pas de prises et pourtant on monte. Il fait froid, il neige, la tempête fait rage. Aucun être humain ne devrait survivre dans ces conditions. Mais pourtant on est là et on avance. On transgresse les limites que la nature nous a imposées. C'est ça, la liberté : l'exaltation de l'individu et le refus de tout ce qui l'opprime. Ça n'a rien à voir avec le nazisme. C'est exactement le contraire.

— En tout cas, renchérit Marielle d'une voix de tête et en ignorant superbement les autres causeurs, depuis les romantiques, Rousseau, Victor Hugo et toute la bande, la montagne c'est la quintessence de la Nature : les sources, les bois noirs, les glaciers, tout ce folklore. Et les nazis ont emboîté le pas : il suffit de voir les films de l'époque.

— On peut considérer les choses autrement, s'entêta Laure qui n'était plus tout à fait sobre non plus. Cette nature, on peut la défier. L'alpinisme aujourd'hui, c'est comme la navigation au XVIe siècle ou la conquête spatiale.

— En somme, dit Mika, c'est comme le mariage pour tous.

— Qu'est-ce que ça vient faire là-dedans ? demanda un homme plus âgé, assis près de la fenêtre.

— Eh bien, c'est le refus des limites « naturelles ». Aujourd'hui, le couple ce n'est plus la procréation et ses contraintes biologiques. C'est le libre choix d'un partenaire humain. Et pour se reproduire, il y a bien des moyens.

— On est partis sur l'alpinisme et on arrive à la GPA ! ironisa la femme qui avait entrepris Rémy.

— Et alors ? objecta Laure. Mika a raison : c'est exactement le même processus. C'est l'esprit de l'époque.

Rémy était surpris que Laure ait tant réfléchi sur ce sujet. Ils ne l'avaient jamais évoqué. Ses propos éveillaient en lui des sentiments ambivalents. Certes, il était d'accord avec elle s'il s'agissait d'exalter l'effort de l'ascension, la lutte pour survivre dans un milieu hostile ou simplement le plaisir de se tenir sur la terrasse d'un refuge au milieu des glaciers. Cependant il se dit que la confrontation de l'être humain avec un monde où il n'aurait pas dû être et qu'il cherchait à dominer pouvait aussi conduire au pire : la montagne éventrée au bulldozer pour tracer des pistes de ski, la dépose de skieurs par hélicoptère sur les sommets ou même l'abomination que représentait à ses yeux La Pure Folie…

La plupart des convives étaient étrangers au sujet « montagne » mais chacun avait une opinion tranchée sur les questions de bioéthique. Tout le monde se mit à parler en même temps. Ce fut la fin des conversations organisées. Chacun reprit des apartés avec ses proches voisins. La soirée se termina dans la plus grande animation.

Laure se serra contre Rémy dans le taxi qui les ramenait chez elle.

— Tu ne t'es pas ennuyé ?

— Pas du tout. Ils sont sympas. J'aime bien Mika et Christian.

— Ils t'ont trouvé très bien.

— Je n'ai rien dit…

— C'est pour ça, peut-être !

Ils rirent, s'embrassèrent. Pas un instant pendant la soirée elle ne lui avait demandé quand il comptait partir.

III

Une semaine passa sans que Rémy parvienne à prendre la moindre décision.

Il se levait tard et, en traînant au lit le plus longtemps possible, jouissait du sentiment délicieux de se sentir libre, aimé, oisif. L'inaction, pour lui, restait synonyme de faute, de paresse, d'attente d'une activité à venir. Il ne savait trop d'où venait cette culpabilité. De l'enfance, évidemment, comme tout le reste. Mais qui la lui avait transmise ? Son père qui, dans son modeste emploi d'ouvrier, n'avait d'autre fierté que de prétendre travailler dur (même si ses horaires étaient finalement assez réduits) ? Il avait toujours présenté les passe-temps agréables qui meublaient ses loisirs (pêche, pétanque, bistrot avec les amis) comme des obligations auxquelles il s'astreignait. Ou sa mère qui, elle, avait une vie entièrement remplie par des tâches familiales ou ancillaires ? La moindre pause, le plus petit temps mort la remplissaient d'une angoisse si profonde qu'elle la combattait en s'échinant fébrilement sur un interminable ouvrage au point de croix.

En tout cas, d'aussi loin qu'il s'en souvenait, Rémy n'avait jamais eu le droit de ne rien faire pendant plus de dix minutes. Il avait pourtant eu du mal à occuper l'uniformité de temps libre que réserve l'enfance : il n'avait de goût ni pour les jeux collectifs, ni pour les promenades à bicyclette, ni pour aucun des moyens ordinairement proposés pour tuer le temps : puzzles, réussites, petits soldats… Seule la lecture lui était d'un certain secours. Mais les romans d'aventures qu'il lisait nourrissaient encore davantage sa nostalgie de l'action et lui faisaient mesurer le vide pathétique de sa propre vie. La découverte de la montagne avec les amis de son père lui avait offert le moyen d'occuper ses moments d'oisiveté soit par l'action, lorsqu'ils partaient en course, soit en donnant à ses lectures et à ses rêves une matière, la montagne, et un objet, l'alpinisme.

Pour la première fois, seul dans le lit d'où Laure s'était extraite au petit matin et qui conservait encore son odeur, il pouvait se livrer à ses songes sans angoisse et sans direction précise. Il observait par la baie vitrée la vie ralentie du jardin en hiver. Au-delà, il apercevait Paris, le moutonnement des toits gris, l'éclat de lumière renvoyé un instant par une vitre lointaine qui reflétait le soleil, la masse sombre des monuments, tours et coupoles, qui se détachaient du magma pourpre. Et, par-dessus ce tapis tissé de vie et de mouvements imperceptibles, le ciel découvrait ce que les montagnes jamais ne laissent voir : la ligne d'horizon, son infini borné de brume, ses strates de couleurs rabattues, qui, peu à peu, vers le haut, prenaient la teinte uniforme et céruléenne du ciel sans nuages.

Cette vision le ravissait. Elle lui donnait la certitude que la vie, comme ce paysage, se rouvrait enfin devant lui jusqu'à l'inconnu, jusqu'à des lieux et des temps qui lui réserveraient sans cesse des découvertes et des joies nouvelles.

Et, par contrecoup, il en voulait à la montagne de l'avoir privé si longtemps de cet infini. Il l'avait bien cherché. Il avait aimé cette protection qu'offrent les hautes vallées contre l'incertitude des horizons sans borne. Les montagnes sont des remparts ; elles isolent, rassurent. Pour les touristes qui y séjournent quelques jours, elles apportent leur part d'inconnu et ils les assimilent aux grands espaces. En vérité, c'est l'opposé et, à y demeurer longtemps, on ne le sait que trop : la vallée offre à celui qui en fait son séjour le réconfortant spectacle de ses limites étroites. Pour celui qui connaît chaque relief, chaque hameau, le moindre alpage, rien ne change jamais. Le monde existe encore, peut-être, mais ailleurs. Il ne le voit plus et il en est protégé. Une vie paisible et réglée se déroule sans surprise ni menace dans l'espace réduit que dessinent les crêtes de neige et les murailles rocheuses. Tout y est permanent, solide. Par moments, une avalanche de pierres rappelle que cela finira par s'écrouler mais dans un temps qui n'est pas le nôtre. Cette fragilité repoussée vers les millénaires à venir délivre l'être humain et ses courtes années de vie du souci de voir changer quoi que ce soit.

Certains prennent immédiatement conscience de cet enfermement et fuient les décors montagnards qui les angoissent. D'autres, au contraire, et Rémy avait trop longtemps été de ceux-là, sont apaisés par cette claustration. Comme ces aliénés qui, confrontés au délire et aux béances de l'esprit, recherchent le secours des murs et la paix d'un lieu fermé et bienveillant, il avait trouvé dans sa retraite alpine le moyen de réduire le monde à la dimension d'une scène étroite et familière.

Dans la clôture d'une vallée, on est entre soi. Des familles sont là de toute éternité. Elles ont donné leurs noms aux lieux-dits, aux hameaux, aux sommets parfois. S'installer parmi elles, c'est renoncer à être jamais tout à fait un autochtone mais c'est aussi, petit à petit, voir les frêles racines que l'on plante dans ce sol se mêler à de puissantes souches qui plongent jusqu'à des profondeurs mythologiques.

La montagne propose à celui qu'elle adopte un pacte faustien : elle le délivre de ses angoisses en lui faisant renoncer à l'infini. Terre de monastères, elle permet aux chercheurs d'absolu de se blottir dans les replis d'un espace limité, paisible et rassurant. Rémy, jusque-là, n'avait ressenti que les bénéfices de ce pacte. Regarder les reflets du monde à la télévision lui paraissait suffisant. Or voici qu'en rejoignant Laure il se rendait compte qu'il avait, en réalité, dans la douce ataraxie de l'existence montagnarde, refusé l'inconnu, l'aventure, la vie, et qu'il était grand temps qu'il y retourne.

Il se doutait bien que ce n'était pas seulement Paris qui avait opéré cette révolution. Certes, il s'y sentait bien. Il continuait de s'y promener chaque jour et apprenait à la connaître. Cependant, la ville n'était qu'un décor. Une fois quittée la montagne, le monde s'ouvrait en grand et si Paris constituait la première étape de cette échappée, elle n'avait aucune raison de demeurer la seule. En d'autres termes, ce n'était pas seulement pour la capitale qu'il avait quitté sa vallée.

La force qui l'avait extrait de ses habitudes et lui avait ouvert les yeux sur la vie était d'une autre nature. Malgré toute la méfiance qu'il nourrissait pour ce mot, il devait reconnaître qu'il n'en trouvait qu'un : l'amour. C'était bien l'amour qui avait accompli cette révolution en lui. Il avait pourtant fini pendant toutes ces années par se convaincre qu'il était incapable d'éprouver rien de tel. Ce n'était pas le moindre des reproches qu'il s'adressait rétrospectivement à lui-même. Comment avait-il pu se satisfaire de relations dégradantes, utilitaires, cyniques, dans lesquelles lui autant que ses partenaires s'appliquaient à mentir et à feindre ? Ces simulacres d'amour entretenaient, avec le sentiment profond qu'il éprouvait désormais, le même rapport que sa vallée étroite et bornée avec le monde divers et passionnant que les montagnes lui cachaient.

Il était si peu préparé à une passion authentique qu'il en considérait les effets sur lui-même avec un étonnement presque douloureux. Il se voyait, comme de l'extérieur, privé de toute énergie pour quitter la maison de Laure. Il découvrait avec quelle irrépressible impatience il attendait chaque soir son retour. Il s'observait en train de faire les courses pour lui préparer le dîner, de lui acheter des fleurs. Et il jugeait étrange son propre désespoir, pourtant bien réel, lorsqu'il comptait son argent et savait qu'il aurait bientôt tout dépensé.

Ses revenus comme guide étaient très modestes et il n'avait jamais fait d'économies. Maintenant qu'il connaissait mieux Laure, il avait compris que, si elle gagnait bien sa vie, elle était loin d'appartenir au monde des milliardaires. Elle devait payer les traites de son appartement, de sa voiture, et Rémy était presque certain qu'elle aidait financièrement ses parents. Il ne pouvait longtemps demeurer une charge pour elle.

L'amour ôtait tout discernement à Rémy lorsqu'il pensait à Laure. Il était à ce point plein d'elle qu'il était incapable de porter un jugement sur son aspect, ses manières, son caractère. C'était Laure, un tout, un bloc, construit peu à peu par l'attente, le désir, l'admiration. Elle était à la fois une personne de chair qu'il pouvait saisir et qu'il pensait posséder, et un être d'une essence mystérieuse dont il ignorait presque tout et dont il ne pouvait pas même imaginer la vie lorsqu'elle n'était pas à ses côtés.

C'est pourquoi, quand elle rentrait, il guettait la moindre de ses mimiques, interprétait chacun de ses gestes afin d'essayer de comprendre non seulement ce qu'elle ressentait pour lui, ce qu'elle pensait de la situation mais plus généralement qui elle était. Or elle ne laissait rien paraître.

Elle se comportait avec naturel, comme si elle était de moins en moins surprise de le trouver encore là. Sans laisser paraître aucun étonnement, elle l'embrassait sitôt rentrée et le remerciait de ses attentions. Elle ne lui posait aucune question sur ses intentions et ne semblait pas éprouver d'inquiétude à le voir demeurer chez elle, plus longtemps qu'elle ne l'avait sans doute initialement prévu.

Elle fit une seule mise au point, un jour où il se montrait très ardent à dix heures du soir. Elle lui rappela gentiment qu'elle partait tôt le matin, travaillait beaucoup et n'avait pas autant d'énergie que lui quand venait la nuit.

Rémy se sentait honteux de n'avoir rien fait de sa journée. Il se couchait en même temps que Laure et gardait les yeux ouverts dans le noir, à écouter la respiration régulière de sa compagne endormie. Le matin, il restait assez tard au lit, vaguement assoupi. Il comptait sur le week-end pour dissiper ce malaise et reprendre un rôle plus actif. Il avait élaboré un programme sportif ambitieux qui devait les conduire le samedi aux Andelys pour grimper sur les falaises des bords de Seine et le dimanche au viaduc de Gif-sur-Yvette, aménagé en site d'escalade depuis que les trains n'y passaient plus.

Malheureusement, Laure, épuisée par sa semaine et physiquement affaiblie, préféra ne pas bouger. Ils passèrent deux journées assez mornes. Rémy était content comme cela et n'avait pas non plus, à vrai dire, grande envie de sortir. Il n'avait prévu ces activités que pour Laure. Il ne put cependant se défaire d'un doute et se demandait si elle n'aurait pas préféré rester seule, à la garde du chat.

La troisième semaine qui commençait était décisive. Il fallait qu'il prenne une initiative, n'importe laquelle. Il se fixa le mercredi comme dernière limite.

*

Laure, en tournant la clef dans la serrure ce fameux mercredi, ne s'attendait pas à ce qu'elle allait découvrir. Tout d'abord, elle ne vit rien. Le chat ne vint pas à sa rencontre comme il le faisait d'habitude. Personne ne se tenait dans le salon. Elle posa son sac, fit quelques pas dans la pièce et appela Rémy. Il l'avait prévenue que tout allait changer ce jour-là. Le matin, il avait mis un réveil et s'était levé avant elle. Il était sorti en l'embrassant mais sans donner aucune explication.

Elle avança jusqu'à la porte de la chambre qui était entrouverte. Elle la poussa et ne put retenir un cri.

Rémy avait soigné sa mise en scène. Il avait apporté dans la chambre le fauteuil à roulettes du bureau et se tenait assis, bien droit, face à la porte, les jambes croisées, et caressait le chat qui était couché sur ses cuisses.

Il avait quitté ses éternels vêtements de sport et portait un costume gris. Le veston était ouvert sur une chemise blanche, le col serré par une cravate à rayures. Il était chaussé de mocassins beiges au-dessus desquels apparaissaient des chaussettes à pois. Une paire de lunettes achevait de le métamorphoser. La monture était en plastique noir épais et avait une forme rectangulaire qui se voulait stricte mais qui, comme toute sa tenue, était seulement démodée.

Laure ne put se retenir d'éclater de rire.

— Où vas-tu, comme ça ?

Rémy se leva et libéra le chat qui s'enfuit d'un air mécontent. Puis, en époussetant son pantalon et en tirant sur les pans de son veston, il prit une pause martiale et, comme un mannequin, fit un tour sur lui-même pour laisser admirer l'ensemble.

— Nulle part ! Je reste.

Ce mot sembla troubler Laure. Elle baissa les yeux. Quand elle les releva, elle avait repris son sourire habituel, énigmatique et sans expression.

— Tu restes ? hasarda-t-elle.

— Oui. Je reste à Paris.

Rémy s'était approché d'elle.

— Avec toi, ajouta-t-il.

Il l'embrassa du bout des lèvres avec une attitude de dandy. Elle perçut l'effluve d'une eau de toilette bon marché. Elle caressa sa joue qui était rasée de près. Sa peau, d'ordinaire cachée par un tapis de poils ras, était luisante et rose comme une tranche de jambon.

Ils passèrent dans le salon. Rémy déambulait dans sa nouvelle tenue et paraissait y prendre plaisir.

— J'ai envie d'une expérience nouvelle. Voilà tout. Mais ne t'inquiète pas. Je n'ai pas l'intention de végéter ici à ne rien faire. Il me faut chercher du travail et justement, j'ai commencé avec un premier rendez-vous très prometteur cet après-midi...

Laure était d'abord restée interdite et, maintenant, s'agitait. Elle ouvrait des placards, sortait des verres, un tire-bouchon, une bouteille de Sancerre. Elle revint dans le salon en tendant un verre plein à Rémy. Elle but le sien tout de suite après avoir trinqué et un peu trop vite. Il pensa qu'elle voulait fêter la nouvelle. Un court instant, il se demanda si elle n'avait pas plutôt besoin de se soutenir. Il chassa cette pensée et se remit à pérorer.

— J'ai téléphoné à des connaissances pour avoir des conseils. Je ne voulais pas que tu te tracasses. Un de mes anciens clients m'a mis sur la voie : il est dans les assurances. C'est par lui que j'ai su que l'on a toujours besoin de placiers. Le boulot est fatigant mais j'en ai vu d'autres. Il faut bien choisir les gens que l'on démarche.

Si on a un bon contact et qu'on n'est pas trop bête, on peut gagner gros.

Il répétait les mots mêmes qu'avait prononcés le courtier pour qui il allait vendre des contrats.

Laure ne disait rien. Elle se versa un deuxième verre.

Rémy continua à décrire son futur travail puis, se rendant compte que Laure demeurait muette et ne sachant pas mieux que d'habitude interpréter son sourire, il s'approcha d'elle.

— Ne t'inquiète pas. On aura toujours le temps d'aller en montagne. C'est un boulot où on s'organise comme on veut. Je pourrai prendre deux ou trois jours et j'aurai mes week-ends.

Il y eut un moment d'incertitude pendant lequel ils demeurèrent l'un et l'autre silencieux. Laure hésitait. Les deux voies qui s'offraient à elle étaient si opposées, si incompatibles, qu'elle en ressentait une sorte de vertige. Finalement, elle se décida à prendre un parti.

— C'est une bonne nouvelle, trancha-t-elle. On ne va plus se quitter.

Elle ne put s'empêcher cependant de détourner les yeux par crainte, peut-être, qu'ils ne trahissent son désarroi.

Rémy, lui, restait enfermé dans son idée, excité à la perspective de commencer cette nouvelle vie. Il continuait de circuler à travers l'appartement dans le même accoutrement. On aurait dit un enfant qui vient d'apprendre à faire de la bicyclette et qui ne se lasse pas d'aller et venir sur son nouvel engin.

— Tu peux peut-être te changer pour le dîner, lança Laure depuis la cuisine.

Rémy retourna dans la chambre et revint dans sa

tenue de montagne habituelle. Laure le regarda de haut en bas et son visage s'éclaira. L'homme qui l'avait séduite n'avait pas disparu. Il était là de nouveau et pour marquer la différence avec le personnage précédent, ce fut elle, cette fois, qui s'approcha de lui et l'embrassa à pleine bouche.

L'amour physique a le pouvoir de brûler à son feu les mauvaises humeurs d'un couple, au moins jusqu'à un certain point. Ils ressentirent ce soir-là tant de volupté qu'ils purent se rassurer : ce point-là n'était pas encore dépassé.

IV

Il est étrange, si l'on y pense, que Rémy ait pris l'initiative de s'installer chez Laure sans en discuter avec elle auparavant. C'est que l'amour était pour lui un sentiment trop inattendu et trop neuf pour qu'il sût en maîtriser les effets. Son égocentrisme de solitaire le portait à n'analyser que lui-même et à croire que l'autre éprouvait nécessairement les mêmes émotions, fondait les mêmes espoirs, caressait les mêmes désirs.

Il avait subi les tourments du doute tant qu'il était séparé de Laure, incertain sur ses intentions, sa vie, sa sincérité. Maintenant qu'il était entré dans son quotidien, qu'il vérifiait chaque jour qu'elle lui témoignait son affection, il n'imaginait plus qu'elle pût désirer autre chose que sa présence. En lui faisant la surprise de sa métamorphose, il était convaincu de lui offrir un très beau cadeau. Il mit la tiédeur de son enthousiasme sur le compte de sa retenue naturelle.

Les jours suivants furent illuminés pour lui par la nouveauté. Il s'émerveillait d'avoir à prendre le tram chaque matin à la gare de Suresnes puis le bus ou le métro jusqu'aux lieux, tous les jours différents, de ses rendez-vous. Il observait les passagers, s'amusait de leurs mimiques, notait leurs manières de se tenir et de parler. Il racontait tout cela à Laure quand il la retrouvait le soir. Elle l'écoutait avec un peu d'attendrissement car ses récits étaient encore pleins de la fraîcheur du sauvageon qui découvre la ville.

— Figure-toi que pour mon premier coup, bingo ! J'ai réussi à refiler une multirisque à un jeune couple. 145 euros de commission pour moi ! Ça augure bien de la suite…

Cependant, les rencontres professionnelles de Rémy étaient, en vérité, bien peu exotiques et Laure eut vite le plus grand mal à s'y intéresser. Elle s'était d'abord forcée à poser quelques questions. Elle n'avait au départ aucune idée de ce qu'il faisait en pratique. Hélas, il ne lui fallut pas longtemps pour prendre conscience qu'il s'agissait d'affaires de peu d'envergure, à la limite de l'escroquerie. Le courtier qui avait engagé Rémy en contrat temporaire lui faisait démarcher de nouveaux clients. Pour parvenir à leur refiler des polices inutiles et coûteuses, il usait de son charme, selon une méthode qui avait montré son efficacité sur les pistes de ski, mais sans avoir besoin d'aller aussi loin. En faisant leur siège avec assiduité, il convainquait des veuves ou des femmes isolées de signer de petits contrats pour se couvrir de risques imaginaires.

La nouveauté recouvrait encore tout d'un vernis brillant. Lorsque Rémy toucha sa première commission, il rentra avec un bouquet de roses rouges.

Il connaissait si peu le monde du travail qu'il avait du

mal à situer sa propre activité dans l'échelle sociale et, en particulier, à établir une comparaison entre les affaires qu'il traitait et celles qui constituaient le quotidien de Laure. Il commença à l'interroger sur son métier. Elle lui répondit avec modestie mais sans lui mentir.

— Actuellement, nous travaillons sur la vente d'une entreprise de l'audiovisuel. La transaction est presque conclue.

— Vous êtes des sortes de courtiers, vous aussi ?

— Si l'on veut…

— Et combien ça vaut, une entreprise comme celle-là ?

— Le prix devrait tourner autour de 800 millions d'euros.

— Ah oui ! C'est important, en effet.

Rémy prenait l'air finaud de l'homme qui s'y connaît, appuyé sur le dossier de sa chaise et se balançant en arrière.

— Et combien cela vous rapporte-t-il ?

— À la boîte ou à moi ?

— Les deux.

— La boîte touchera un pour cent, et moi je serai intéressée par une prime en sus de mon salaire quand la vente sera signée.

— Une grosse prime ?

Laure s'était levée et s'agitait à la cuisine. Elle devait redouter la question car elle fit preuve d'une certaine réticence à y répondre.

— Allez, tu peux bien me le dire…

— 150 000 euros environ.

Rémy accusa le coup quelques instants. Puis il fit tourner le glaçon dans le verre de whisky qu'il était en train de boire et en considéra le fond. Il pensait aux 98 euros de commission qu'il avait péniblement gagnés la veille, au terme de trois rendez-vous épuisants avec un couple de retraités méfiants et paranoïaques. Le chemin qu'il devait encore parcourir était long.

En moins de deux semaines, Rémy perdit toutes ses illusions sur son travail. La nouveauté disparue, restaient la dureté des relations humaines, la fatigue des transports, la modestie des revenus. Il rentrait épuisé, démoralisé, de méchante humeur. Cependant, il s'accrochait. Renoncer aurait été tout perdre et d'abord Laure car il n'aurait pas supporté de vivre à ses crochets et, faute de ressources, il devrait quitter la région parisienne. Mais le drame était plus complet. Car, en restant, il comprenait qu'il la perdait aussi. Il était irascible, mutique. Les week-ends, il ne faisait que dormir et refusait toutes les sorties. À force de transpirer dedans, son costume s'était vite avachi et il n'avait pas les moyens d'en acheter un autre. Sa peau avait depuis longtemps perdu son hâle. Il avait des cernes sombres sous les yeux.

Laure avait observé cette descente aux enfers avec beaucoup de délicatesse et de tact. Elle avait proposé de l'aider financièrement, lui avait offert des chemises à col italien, achetées dans une boutique de luxe, qu'il n'aurait pas pu se payer lui-même.

À plusieurs reprises, elle lui avait tendu des perches.

— La montagne ne te manque pas ? J'aimerais bien qu'on se fasse une semaine de grimpe un de ces jours.

Il ne répondait rien.

La montagne ! Non seulement elle ne lui manquait pas mais même, il lui en voulait. Il n'avait perdu que trop de temps dans le confinement de sa vallée. À cause de ces années gâchées, il se retrouvait démuni pour affronter la vraie vie, celle de Paris et du monde. S'il devait revenir à la montagne un jour, ce serait en client, en homme riche qui irait y chercher, pendant les meilleures semaines, son plaisir et son repos. Y retourner maintenant serait avouer son échec. Il continuait d'espérer que l'avenir s'éclaircirait par miracle.

Il y avait en lui une idée un peu naïve de la justice. Elle lui faisait croire que l'effort est toujours récompensé, que les petits progrès, jour après jour, conduisent à la réussite et au bonheur. C'était une idée de montagnard. Lorsque l'on est en difficulté dans la tempête, chaque mouvement conduit vers le salut. Il n'est pas de pente, si haute et dure soit-elle, qu'on ne puisse gravir en mettant obstinément un pied devant l'autre. L'alpiniste grignote l'immensité. Au flanc d'une montagne qui l'écrase, il a conscience de sa petitesse mais il compte sur la patience. Ses avancées minuscules auront finalement raison de la démesure. L'ascensionniste use la montagne comme la mer use le rivage et le ressac de ses pas vient à bout des plus hauts obstacles que la Terre puisse dresser devant lui.

Rémy croyait cela. Il l'avait éprouvé dans son activité de guide. Malheureusement, les défis de la vie sociale ne se relèvent pas de la même manière. Ils exigent d'autres moyens, plus subtils et moins égalitaires. Le monde est plein de gens qui affrontent loyalement, pas après pas, les obstacles et qui ne sont pourtant jamais récompensés de leurs efforts. Bien souvent, cette soumission est même le plus sûr moyen de ne jamais sortir de la masse de ceux qui acceptent leur sort. Seul, il aurait pu s'y résigner mais Rémy avait Laure pour référence, bien plus haut que lui dans la pente et dont aucun de ses efforts ne suffisait à le rapprocher.

Bientôt, il chercha des moyens moins réguliers, puisque le travail classique le confinait dans l'échec. Il se mit à fréquenter des cafés, à bavarder avec toutes sortes de gens, à écouter des propositions dangereuses.

Dans un bar de la Porte de Versailles, il fit la connaissance d'un petit groupe d'amis qui avaient monté une entreprise de déménagement sur Internet. Ils recrutaient des manutentionnaires au noir pour des opérations ponctuelles. Sans le dire à Laure, Rémy prêta main-forte à l'équipe deux après-midi de suite. Le travail était mal payé mais réglé de la main à la main. Ce qu'on lui demandait était simple : soulever des meubles, porter des caisses. L'effort physique le reposait de ses palabres de placier.

Les deux meneurs du groupe étaient des Toulousains qui semblaient vivre grand train. Rémy essaya sans succès de percer le mystère de leur réussite. Il passa de longues heures sur Internet en espérant découvrir un créneau pour monter une entreprise de même nature. Mais il avait beau faire et refaire ses comptes, il ne parvenait pas à comprendre comment on pouvait s'enrichir avec une activité de ce genre.

Cependant, les autres l'observaient et le testaient. Ils décidèrent bientôt qu'ils pouvaient lui faire confiance. Un soir du mois de mai, après un transport, ils l'invitèrent dans un bistrot qui pratiquait des menus ouvriers. Après le dîner, ils commandèrent des cognacs et passèrent aux choses sérieuses. Les associés lui révélèrent leur véritable activité. Avec le même matériel qui servait officiellement pour des déménagements légaux, ils procédaient de temps en temps à des « visites » de propriétés. Ils avaient le souci de conserver un aspect de respectabilité dans leur vocabulaire. Le mot « visite » était un euphémisme qui évitait l'utilisation du terme « cambriolage ». De même, ils insistaient sur le caractère ciblé, professionnel et en quelque sorte spécialisé de leurs interventions. Ils agissaient sur commande d'antiquaires ou de brocanteurs qui leur envoyaient discrètement une liste d'adresses et une description des objets convoités. La rétribution pour ce type d'opération était certes beaucoup plus forte que pour un déménagement. La somme qu'ils indiquèrent à Rémy lui fit penser qu'il avait enfin découvert le filon qui le mènerait vers les sommets. Il n'était pas question de faire cela toute sa vie. Mais, au moins, grâce à cette mise de fonds, il pourrait entreprendre quelque chose d'envergure. « Tout empire commence par un grand crime. » Il avait lu cette phrase quelque part dans un roman et ne l'avait pas comprise. Pour la première fois, il en entrevoyait le sens.

Sans qu'il en prît clairement conscience, le comportement de Rémy changea, même quand il était dans l'appartement. Il avait retrouvé l'énergie que son travail routinier lui avait fait perdre. Il était sans cesse en communication sur son portable, recevait des mails au milieu de la nuit. Son excitation augmentait à mesure qu'approchait la date de la première expédition à laquelle il devait prendre part avec la bande. Elle était fixée pour le lundi de Pentecôte. La résidence secondaire où ils devaient « charger la commande » serait vide à cette période.

Rémy prêtait de moins en moins d'attention à son travail de placier. Quand Laure, pour meubler la conversation, lui demandait des nouvelles de ses activités, il se montrait évasif. Ce désintérêt contrastait avec l'agitation et l'impatience dont il faisait preuve sans motif apparent.

Le rendez-vous pour l'opération était fixé le dimanche soir. Rémy avait trouvé un prétexte pour rester absent cette nuit-là : il avait informé Laure qu'il devait être à Nantes le lundi à la première heure pour y rencontrer des rentiers intéressés par un gros contrat. Il partirait la veille pour être sur place. Laure n'avait fait aucun commentaire.

Arriva le dimanche de Pentecôte. Rémy avait revêtu son costume professionnel mais il avait préparé en cachette dans un sac de voyage une tenue de sport composée pour l'essentiel par les vêtements qu'il portait en arrivant de la montagne. À cinq heures, il saisit le sac, embrassa Laure sans grande chaleur et se dirigea vers la porte. Elle était fermée à clef.

Il repassa au salon.

— Tu peux m'ouvrir, s'il te plaît ? Je ne sais pas pourquoi la porte est verrouillée.

Laure était accotée au bar qui séparait la cuisine du salon. Elle ne bougeait pas.

— Verrouillée, répéta Rémy avec un peu d'impatience. Tu n'as pas compris ? Je te dis qu'elle est fermée à clef.

— Tu veux sortir ? prononça Laure d'une voix ferme.

— Oui. Ouvre-moi.

— Je vais le faire. Mais d'abord, tu vas m'écouter. Et quand tu sortiras, ce sera pour ne jamais revenir.

Rémy se figea en entendant ces mots. Laure le fixait avec un regard dur dont il la savait capable mais qu'elle ne lui avait jamais réservé. Une seule fois, au cours d'une conversation téléphonique professionnelle qu'il avait surprise, il lui avait vu prendre une telle expression. Maintenant, c'était à lui qu'elle parlait et ses yeux bleus avaient des reflets gris de tempête. Rémy en resta comme pétrifié. Il ignorait les raisons de cette colère mais, pris au piège dans la maison, il sentait à quel point il était faible et vulnérable, pitoyable même. Sa main tremblante lâcha le sac de voyage qui s'avachit sur le sol.

— Laure, murmura-t-il, qu'est-ce que…

Elle leva la main pour couper court à toute question, à toute plainte.

— Jamais, reprit-elle, je n'aurais dû accepter que tu t'installes ici. Ta vie était à la montagne…

Il se tenait toujours debout, les bras ballants le long du corps.

— Il suffit de me laisser du temps, voilà tout…

Puis, se rebiffant, il s'écria :

— Mais pourquoi me parles-tu de la montagne ? Tu veux dire que je suis condamné à rester au cul des vaches…

Il avait redressé la tête et la regardait crânement.

— J'ai envie de changer de vie, figure-toi. D'ailleurs je suis né ici.

Laure ne baissait pas le regard.

— Il faut que tu partes, Rémy.

Il se recula et s'assit pesamment sur une des chaises qui

étaient poussées contre le mur. Il attendit un moment puis eut un sourire mauvais.

— Au fond, tu es comme les autres…, ironisa-t-il.

— Quelles autres ?

— Les bourgeoises qui viennent se taper des guides et qui nous jettent après.

Sous le vent de l'insulte, Laure cligna des paupières.

— Je n'ai aucune envie de te traiter comme un gigolo, contrairement à ce que font les bourgeoises dont tu parles. Mais je n'ai pas envie non plus de te voir traîner ici dans des boulots minables.

Elle marqua un temps presque imperceptible puis ajouta avec une intonation de mépris glacial :

— Ni faire un casse.

Il se figea.

— Un casse ?

Les yeux écarquillés de Rémy fixaient ceux de Laure qui ne se détournaient pas. Il comprit qu'il était inutile de nier.

— Tu m'espionnes ?

— J'ai craqué tes codes de téléphone et d'Internet.

— C'est une trahison ! s'indigna-t-il.

— Et vivre sous mon toit en préparant un cambriolage, tu appelles ça comment ?

Il y eut un moment de grande intensité, suspendu, silencieux, pendant lequel Rémy sentit que tout était consommé. Assez bêtement, il dit, sans y mettre d'interrogation :

— Alors, tu ne m'aimes plus.

— Non.

C'était le coup qui tranchait définitivement le nœud

tragique que Rémy portait en lui. Il en éprouva tout aussitôt un mélange de désespoir et de soulagement. Car, au principe de toute cette aventure parisienne, il y avait l'amour, rien que l'amour, quoi qu'il prétendît. Le perdre était à la fois une souffrance et une délivrance.

— D'accord, dit-il. Je m'en vais.

Elle ne répondit rien, lui lança le trousseau de clefs.

Rémy saisit son sac et sortit en laissant les clefs sur la serrure.

Il se retrouva dans la rue, bouleversé par un mélange inextricable de honte, de colère contre lui-même et contre Laure, de désespoir d'enfant abandonné. C'était la première fois qu'il se livrait totalement à l'amour et cette plante arrachée, qui avait pris racine profondément dans son cœur, laissait dans tout son être un vide atroce.

V

Un peu à l'écart du hameau de Saint-Sigismond, un chalet isolé déploie sur sa façade un long balcon de bois d'où la vue embrasse toute la vallée de l'Arve. Il faisait grand beau depuis trois jours, en ce début de juin. Le soleil frappait la maison en plein aux heures de midi. Le bois usé de la balustrade laissait apercevoir ses veines blondes ; des bacs de géraniums fraîchement regarnis pavoisaient de rouge et de blanc, les couleurs de la Savoie, le rebord des fenêtres. Un homme était étendu sur un fauteuil à bascule, les mains derrière la tête et les pieds sur la rambarde en mélèze.

D'où il était, il ne pouvait pas voir le chemin qui reliait, en pente raide, le chalet à la route. Et, d'ailleurs, il gardait les yeux fermés. Sa respiration était celle d'une personne épuisée qui confie au soleil et à la chaleur le soin d'effacer de son corps les meurtrissures de l'effort et jusqu'au souvenir des épreuves récemment endurées.

De la vallée montait la rumeur lointaine de la circulation. Une tourterelle roucoulait dans le sycomore d'un jardin en contrebas. Mais aucun de ces sons n'altérait le silence, un silence à la dimension du massif de montagnes que l'on pouvait apercevoir au loin et qui portait le nom de la plus majestueuse d'entre elles : le Mont-Blanc.

Dans ce silence, l'appel lancé depuis le chemin prit la force d'un coup de cymbales.

— Julien !

L'homme assoupi, en entendant son nom, se redressa. Il ouvrit les yeux et la lumière l'aveugla. Mais la voix avait repris son appel et il n'y avait aucun doute.

— C'est toi, Rémy ?

Lorsqu'il fut habitué à la lumière aveuglante, Julien détailla son frère qui se tenait devant la maison, un sac de voyage à la main. Et s'il n'avait pas entendu d'abord sa voix, s'il n'avait pas formellement reconnu son timbre et ses intonations, jamais il n'aurait pensé que l'individu devant lui pouvait être Rémy.

Il était vêtu d'un complet si fripé qu'à l'évidence il avait dormi dedans. Ses chaussures de ville étaient couvertes de poussière et fendues. Lui qui apportait d'ordinaire un si grand soin à sa barbe l'avait laissée pousser depuis une bonne semaine. Elle lui dévorait le bas du visage et lui descendait dans le cou.

— Passe par le garage. Il est ouvert. Monte…

Julien entendit son frère gravir très lentement l'escalier en bois. Il se demanda s'il n'hésitait pas à se montrer. Et en effet, de l'autre côté de la porte palière, Rémy passait sa main en griffe dans ses cheveux pour les remettre en ordre et tirait sur les pans de son veston fatigué, en redressant le torse. Il avait repris contenance quand il saisit le pêne et entra.

— Salut, Julien, s'écria-t-il d'une voix faussement enjouée.

Il approcha de son frère et l'étreignit. Cela faisait bien des années qu'ils ne s'étaient pas livrés à une telle embrassade. Julien eut la sensation, en tenant Rémy serré contre lui, que son frère sanglotait. Mais quand ils s'écartèrent l'un de l'autre, Rémy avait une expression radieuse et il se mit à parler fort, comme pour dissimuler le trouble de sa voix.

— Alors, le champion ! Tu m'as l'air affûté. De grandes courses, ces derniers temps ?

— Ça ne va pas mal. Je rentre juste d'une dent Blanche par l'arête de Ferpècle.

— Un peu tôt pour la saison, non ?

— C'est vrai. On a brassé. Des quantités de neige... Mais c'était beau. Et il n'y avait encore personne.

Rémy posa bien d'autres questions. Julien sentait qu'il repoussait le moment où il serait interrogé à son tour. Enfin, il y eut un silence et Julien demanda :

— Où étais-tu, toi, pendant tout ce temps ? On s'est inquiétés.

— J'avais prévenu le bureau des guides qu'il ne fallait plus compter sur moi.

— C'est bien pour ça qu'on n'a pas alerté la gendarmerie. Mais dis donc, tu aurais pu me faire signe directement...

Rémy donna une bourrade à son frère.

— Allons, ne me fais pas une scène. J'ai bien pensé à toi.

À l'idée que ces derniers mots étaient un mensonge, il se détourna.

— C'est cette fille ? demanda doucement Julien.

— Entre autres, fit Rémy, évasivement. J'ai voulu quitter la montagne.

— Quitter la montagne ? Pour moi, ça fait déjà longtemps que tu l'as quittée…

— Pourquoi dis-tu cela ?

— Tu ne travaillais plus beaucoup comme guide. L'escalade en falaise, le ski de piste à Megève, ça n'a pas grand-chose à voir avec la vraie montagne…

— Eh bien, tu te trompes.

Rémy avait envie de s'expliquer mais, comme d'habitude, son frère rejetait tout ce qui ne cadrait pas avec ses certitudes. Comment faire comprendre à Julien l'incroyable émotion qu'il avait ressentie dans le train, en traversant le massif jurassien du Haut-Bugey ? Les premiers reliefs, les vallées encaissées, sauvages, aux flancs couverts de bois noirs… Les crêtes illuminées par le couchant… Les parois de calcaire grises semées de jardins verticaux… Comment, sans ridicule, lui avouer qu'il s'était soudain senti revivre, comme un poisson qu'on a tiré de l'eau, qui suffoque et qui replonge dans l'onde fraîche d'un grand bassin, alors que les lumières pour lui étaient en passe de s'éteindre à jamais ?

Julien avait raison en un sens : Rémy fuyait la montagne depuis longtemps, il ne la regardait plus, il y pratiquait des activités mondaines, comme le ski avec ses riches clientes, ou urbaines, comme ces évolutions de gymnaste sur des parois qui transformaient le relief des falaises en mur semé de prises. Et pourtant, même s'il ne voulait pas la voir, la montagne était là, autour de lui et en lui. Il lui avait suffi de la perdre vraiment pour sentir la douleur du manque, l'intensité du vide, le besoin impérieux de la retrouver.

Mais il n'avait pas la force d'expliquer cela. Julien était si loin de lui sur ces sujets.

— Tu n'aurais pas quelque chose à manger ? J'ai une petite faim.

— Va prendre une douche et te changer. Je te prépare un déjeuner en vitesse.

Rémy ne se fit pas prier. Il passa dans la salle de bains et se plongea sous l'eau chaude. Quand il ressortit, propre et rasé de frais, il trouva sur une chaise des vêtements de sport neufs.

— Les fabricants m'ont encore donné des produits à tester, cria Julien depuis la cuisine. Essaie ce pantalon d'escalade et la polaire fine. Tu me diras ce que tu en penses.

C'était une manière élégante de venir au secours de Rémy. En voyant le sac de voyage avachi de son frère, Julien s'était douté qu'il ne devait pas contenir grand-chose.

Quand il revint au salon, dans sa tenue neuve aux couleurs vives, Rémy apparut plus hâve encore qu'en arrivant. Sa mauvaise mine ne pouvait plus être mise sur le compte de son costume terne et fripé. Comparée aux teintes gaies et brillantes de ses vêtements neufs, sa peau paraissait encore plus grise ; ses yeux étaient entourés de cernes lilas et quelques cheveux sur ses tempes avaient blanchi.

Il s'attabla devant l'assiette de salaisons et de fromages que Julien lui avait préparée. Il dévora la charcuterie avec une hâte visible, qu'il se reprochait. Il aurait voulu conserver un semblant de détachement mais la faim était trop intense. Il s'y mêlait une jouissance inattendue et incontrôlable à la vue de ces mets riches et goûteux qui sentaient le grand air et l'altitude, l'herbe des alpages et la pierre moussue des cabanes d'été.

Lorsqu'il était parti de chez Laure, Rémy avait d'abord rejoint Paris à pied depuis Suresnes, comme il en avait l'habitude dans ses promenades. Mais le trajet avait une signification nouvelle car il serait désormais sans retour. Il portait tout son bien avec lui et tâtait dans sa poche les quelques billets qui lui restaient. En traversant les terrains de sport d'Auteuil, il croisa le regard de joueurs de tennis élégants. C'étaient des hommes et des femmes du même monde que Laure. Il lui sembla qu'ils le dévisageaient avec mépris ou plutôt que, braquant les yeux sur lui à travers les grilles du stade, ils le traversaient comme s'il avait été une ombre sans épaisseur, un être de si peu de poids qu'il en devenait invisible.

Il avait pris successivement en marchant des résolutions contradictoires : ne jamais revoir Laure, ne plus lui donner signe de vie. Un instant plus tard, il arrêtait la décision contraire : faire un gros coup, n'importe quoi, éventuellement un casse de banque ? De toute façon, réussir et revenir vers elle en homme riche, fier de son succès. Puis il pensait à ses acolytes déménageurs, à ses virées avec eux et il était accablé de remords. Comment avait-il pu frayer avec des gens de cette nature ? Comment s'était-il laissé entraîner dans cette médiocrité, cette abjection ? Que Laure l'ait appris ajoutait encore à sa honte.

Pourtant, il lui en voulait de le juger. Elle avait beau jeu, avec ses diplômes et son expérience, de lui reprocher d'emprunter des chemins de traverse ! Quelle autre solution avait-il ?

La nuit l'avait trouvé avenue de la Grande-Armée au milieu des boutiques de motos et des restaurants bondés. Laure peut-être ou en tout cas ses semblables dînaient en terrasse car il faisait déjà bon. Il dormit sur un banc public.

Le lendemain, il traîna dans Paris, approcha du quartier où, la veille au soir, il aurait dû rencontrer la bande. Il s'en voulait d'être aussi malheureux et désemparé. L'amour lui apparaissait comme une grande erreur et une faiblesse impardonnable. En même temps, il pensait à Laure et désirait si intensément être près d'elle qu'il lui arrivait, en fermant les yeux, de sentir sa présence au contact de sa peau, comme un membre fantôme.

Il erra encore deux jours dans la ville, mangeant à peine, assis des heures durant sur les marches de monuments qu'il ne regardait pas. Ses pensées revenaient sur le temps écoulé. Il se disait que cette aventure avec Laure n'aurait pas pu creuser un abîme en lui s'il n'avait pas été préparé par des années gâchées pendant lesquelles il avait cultivé le vide. Il se demandait à quel moment de sa vie remontait la dernière passion véritable. Il parvint à la conclusion qu'il fallait remonter à l'enfance pour la trouver, ou plutôt à ce moment où l'enfance avait pris fin, pour être soudain remplacée par une jeunesse qui se confondait avec la montagne.

Il avait quinze ans, peut-être. Les amis de son père, la bande de Montpellier, l'avaient emmené à Ailefroide avec son frère. Ils campaient dans une prairie sous de vieilles tentes militaires qui prenaient l'eau. Il avait fait mauvais pendant une pleine semaine et ils patientaient sous un hangar du village à jouer aux cartes et à regarder tomber la pluie. Et puis, un matin, le ciel s'était totalement dégagé. Au-dessus d'eux, brillante de glace, la cime du Pelvoux les dominait. C'était le premier sommet qu'il lui était donné de voir. Il n'avait jusque-là connu que des pays plats, de modestes collines. La révélation, tout à coup, qu'existait un monde d'en haut, que la Terre pouvait offrir par endroits une portion de l'Au-delà, un territoire inviolable et sacré, un étalon de pureté et de lumière, l'avait transporté. Il était naïf et crédule, si enfant encore. Il éprouvait la même émotion sacrée qui a donné aux peuples premiers pendant des millénaires la certitude qu'un autre monde existe, qui commande à celui-ci, le châtie de son tonnerre et le récompense de sa blancheur éclatante. Lorsque, le lendemain, les vieux amis de la famille s'improvisèrent guides et les emmenèrent, son frère et lui, jusqu'au sommet qu'ils avaient aperçu dans le ciel, Rémy avait ressenti le premier bonheur parfait et peut-être le seul qu'il se souvenait avoir vécu. Ni les pieds glacés ni le souffle court, ni la soif ni l'onglée ne l'avaient éprouvé. Cette ascension avait été comme le dévoilement d'un mystère. Cet accomplissement portait en lui un double héritage de passion et de désillusions mais il ne le savait pas encore. La passion, il s'y livra tout entier, lisant des livres sur la montagne, attendant le moment d'y retourner, jouissant du bonheur de gravir de nouveaux sommets. La désillusion était cependant déjà là, invisible encore. Car dès lors qu'il eut atteint la cime du Pelvoux entrevue dans le ciel, il avait souillé en lui la pureté du primitif. En approchant des sommets, il les avait vidés de leur mystère. La passion qui le conduisait vers eux était pleine d'un désir sacré, auquel il pourrait de moins en moins croire. Était-il possible que le regard, après s'être usé, reprenne un jour sa naïveté ? Connaîtrait-il jamais à nouveau l'éblouissement d'Ailefroide et cette illusion d'un Au-delà donné à vivre sur la Terre ?

— Tu retournes en montagne, ces jours-ci ? demanda-t-il à Julien.

— Je n'ai rien de prévu. Des clients allemands m'ont réservé dans une semaine. D'ici là, je vais rester ici, mettre un peu d'ordre.

— Ça te dirait qu'on fasse une course tous les deux ?

Julien regarda son frère, affalé sur son assiette, déchirant avidement le gros pain de bûcheron posé sur la table.

— Quelque chose de pas trop dur, alors. Parce que tu m'as l'air d'avoir besoin de récupérer.

— Ça ira.

Julien se leva, marcha jusqu'à la terrasse et revint.

— Tu as déjà fait « Aquaconcert » ?

— C'est une voie aux aiguilles du Van ?

— Dans le massif des Perrons, au-dessus du barrage d'Émosson.

— Non, je ne l'ai jamais faite.

— Eh bien, dors aujourd'hui, reste tranquille et on y montera demain matin.

VI

Rémy s'efforçait de ne rien regretter. Mais tout de même, quand son frère l'avait éveillé à cinq heures, il s'était dit qu'il avait eu une drôle d'idée en lui proposant de partir en course. Julien, c'était plus fort que lui, restait attaché à la montagne disciplinaire : départ à l'aube, dans le froid, l'esprit douloureusement arraché au sommeil.

Il conduisait sans dire un mot tandis que Rémy regardait le défilé des aiguilles enneigées qui dominent Chamonix. La ville était déserte, à cette heure matinale. Ils prirent la route des Praz, passèrent Argentière puis le col des Montets. Sitôt après la frontière suisse, ils tournèrent vers Émosson. À mesure qu'ils enfilaient les lacets monotones, le soleil se levait sur leur gauche, illuminant les glaciers du Tour et du Trient. Plus on contemple les montagnes de loin et de haut, plus on domine leur masse gigantesque et plus, par contraste, elles paraissent petites et presque dérisoires. Quand on prend pour les regarder le point de vue des oiseaux et des dieux, elles deviennent ce qu'elles sont : de simples plis à la surface du globe, guère plus impressionnantes que le relief d'une étoffe chiffonnée. Sur le ciel indigo de la nuit finissante, la tête blanchie des massifs se faisait humble. L'altitude, qui pour les pas de l'alpiniste est si écrasante, apparaît au contraire de loin comme un écart vertical somme toute assez réduit entre le creux des vallées et la dentelure des cimes.

Le barrage d'Émosson ferme une haute vallée glaciaire. À son niveau, la vue embrasse le massif du Mont-Blanc dans une perspective inhabituelle. Elle le toise de si haut que le spectateur a la trompeuse impression de parler aux montagnes d'égal à égal.

Rémy frissonna en sortant de la voiture. Il ne pouvait plus se réfugier dans le demi-sommeil qu'il s'était autorisé comme passager. Il fallait vérifier les sacs, lacer les chaussures, glisser dans une poche le téléphone et la carte bleue, moins pour l'utiliser que pour ne pas la laisser dans la voiture. Rémy connaissait ces gestes par cœur mais la présence de son frère qui jouait de facto le rôle de chef de cordée lui permettait de ne penser à rien et de suivre simplement ses initiatives. Il faisait grand jour quand ils quittèrent le parking et descendirent sur le tablier du barrage. Droit au-dessus d'eux, le sommet rocheux des aiguilles du Van les attendait.

— Tu as déjà fait la traversée des Perrons, bien sûr ?

— Oui. Il y a longtemps. Une belle course.

— Mais très longue.

Les Perrons sont une petite chaîne de montagnes qui prolonge au nord les aiguilles Rouges. Les aiguilles du Van en constituent les premiers sommets lorsque l'on vient du barrage.

C'est un site étrange car le lieu paraît extrêmement sauvage alors que les humains y ont façonné le paysage. Le petit mammifère bipède entreprenant a donné là la mesure de son génie et de son orgueil. L'immense lac qui pénètre dans les vallées alentour est son œuvre. La masse d'eau s'adosse à la muraille de béton sur laquelle, à cet instant, deux modestes exemplaires du démiurge, vêtus d'un maillot de corps et coiffés d'une casquette, pêchaient paisiblement.

Sur un barrage, l'être humain se mesure comme nulle part à la Création. Quand, ailleurs, il a fallu des tremblements de terre ou des millénaires de sédimentation, ici, c'est l'homme tout seul qui a déplacé des montagnes.

Rémy se demanda s'il fallait voir un message de son frère dans le choix de cette course. Car elle commençait par le spectacle de cette victoire humaine. Elle exaltait tout ce que l'on peut attendre de la société, de sa puissance et de la fascination qu'elle exerce. Mais sitôt traversé le barrage, sur l'autre rive, il faut quitter la chaussée goudronnée, enjamber les rambardes d'acier, et on prend pied sur un sentier d'humus noir. La montée se fait alors au milieu des bosquets de myrtilles sauvages et de rhododendrons, dans un décor d'aube du monde. Et le marcheur, en attaquant la pente raide, mesure à nouveau sa petitesse. L'aiguille, qui semblait débonnaire vue de loin, le domine de plus en plus vertigineusement, tandis qu'il s'efforce pas à pas d'en gagner le pied.

Des chamois, tout bourrus encore de leur poil d'hiver, paissaient en petites hardes sans crainte. Et l'être tout-puissant qui croit pouvoir s'enorgueillir d'avoir créé ce lac et englouti ces vallées prend conscience d'un seul coup qu'il n'est même pas capable d'effrayer le chevreau qui lui barre le sentier.

— C'est une belle escalade pour s'y remettre, tu verras, dit Julien tandis qu'ils approchaient de l'attaque. Elle est courte et facile mais raide quand même.

Un dernier ressaut d'herbe les séparait du pilier de roc à la base duquel commençait la voie. Enfin, ils se hissèrent sur une étroite vire. Julien posa son sac et Rémy l'imita.

— On s'équipe ici.

Ils ouvrirent les sacs, sortirent les cordes et le matériel d'assurage. Puis, silencieusement, ils accomplirent les mêmes gestes qui président à toutes les escalades : enfiler le baudrier puis les chaussons, coiffer le casque, répartir les mousquetons et les sangles.

Sur l'étroite plateforme, ils se contorsionnaient pour ne pas se gêner.

— Tu sais ce qui m'est arrivé ici, l'année dernière ?

— Raconte.

— J'étais avec mon ami Benoît, l'avocat de Cluses. Tu le connais ?

— Vaguement.

— Sa femme avait deux enfants quand ils se sont rencontrés. Elle a quitté le père pour épouser Benoît. Le type n'a pas supporté et il n'a plus voulu revoir ni son ex ni ses deux fils. C'est Benoît qui les a élevés.

Tout en parlant, Julien délovait la corde anneau après anneau, pour qu'elle ne s'emmêle pas et vienne bien.

— L'an dernier, on arrive ici. C'était à la fin de septembre. Le coin est vite froid quand la gorge ne prend plus le soleil. On était en train de se changer, comme aujourd'hui. Et tout d'un coup, on aperçoit quelqu'un qui monte le sentier et débouche à 10 mètres de nous. C'était Mino, un guide des Carroz. Je lui crie « tu es tout seul ? ». Ça ne se peut pas. Tu vas voir la voie : on ne fait pas ce genre de truc en solo.

Pendant que son frère racontait, Rémy gardait les yeux fixés sur le lac couleur d'émeraude, traversé de zébrures d'ombre. De grandes nappes turquoise s'étalaient sur les eaux, reflet des nuages immobiles. Sur les rives, un liseré blanc suivait les replis de terre et formait l'équivalent lacustre du jusant marin. Il est des beautés qui étouffent et d'autres qui rendent la respiration plus ample. Celle-là était de celles qui suffoquent. Rémy se demandait comment il avait pu se détourner de cette magnificence. Il avait fallu qu'il aille aux extrêmes, en se perdant à Paris, pour qu'il prît conscience d'une trahison qui avait commencé bien avant.

— Alors, Mino me répond : « Non. *L'autre* arrive. »

Rémy se retourna vers Julien, tenté par un geste de mauvaise humeur. Il lui en voulait d'avoir brisé par son intervention indiscrète le pur moment de bonheur qu'il vivait. Mais aussitôt, Rémy revint à lui. Tel était le quotidien de l'alpinisme : un mélange de sublime et de trivial. En montagne, on est sans cesse envahi par la beauté et, dans le même temps, on se livre aux conversations les plus banales, quand elles ne sont pas graveleuses. Peut-être les deux sont-ils liés et la vulgarité n'est-elle qu'un fluide glacé versé sur les humeurs enflammées de l'admiration et de l'extase. Peut-être est-ce à ce prix que l'expérience devient vivable. Mais le risque est grand de tomber si complètement du côté du réalisme et de la gouaille que l'on finit par ne plus être accessible au sublime.

— Et là, reprit Julien, qui est-ce qu'on voit apparaître tout essoufflé ? Le premier mari de la femme de Benoît ! Tu y crois ?

Il avait noué les cordes au baudrier, vérifié que Rémy l'assurait au Reverso et il s'élança dans la première longueur d'escalade. Le rocher était un gneiss de face nord, poli et couvert de petits lichens verts. Il adhérait bien sous les chaussons et Julien progressait sans difficulté. Il clippa le premier point d'assurage, tout en continuant son récit.

— Alors, on s'est retrouvés tous les quatre sur la vire où tu es, à essayer de ne pas trop se bousculer. Il y avait une ambiance… Tu imagines ? Les deux mecs ne s'étaient pas adressé la parole depuis quinze ans. Et l'un des deux avait élevé les gosses de l'autre.

Le froid de la nuit baignait encore la combe où ils grimpaient. Dans l'air sec et immobile, les sons portaient loin et la voix de Julien parvenait, claire et proche, jusqu'à son frère.

— Ils se sont battus ? demanda Rémy, en faisant coulisser les cordes vertes et rouges dans les boucles de métal du système d'assurage.

— J'ai bien cru. Heureusement, on était là, Mino et moi. On ne les aurait pas laissés s'entre-tuer. J'ai démarré le premier et j'ai fait monter Benoît. Les deux autres nous rejoignaient aux relais. Et à chaque fois, la tension revenait.

Tout en parlant, Julien était justement arrivé au premier relais. La voie était bien équipée. Deux spits reliés par une chaîne permettaient d'établir, à 25 mètres au-dessus du point de départ, un solide amarrage pour faire grimper le second. Julien avala les cordes, installa un assurage et fit signe à Rémy de s'élancer.

— Les trois-quatre premières longueurs, poursuivit-il, c'était l'enfer. Je me suis dit qu'on allait passer une journée affreuse. Ensuite, l'escalade est devenue si belle qu'ils ont dû oublier leur histoire ou se dire qu'elle ne pesait pas lourd à côté de tout ça.

Rémy avait essuyé ses chaussons, plongé ses mains dans le sac de magnésie, moins à cause de la difficulté de la voie que par habitude, et il avait commencé l'escalade à son tour. Le corps a sa mémoire propre et ce sont les gestes qui en forment le vocabulaire mystérieux. Sitôt qu'il eut posé ses mains poudrées de blanc sur la dalle froide et senti sous la pulpe de ses doigts le tranchant rassurant des prises, posé la carre de ses chaussons sur les bosses et les grattons de la paroi, d'innombrables souvenirs lui revinrent. Il avait l'impression de se repaître d'une nourriture essentielle et familière, qui lui avait manqué. Ses muscles étaient affaiblis par leur trop longue inactivité citadine, son esprit était toujours engourdi par une fatigue malsaine dont il n'avait pas récupéré mais l'animal vertical en lui s'éveillait, intact et affamé, sûr de ses équilibres, aimanté vers les prises avec la maîtrise d'un musicien qui trouve les touches les yeux fermés. Il était heureux, simplement heureux que lui soit donné le bonheur de retrouver le rocher, ce partenaire immobile et éternel qui, lui, n'avait pas essayé de le trahir.

— Il y a un dièdre, un peu plus haut, qui est un pur

joyau, tu verras, renchérit Julien. Ils se sont lancés là-dedans l'un derrière l'autre, les deux cocus, et quand ils sont parvenus au relais, je ne sais pas ce qui leur était arrivé mais ils avaient le sourire et ils se sont serré la main. Nous, avec Mino, on en aurait pleuré. Tu vois ce que ça peut faire la montagne ? Les petits drames de la vie, ça les casse, ça les réduit en poudre. Il n'y a plus que l'essentiel. On est vivant. Voilà tout. Je continue en tête ?

— Vas-y.

La voie devenait plus raide à partir de cette deuxième longueur et tournait l'angle du pilier, si bien qu'ils s'entendaient à peine. Julien se mit à grimper en silence. On distinguait seulement le petit déclic des mousquetons dans l'œil des spits. Le vent ne s'était pas levé et les nuages boursouflés dessinaient un massif immobile qui formait comme une réplique céleste du relief de la terre. Sur le calicot vert et beige de la montagne, les deux lacs de barrage, l'ancien et le nouveau, dessinaient des arabesques pastel.

Julien, au relais, appela Rémy et ils se rejoignirent. L'ordre de la cordée était fixé et, quoiqu'ils eussent pu pratiquer une escalade réversible, ce fut Julien qui partit en tête à chaque relais. Rémy le regardait grimper avec assurance. Pour la première fois, sans doute parce qu'ils n'avaient rien fait ensemble depuis longtemps, il eut conscience de l'extraordinaire talent de son frère. Il était certes moins doué que lui en escalade acrobatique car Rémy avait poussé loin la maîtrise du bloc et des difficultés techniques. Mais Julien se montrait plus sûr et plus équilibré dans sa progression. Chacun de ses gestes exprimait une sorte d'autorité paisible. Ses manœuvres de corde étaient harmonieuses et propres. Il prenait soin d'accomplir les mouvements, pour l'escalade ou l'assurage, avec une précision qui ne laissait rien à l'improvisation ni au hasard. En un mot, il était guide.

Rémy n'avait jamais réfléchi vraiment à ce métier. Quand ils étaient jeunes, son frère et lui avaient admiré les figures classiques de guides comme Walter Bonatti ou Lionel Terray. Puis ils avaient eux-mêmes suivi cette formation. Rémy avait acquis lui aussi ce savoir et ces gestes mais très vite il s'en était éloigné pour emprunter les voies plus libres de l'escalade pure et devenir semblable à ces grimpeurs du Midi qui le faisaient rêver. Cette voie hédoniste l'avait mené à une impasse et sa mésaventure parisienne en était le point extrême.

En observant Julien, il renouait avec le souvenir qu'il croyait oublié de ce métier, son métier à lui aussi. Il y trouvait plus qu'un charme, un sens particulier. Revenir ou pas en montagne, le choix dans lequel il s'était enfermé était simpliste et stérile. L'important était de savoir ce qu'il avait à y faire. Julien était en montagne parce qu'il perpétuait cette tradition qu'on appelle être guide. Si la montagne est une divinité, l'alpinisme en est la liturgie et le guide y exerce un sacerdoce. Tous ces mots étaient ridicules. Et pourtant, quand il observait son frère, la gravité de ses gestes, la souveraineté de ses décisions lorsqu'il traçait dans la paroi aux mille aspérités la ligne où se ferait la progression, le mystère de ses intuitions, au moment où, scrutant le ciel, il était capable d'en prévoir le calme ou la colère, c'était bien un émoi sacré que Rémy ressentait.

Cependant, il avait rejoint Julien à un relais.

— On arrive au beau dièdre dont je t'ai parlé.

— Celui de la réconciliation.

Julien éclata de rire.

— Tu as raison. On serait au Cervin, on l'aurait appelé comme ça. « Le dièdre de la Réconciliation. » Tu as remarqué comme au Cervin chaque passage a un nom ? La vallée des Glaçons, le Linceul, l'échelle de Jordan.

— L'Enjambée.

Pendant qu'ils plaisantaient, Julien changeait l'encordement avec des gestes sûrs et donnait les mousquetons à Rémy.

— Tu vas le faire en tête, ce dièdre. Un vrai bonheur, tu vas voir.

Rémy s'élança. Le passage était techniquement facile pour lui mais il prit son temps. Il s'efforçait de grimper en guide, pleinement conscient de ses sensations et de l'environnement, soucieux de sécurité, enregistrant chaque détail pour le ranger dans un registre d'expérience dans lequel il puiserait les prochaines fois. Le dièdre était beau, en effet, très pur, si confortable pour le grimpeur qu'on l'aurait dit créé tout exprès pour qu'un jour des êtres humains y placent, à des endroits providentiellement prévus par la nature, leurs mains et leurs pieds.

Ils n'avaient plus qu'à gravir deux longueurs faciles et Rémy resta en tête. Ils arrivèrent au sommet à onze heures. Assis sur la confortable plateforme sommitale, ils se partagèrent les vivres que Julien avait préparés. Un petit vent s'était levé et dissipait les nuages. Les lacs de barrage changeaient de teinte, lilas sur les bords et d'un turquoise pâle en leur centre. Ce n'était plus pour refléter les figures du ciel mais à cause de l'inégale profondeur des eaux. Du côté du massif du Mont-Blanc, on distinguait le Chardonnet et le Dolent entourés à leur sommet par des écharpes de brumes. Vers la Suisse, on apercevait au loin les cimes du Valais.

Julien se mit à énumérer les voies nouvelles qu'il avait ouvertes ces derniers mois. C'était encore un des stigmates de la vocation de guide à laquelle il était fidèle : cette passion des ouvertures, cet instinct de création d'itinéraires nouveaux que Rémy avait depuis longtemps abandonné. Il admirait l'enthousiasme de son frère, sa fidélité inébranlable au premier appel de l'aventure. Mais il ne le comprenait pas. Qu'est-ce qui le faisait encore courir : la passion de la conquête, comme au bon vieux temps de la montagne militaire ? Donner l'assaut, planter le drapeau, vaincre ? Il lui posa la question. Julien réfléchit longuement. Il coupa avec son couteau une tranche de tomme, la cala sur du pain et, avant de la manger, dit :

— Tu es toujours resté « monsieur Pourquoi ».

C'était ainsi que leurs mentors montpelliérains avaient surnommé Rémy dans sa jeunesse.

— Tu sais pourtant qu'il n'y a pas de réponse. En tout cas, moi, j'ai cessé de la chercher.

— Je ne te crois pas, objecta Rémy. Je suis sûr que tu y penses, de temps en temps. C'est quoi ton but : repousser les limites ?

Laure, quand elle l'avait défendu chez ses amis, avait utilisé les mêmes mots. Il ressentit une vague douleur et chassa cette image.

— Pas les repousser, dit sérieusement Julien. Les trouver, plutôt.

Julien finit de mâcher sa bouchée de pain puis il avala une rasade au goulot de sa gourde.

— C'est facile, tu sais, quand on est en montagne toute l'année et qu'on parcourt toujours les mêmes itinéraires, de se croire le plus fort. On ne craint plus grand-chose.

— Et alors ?

— Alors, il ne faut pas. C'est la montagne la plus forte. Toujours. Et quand on se lance un nouveau défi, on le sent bien. On grignote une liberté, on repousse un tout petit peu le possible. Mais on touche à l'extrême et on comprend qu'on ne vaincra jamais. On est mortels, mon vieux. Et quand on l'oublie, on n'est plus mortel ; on est mort.

En somme, c'était l'inverse de ce que pensait Laure. Atteindre les limites, pour Julien, était une école d'humilité, non une preuve de puissance. Rémy se sentait plus à l'aise avec cette conception. Il l'avait atteinte par une autre voie : en sacrifiant tout à sa liberté, en s'égarant, quand Julien, lui, y était parvenu en demeurant fidèle à la discipline. Mais en définitive ils se retrouvaient au même point et c'était un apaisement pour Rémy.

Ils prirent leur temps pour descendre par le sentier qui serpentait entre les deux aiguilles du Van.

Un des pêcheurs, sur le barrage, avait pris un petit poisson et il en était très fier.

TROISIÈME PARTIE

I

Qu'aurait dit Nadia ?

Dans le silence de la nuit, à Suresnes, le chat dormant sur l'oreiller à côté d'elle, Laure ne trouvait pas le sommeil.

Lorsque l'angoisse la prenait, lorsqu'elle se sentait écrasée par un événement, paralysée pour prendre une décision, l'image de Nadia revenait toujours à son esprit. Elle l'appelait, guettait le mouvement de ses lèvres, tentait avec une impatience douloureuse de comprendre ce que Nadia désirerait pour elle.

Elles s'étaient connues à l'âge de sept ans à l'école primaire. Nadia était arrivée d'Algérie avec sa mère et ses deux frères pour rejoindre leur père qui travaillait à Troyes dans une usine textile. Elle était aussi brune de cheveux et de peau que Laure était blonde et pâle. Le hasard, sous les traits de la maîtresse d'école, les avait placées côte à côte derrière le même pupitre. Mais plus le temps avait passé, moins il leur était possible de croire au hasard. *Mektoub !* C'était leur destin, un plan invisible auquel nul n'échappe, qui les rapprochait l'une à l'autre.

Il y avait eu pour Laure un avant et un après Nadia. Avant, elle était cette enfant paniquée par l'existence, toujours coupable. Le simple fait d'être une fille, dans son milieu, était déjà une faute que l'on n'avait pas trop de toute une vie pour racheter. Elle regardait sa mère, usée par le travail domestique, malmenée par son mari, exclue des réjouissances qui se déroulaient pour les hommes à l'extérieur, au café, au jeu de boules et dans des lieux dont on ne parlait pas, sinon pour en rappeler l'existence dans des jurons entendus. Laure enfant était convaincue qu'elle devrait travailler dur pour conserver une place dans cette petite société. Mais dès qu'elle eut fait la rencontre de Nadia, tout changea.

Nadia non plus n'avait pas un rôle enviable dans sa famille. Le père était autoritaire et violent, les frères captaient toutes les attentions de leurs parents. La différence était que Nadia refusait tout cela. Très tôt, longtemps avant de rencontrer Laure, elle s'était construit une idée bien à elle de la vie. Elle semblait douée d'un don de voyance. Peut-être parce qu'elle avait changé de pays, traversé diverses cultures et côtoyé les fidèles de plusieurs religions, elle situait tous les événements et tous les personnages dans un contexte plus vaste, que Laure n'avait jamais soupçonné. Elle expliqua notamment qui était le père de Laure. Il se rengorgeait en famille, en évoquant ses lourdes responsabilités professionnelles, pourtant il n'était, selon Nadia, qu'un employé subalterne. Sa tâche principale, dont il avait toujours fait mystère, était d'assurer la propreté des véhicules de ramassage des ordures. En un mot, il lavait les camions-poubelle. Laure ne savait pas d'où Nadia pouvait tirer ces informations.

Reste qu'elle avait sans doute vu juste. Son explication permettait à Laure de comprendre pourquoi son père, en rentrant du travail, dégageait une odeur douceâtre et écœurante de végétaux pourris. Quand elle l'avoua à son amie, elles rirent beaucoup. Et c'était bien le trait essentiel de Nadia : elle riait de tout. Laure n'avait jamais ri avant de la connaître. En sa compagnie, elle apprit à se laisser aller. Elle se mit à plaisanter mais exprima aussi sa tristesse. Elle accepta que Nadia fût témoin de ses pleurs. En somme, elle devint vivante.

Mais la lucidité et l'énergie de Nadia n'avaient pas seulement pour but de s'amuser. Elle observait le monde avec la ferme intention non pas de le changer – elle avait été vaccinée en Algérie contre les grands discours politiques – mais de l'utiliser pour y tracer une route originale, dans laquelle rien ne lui serait imposé.

Débarrassée de ses inhibitions, Laure se révéla encore plus studieuse. La signification des études avait changé du tout au tout pour elle. Jusque-là, elle avait travaillé pour obéir aux injonctions de sa famille, payer sa dette de culpabilité et mériter le destin qui lui était réservé, conforme à ce qu'il était légitime de proposer à une fille. Sous l'influence de Nadia, elle travailla au contraire pour sortir de ce milieu et choisir la vie qu'elle voudrait.

Sur la question des rôles familiaux, Nadia avait des idées bien arrêtées. Elle fit la guerre à la culpabilité de Laure. Non seulement, selon elle, être une fille n'impliquait aucune infériorité mais elle était convaincue que les femmes étaient beaucoup plus intelligentes et capables que les hommes. Les limites sociales destinées à borner leurs possibilités provenaient de la peur que les garçons avaient des filles. Sans ces contraintes, il était évident qu'elles les dépasseraient en tout.

Sous l'effet de ces explications, Laure cessa de se lamenter sur sa condition. Elle ne mit plus de bornes à ses ambitions et à ses rêves.

Elle resta cependant toujours sujette à une permanente anxiété. Cette angoisse n'était plus attachée à un sujet en particulier mais flottante. Elle agissait comme un fouet qui lui interdisait de bâcler ses devoirs ou de se relâcher. Elle devint une jeune femme sans cesse inquiète, contrôlée dans ses attitudes, voulant toujours atteindre le meilleur niveau dans ce qu'elle entreprenait.

De cela Nadia n'avait jamais pu la délivrer. Elle avait en revanche ôté de l'esprit de Laure la culpabilité du sexe et des inhibitions qu'elle aurait pu générer.

Sur ce sujet, Nadia avait apporté à son amie des informations inédites qu'elle n'aurait pas pu acquérir si tôt sans elle. Nadia savait tout sur la sexualité et d'abord la physiologie, des femmes comme des hommes. Grâce à ses conseils, Laure passa le cap de la puberté sans angoisse. Ce que sa mère ne lui expliqua jamais, Nadia le lui enseigna, apprivoisant pour elle l'inconnu, la mettant en harmonie avec son corps transformé.

S'agissant du rapport avec les hommes, Nadia, là encore, montrait une liberté et une maturité surprenantes. Elle sortait avec des garçons d'un autre lycée et Laure sut qu'elle avait eu très tôt avec plusieurs d'entre eux des rapports intimes. Nadia en parlait avec naturel. Elle voyait là un des aspects de son pouvoir de femme et en tirait le même orgueil que de ses idées sur l'intelligence féminine. Elle étonna Laure en lui avouant qu'elle préférait, quant à elle, choisir cette voie pour parvenir à la liberté plutôt que de se consacrer aux études, pour lesquelles elle n'avait que peu de goût.

Cette licence n'allait pas sans risque. Nadia eut à affronter la terrible répression de sa famille. À plusieurs reprises, tant qu'elle était mineure, son père l'enferma. Elle fut battue, privée d'argent, surveillée par ses frères. Ils avaient tout pouvoir sur elle, y compris, dit-elle un jour à Laure, celui de la tuer s'ils découvraient qu'elle les déshonorait.

Rien n'y faisait. Elle se glissait dans toutes les failles, utilisait le soutien des professeurs contre la famille et obtenait finalement le droit de sortir et de revenir en classe. Laure ne sut jamais dans le détail ce qu'elle avait subi mais elle avait la certitude que son amie avait payé un prix terrible pour ses idées.

Leur amitié ne se démentit jamais. Elle ne fut pourtant pas très longue. Les voies de Nadia et de Laure se séparèrent assez vite. À l'école, leurs vies étaient déjà bien différentes. Laure était la meilleure dans toutes les classes. Nadia, elle, décrocha tôt et, à seize ans, arrêta sa scolarité. Elles s'éloignèrent. Nadia se fit émanciper et mena une vie libre et dangereuse. Elle adressait à son amie des lettres postées dans des villes lointaines, sans expliquer ce qu'elle y faisait. Laure, au contraire, suivit à Paris la voie austère et immobile des classes préparatoires et des concours.

Elle ne sut jamais précisément ce que devint Nadia. Du jour où elle quitta l'école, elles ne se revirent pratiquement plus. Il y eut seulement cette entrevue brève et terrible, peu de temps avant la mort de Nadia. Elle eut lieu à Grenoble dans un bar. Laure retrouva sa copine très abîmée par la vie, probablement droguée, amaigrie et portant sur le visage les stigmates d'une vie de violence. Elle préféra oublier cette rencontre et conserver d'elle un souvenir intact. Elle plaça Nadia dans une sorte de limbe où elle vivait une existence immobile et éternelle. C'est à son fantôme que Laure continua de confier ses espoirs, ses peurs et ses dilemmes. Laure avait en elle une confiance totale. Ses conseils ne lui avaient jamais apporté que du bien. Les avis de Nadia étaient conformes à ses principes et non le reflet de sa vie d'errance et d'échecs. Voilà pourquoi, même disparue, elle resta toujours pour Laure un exemple et un guide.

Laure ne prenait jamais une décision, des plus petites jusqu'aux plus lourdes de conséquences, sans se demander « que ferait Nadia ? ». C'était là l'origine de la retenue dont elle faisait preuve devant tout événement nouveau. Cette présence invisible à ses côtés avait façonné le comportement de la femme que Laure était devenue.

Un sourire énigmatique servait d'écran à cette muette délibération. Il avait fini par faire partie de sa personnalité et lui avait rendu plus d'une fois de grands services. Cette suspension du jugement, cet air détaché, cette réserve silencieuse lui avaient construit peu à peu une réputation de sagesse et de prudence. Ses interlocuteurs la créditaient d'une fermeté de pensée, d'une indépendance d'esprit jalousement protégée. Ils étaient loin de se douter qu'au contraire cette attitude était le fruit du doute et d'une forme de passivité. La personnalité extrêmement fragile et mal assurée de Laure se trempait comme un acier au contact d'une absente.

Elle était dirigée par l'oracle d'un être disparu qui continuait d'exercer sur elle par-delà la mort une influence sans contrepoids.

Que dirait Nadia ? avait pensé Laure quand Rémy était arrivé chez elle. La réponse de son amie était formelle : il fallait accepter ce bonheur. Il troublait la vie rangée de Laure, amoindrissait son engagement au travail, soulevait maintes questions quant à l'avenir. Pourtant, Nadia n'avait aucun doute : l'heure était venue pour Laure d'écouter ses sens. Laure n'avait suivi jusque-là aucun plan dans ses relations avec Rémy. Quand elle traversait la France pour aller le voir en montagne, elle était poussée par un désir violent qui l'avait beaucoup surprise mais qui n'étonnait pas Nadia. Elle savait quels sacrifices Laure avait acceptés pour sa carrière et, même si elle l'avait encouragée à le faire, elle pensait que le temps était venu pour elle de s'abandonner au plaisir.

Lorsque sept ans plus tôt, au sortir de son école, elle avait entamé une liaison avec un homme beaucoup plus âgé et marié, Nadia l'avait soutenue. Elle lui avait conseillé d'utiliser tous les contacts que cet homme lui apporterait, de jouir de tous les conforts qu'il lui procurerait.

Grâce à cet homme, Laure avait connu Jérôme et Catherine et obtenu son premier poste dans une grande banque. C'est avec le même amant qu'elle avait sillonné les Alpes en faisant halte chaque fois dans les meilleurs hôtels ou chez des gens riches. À la culpabilité de Laure face à de tels usages cyniques de sa liaison, Nadia avait opposé la nécessité d'utiliser toutes les armes pour combattre l'injustice dont elle avait été victime par sa naissance.

Un jour, la liaison de Laure avait été finalement découverte par l'épouse légitime ou, en tout cas, l'épouse avait décidé de ne plus fermer les yeux sur ce qui était de notoriété publique.

Laure n'avait ressenti aucune tristesse du fait de cette rupture, pas même de vide car, dans ce rôle de maîtresse, elle était la plupart du temps seule.

Quelques mois plus tard, elle rencontrait Rémy. Sa relation avec lui était plus normale, dans la mesure où n'existait pas entre eux une grande différence d'âge. Elle avait apprécié aussi d'exercer sur ce beau guide ignorant de la vie sociale une fascination perceptible. Surtout, elle avait aimé découvrir la montagne avec lui.

Était-elle amoureuse ? Nadia prétendait que non mais Laure n'en était pas si sûre. Ce mot lui faisait toujours peur. Il était accompagné par son cortège de tentations et de risques. Il faisait pencher dangereusement la relation du côté de l'engagement, de la famille, de la maternité, toutes réalités à l'égard desquelles Laure se sentait incertaine et ambivalente.

Malgré les difficultés que cela entraînait, elle appréciait que Rémy fût loin. Elle gardait la maîtrise de leurs rencontres et pouvait éviter d'être emportée par la passion plus qu'elle ne l'aurait voulu.

Puis il était venu la rejoindre à Suresnes. Nadia l'avait encouragée. Mais rien ne s'était passé comme Laure l'aurait imaginé. Loin d'accroître la passion et de la rendre incontrôlable, la proximité avait mis entre eux une distance paradoxale.

Elle en avait été désemparée, s'était beaucoup interrogée, attendant des lumières de son fantôme familier. Mais Nadia était toujours muette. On aurait dit que la présence de Rémy dans la vie de Laure l'en avait chassée.

En y réfléchissant et en assistant à la progressive transformation de Rémy à Paris, Laure avait pris conscience qu'entre eux avait toujours existé un autre personnage qui était la montagne. Elle pensait qu'elle aurait pu rejoindre Rémy n'importe où. En vérité, elle ne l'avait jamais vu que dans ce décor. Tout ce qu'ils avaient partagé avait trait à la montagne. Leur relation était saturée de sa beauté, de sa force. L'image même de Rémy était indissociable de ces paysages de neige et de rocs, de ces ascensions délicieuses qui pimentaient leurs vies de peurs et donnaient à leurs caresses un goût d'infini. Le désir qu'elle avait de lui n'était pas borné à son être. Les souvenirs visuels et charnels de la montagne le multipliaient.

Ainsi, quand Rémy annonça qu'il allait s'installer à demeure chez elle, Laure fut prise de panique. La disparition de la montagne transformait du tout au tout leur relation. Elle pensa d'abord au moyen de rendre cette situation transitoire. Elle se mit à réfléchir à des solutions concrètes. Même si son travail était presque impossible à exercer en dehors des grandes places financières, elle pouvait essayer de se faire engager en Suisse. Ils iraient vivre à Genève ou à Zurich. La montagne serait là. Rémy revivrait. Un temps, elle s'enthousiasma pour cette idée et la soumit à Nadia. Mais elle ne répondait toujours pas et Laure n'en parla pas à Rémy.

Elle se mit à l'observer plus attentivement. Ce qu'elle

découvrit lui fit très peur. La disparition de la montagne n'avait pas seulement changé leur relation, elle avait transformé l'homme qui entendait désormais vivre avec elle. Il y avait les changements visibles, le bronzage disparu, la musculature diminuée, une certaine élégance sportive qui avait fait place à un déguisement sans charme de petit employé. Laure s'en serait voulu de le juger là-dessus. Cependant, avec la disparition de ces qualités apparaissaient les défauts qu'elles avaient masqués. Quand il racontait à quels stratagèmes il se livrait pour séduire des veuves et leur vendre des contrats douteux, elle voyait affleurer dans le caractère de Rémy des couches de limon assez malodorantes : elle reconnaissait l'absence de scrupule, l'âpreté au gain, le manque de générosité, de compassion. La montagne et ses lumières aveuglantes avaient rendu tout cela invisible mais maintenant elle ne pouvait plus l'ignorer.

Puis étaient venus les soupçons : ces messages laissés par des inconnus dont les voix ne lui plaisaient pas. Ces retours tardifs, l'haleine chargée d'alcool, les airs mystérieux et supérieurs, les réactions d'homme humilié qui ne trouve d'autre parade que de s'affirmer comme mâle par des plaisanteries ridicules et des sourires méprisants.

Tout pouvait s'arranger : l'éloignement, la différence de leurs revenus, même les peurs que Laure sentait en elle quand elle pensait à l'idée de couple et plus encore de famille. Encore fallait-il que l'amour fût là. Elle passa un week-end affreux, seule pendant que Rémy était sorti avec ses nouveaux amis.

Il avait enfilé pour l'occasion ses vêtements de montagne. Elle alla jusqu'à la penderie et sortit le costume qu'il y avait laissé. Elle regarda la veste, saisit une manche, palpa le tissu. Sur la poitrine, elle regarda l'étiquette : il avait acheté ce complet boulevard Magenta dans une boutique bon marché et n'avait pas dû le payer plus de quelques euros.

Les objets parlent. Laure essayait d'entendre ce que disait celui-là. Elle crut d'abord qu'il recommandait la compassion. Elle se demanda si elle ressentait de la pitié. Mais, avec la meilleure volonté, elle ne discernait rien en elle qui ressemblât à de l'apitoiement.

Elle approcha le vêtement de son nez, renifla le tissu. Elle perçut un relent fade de sueur refroidie auquel se mêlait une note familière qu'elle ne parvenait pas à identifier. Soudain, elle eut un mouvement de recul, raccrocha vivement le costume dans la penderie et se figea.

Elle avait été traversée par un souvenir : celui de son père et de l'odeur de chou cuit qu'il traînait avec lui. Rémy la ramenait à cela : à tout ce qu'elle avait voulu fuir. À ce contre quoi elle avait construit sa vie.

Et au même instant, elle entendit revenir la voix de Nadia. Elle lui criait :

— Mets-le dehors !

II

Pendant toute la scène et jusqu'à ce que la porte se referme derrière Rémy, Laure avait réussi à ne pas douter, à ne pas fléchir, à garder le cap. La présence de Nadia, invisible à ses côtés, l'avait soutenue.

Mais sitôt qu'elle se retrouva seule, un froid glacial l'envahit. Elle se mit à frissonner comme une fébricitante à laquelle la maladie ferait subir un nouvel assaut. Le chat sentait son désarroi : il se frottait contre ses jambes. Elle avait titubé jusqu'à son lit et s'était effondrée sur l'oreiller pour y cacher ses pleurs. Se souvenait-elle d'avoir jamais sangloté aussi longtemps ? Elle avait toujours réagi froidement aux violences de la vie, par l'effort, le travail, la maîtrise de soi. Brutalement, elle était confrontée à autre chose : le vide total, une béance créée par la disparition soudaine d'un être qui avait tout envahi.

Elle comprenait pourquoi elle s'était toujours préservée de l'amour. Elle y voyait une manière de livrer sa vie à l'emprise de quelqu'un, qui pourrait en disposer à sa guise. Ce qu'elle découvrait était pire encore : le mal provoqué par la faiblesse amoureuse pouvait procéder non pas de l'autre mais de soi-même lorsque, au motif d'en guérir, on portait le fer dans sa propre chair.

Elle souffrit ainsi pendant deux longues journées. Aucune pensée ne lui était secourable. Qu'elle évoquât Rémy dans sa dernière situation, gris, indigne, frayant avec la pègre, elle s'en voulait d'avoir ignoré l'évidence et voulu croire qu'il était un autre. Qu'elle se remémorât plutôt leurs beaux moments de montagne et elle souffrait doublement, en le quittant, de s'être privée à la fois de lui et du monde qu'il lui avait fait découvrir.

Quelqu'un téléphona de son bureau pour s'enquérir d'elle, après deux jours d'absence. Elle répondit qu'elle était malade, ce qui était une manière bien faible de décrire le froid de mort qui l'avait envahie. Tout de même, entendre une voix étrangère l'aida. Elle ne réagit pas, contrairement à ce qu'elle aurait fait autrefois, en reportant toute son énergie sur le travail. Mais comme un nageur épuisé qui saisit la coque du voilier dont il est tombé, elle s'accrocha à l'idée de revenir au bureau. Elle y retrouverait non pas l'amour qu'elle avait perdu, mais une forme consolatrice de paix et des visages humains bienveillants.

Elle retourna travailler au bout de ces deux jours pendant lesquels elle n'avait ni mangé ni bu. Ses collègues furent épouvantés par sa mine et redoublèrent d'attentions.

Les jours suivants, elle honora des échéances professionnelles décisives. Elle le fit avec une efficacité qui la surprit elle-même. Il n'y avait aucun enthousiasme dans sa démarche, seulement la froide puissance que donne le désespoir quand il ne tue pas. Elle vivait dans l'instant, l'esprit ouvert aux complexités des dossiers, répondant à la tension de la négociation par un calme qu'aucune autre pensée ne venait troubler.

Une nuit, Nadia réapparut pour la féliciter. Laure ne l'écouta pas et même, pour la première fois, la chassa avec humeur. Elle voulait rester totalement seule et comment l'être mieux que dans ce milieu des affaires où l'être humain se confond avec les forces qu'il représente et défend ?

Elle obtint ces jours-là de grands succès, que sa hiérarchie salua. Cela signifiait d'importantes primes qui s'ajouteraient en fin d'année à son salaire.

Petit à petit, elle reprit une vie sociale, évitant les invitations des familles ou des couples réguliers. Elle préférait la compagnie ambiguë des célibataires ou de ses amis homosexuels comme si, parmi eux, sa solitude fût mieux comprise et mieux acceptée.

Les semaines passèrent puis les mois. Revinrent ces jours ensoleillés du printemps pendant lesquels, auparavant, elle aurait pensé à la montagne et désiré s'y rendre. Elle se garda d'abord d'évoquer cette possibilité. Puis elle se révolta contre ce renoncement. Après tout, elle aimait la montagne, c'était un fait. Elle n'allait pas s'en priver parce qu'elle n'était plus avec Rémy.

Elle retrouva sur son ordinateur des photos de leurs excursions. L'une d'elles lui plaisait particulièrement. Elle représentait l'aiguille de la République où Rémy lui avait promis de la conduire, sans en avoir jamais eu l'occasion. La vue était prise d'assez bas, depuis le col des Mottets. La végétation était encore celle de la moyenne montagne. Ils étaient assis à une table devant la buvette de Cathy Simond, l'arrière-petite-fille du célèbre conquérant de l'aiguille de la République, qui conservait encore pieusement l'arbalète de son aïeul. Des torrents gonflés d'eau par la fonte des glaciers de l'aiguille Verte striaient le flanc gris des moraines et s'écoulaient jusqu'au front tranchant de la mer de Glace. C'est à l'horizon de ce paysage débonnaire qu'apparaissait la tête monstrueuse des Grands Charmoz. On aurait dit ces illustrations de Gulliver dans lesquelles un géant se penche au-dessus des humains, et sourit en contemplant leurs agitations minuscules. À la différence des photos ne représentant que la haute montagne, ses déserts de rocs et ses glaciers, cette vue des Mottets rappelait que les sommets sont posés sur un autre étage de la Terre, plus bas, plus accueillant. À l'âpre solitude des reliefs extrêmes répondent les joies humbles et la vie colorée des altitudes moins hostiles.

Elle fit un tirage en couleurs de cette photo et la scotcha sur une cloison de son bureau, dans l'open space où elle travaillait. Rien d'autre ne décorait son poste de travail. Elle avait pris depuis toujours l'habitude de ranger ses papiers au fur et à mesure. Elle était l'ennemie implacable des cartes postales gondolées et des portraits d'enfants, d'amoureux ou de chiens que ses collègues avaient la faiblesse d'afficher autour d'eux.

Laure était connue à son travail pour ne guère aimer le bavardage et ne pas trop bien recevoir les oisifs qui tentaient de la distraire. Elle n'accueillit pas très aimablement les premiers commentaires que suscita la photo. Les « où est-ce ? », « alors, tu aimes la montagne ? »,

« comment ça s'appelle ces fleurs ? » ne déclenchèrent de sa part que des réactions glaciales, à la limite de l'agressivité. Ses collègues avaient vite compris qu'il valait mieux la laisser tranquille. En mai, il y eut un mouvement de personnel et deux nouveaux analystes s'installèrent à l'étage. L'un d'eux était là depuis une semaine à peine lorsqu'en s'arrêtant derrière Laure, il s'écria :

— Tiens, l'aiguille de la République !

Elle se retourna. C'était un grand garçon blond et souriant d'une trentaine d'années. Comme les autres hommes à la banque, il était vêtu de façon stricte mais son costume était de belle coupe. Surtout, ses manches étaient tendues par des muscles saillants. Il avait une allure sportive et le visage bronzé. Laure ne l'aurait pas nécessairement regardé mais le lien qu'il avait établi avec la montagne rattachait ses qualités physiques à ce monde et créait une complicité entre eux.

— Tu l'as escaladée ? demanda-t-il.

Elle sentit un léger pincement à l'évocation de ce projet cher à Rémy mais qu'ils n'avaient jamais pu mettre à exécution.

— Non.

— Une belle course. Longue. Très longue. Je l'ai faite l'été dernier et on est rentrés au refuge au milieu de la nuit. Mais c'est absolument splendide. L'escalade est exceptionnelle, très difficile à la fin.

Il parlait avec une aisance qui laissait transparaître une certaine vanité. Il affectionnait les récits positifs dans lesquels il pouvait mettre en valeur ses succès et user de superlatifs qui renvoyaient autant à lui qu'à son propos.

— Au fait, je m'appelle Mathieu. Toi, c'est Laure, n'est-ce pas ?

Lors de l'accueil des nouveaux collaborateurs, le vice-président avait présenté l'équipe. Laure était une des deux seules femmes du département. Mathieu n'avait pas de mérite à avoir retenu son nom mais la façon dont il le prononça soulignait qu'il y avait porté un intérêt particulier.

Laure lui avait réservé son habituel sourire en demi-teinte mais le personnage n'était pas du genre à se laisser impressionner pour si peu. Il continua à parler de montagne, à faire étalage de ses ascensions. Laure dut invoquer un travail urgent pour s'en débarrasser.

Cette rencontre était sans importance et Laure ne percevait pas d'attirance pour ce garçon. Pourtant, le soir chez elle, elle repensa à cet incident. Il ne lui était pas indifférent de savoir que la montagne était revenue dans sa vie, qu'elle ne l'avait pas perdue avec Rémy et que quelqu'un, dans son voisinage, se montrait probablement tout disposé, si elle en manifestait le désir, à entretenir cette flamme.

Elle oublia vite le sujet, happée les jours suivants par des échéances majeures dans son travail. Il lui fallut accomplir plusieurs allers-retours aux Pays-Bas pour la conclusion d'un des gros contrats qui lui avaient été confiés.

Le mois de mai était troué par plusieurs ponts cette année-là. Pendant celui de l'Ascension, elle resta à Paris et vint même travailler le samedi. Mathieu rentra de son week-end avec des coups de soleil et le nez pelé.

— Je reviens de Chamonix, claironna-t-il, en rendant

visite à Laure. J'ai fait la voie « Rébuffat » à la face sud de l'aiguille du Midi. Il y avait longtemps que j'en rêvais.

Il apporta son ordinateur sur le bureau de Laure et fit défiler des photos de son ascension. Les dalles de granit ocre de l'aiguille du Midi offrent une des plus belles escalades du massif.

— Qui est-ce qui t'assurait ? demanda Laure.

— Hubert. Un guide d'Argentière. Un copain, plutôt. Il est super-sympa. C'est avec lui que je grimpe, sauf quand il n'est pas libre.

Laure pensa : en effet, c'est ainsi. Les guides, parfois, ne sont pas libres. À moins qu'ils ne se consacrent à une seule personne qui, en plus, ne paie rien.

Elle n'avait pas eu conscience de cela pendant toute la période où elle allait trouver Rémy à la montagne. Elle avait jugé normal qu'il soit toujours disponible pour elle. Avec le recul, elle comprenait qu'elle l'avait mis financièrement en danger et qu'il n'y avait sans doute pas d'autre issue pour lui, s'il l'aimait, que de venir vivre avec elle.

Les clichés de Mathieu étaient spectaculaires, ce qui n'était guère étonnant dans cet environnement somptueux. Entre le blanc aveuglant du glacier en bas et le ciel bleu sans nuage, la masse de granit, comme un monument dressé pour le plus grand bonheur des vivants, offrait ses lignes inspirées, tracées comme des traits de plume à l'encre de Chine sur le parchemin bistre de la paroi. Malheureusement, cette escalade d'accès facile est très fréquentée. Les relais étaient encombrés d'alpinistes serrés les uns contre les autres et qui se contorsionnaient pour faire leurs manœuvres, en attendant de pouvoir continuer. C'était le genre de bousculade que Rémy avait en horreur.

Au contraire, cela n'avait pas gêné Mathieu. Il s'était pris en photo avec plusieurs inconnus rencontrés au gré de ces haltes forcées. Ce détail amusa Laure. Elle se mit à regarder plus attentivement ce garçon. Il montrait une bonne humeur et une énergie qui n'étaient pas sans charme. Il ne ressemblait en rien à Rémy et d'abord en ceci qu'il faisait partie du même monde professionnel que Laure. Il n'y avait pas trace non plus en lui du doute et du vague complexe d'infériorité sociale qui avaient intimidé Rémy quand Laure l'avait connu. Mathieu avait l'air d'ailleurs de ne souffrir d'aucun complexe. Il se montrait fier de ce qu'il était et se sentait visiblement capable d'aborder n'importe qui sans la moindre retenue. Il le prouva d'ailleurs à Laure, en lui proposant tout de go d'aller grimper à Fontainebleau pendant le week-end qui suivait. Elle accepta avec le même naturel et en fut la première surprise.

Mathieu passa la prendre le dimanche matin au pont de Suresnes et ils partirent pour Fontainebleau dans son Audi. La puissante voiture sentait encore le cuir neuf et l'usine mais Mathieu feignait de n'en prendre aucun soin. Des papiers de toutes sortes encombraient les vide-poches et des vêtements de sport étaient jetés sur la banquette arrière. Pendant le trajet, il parla beaucoup de lui. Pas sous l'effet de la timidité mais parce qu'à l'évidence c'était le sujet qui l'intéressait le plus. Une telle vanité, souriante et décomplexée, était presque agréable. Il était conscient lui-même de ce trait de caractère et en parlait librement.

— J'aime bien raconter ma vie, plaisanta-t-il. Si ça te gonfle, tu tournes le bouton, et je m'arrête.

Laure détestait l'hypocrisie. Elle préférait la franchise égoïste de Mathieu à une modestie feinte.

Il ne lui laissa rien ignorer de ses origines et ne se cachait pas d'être issu d'un milieu très aisé. Son père était un grand avocat d'affaires et sa mère l'héritière d'une fortune bâtie au cours des siècles dans la production du papier. Mathieu avait cette liberté un peu sans gêne que donnent les grands appartements parisiens, la fréquentation des rallyes et les séjours dans des châteaux depuis l'enfance. Laure comprit que la montagne était une des rares activités qui ne lui avaient pas été gracieusement prodiguées par son éducation. Contrairement au tennis, à la voile, au golf, l'escalade était un sport qu'il avait choisi lui-même et qui l'avait fait sortir de son milieu.

Ils se garèrent au parking des Trois-Pignons Sud et entrèrent dans la forêt par la large allée de Chanfroy. À leur gauche se dressait une longue platière semée de rochers et dominée par une tour en ruine. Ils s'arrêtèrent dans une petite clairière pour mettre leurs chaussons d'escalade.

Le temps était clair et l'air séché par une bise froide laissait voir, de l'autre côté de la plaine, le camaïeu vert de la forêt printanière.

Laure s'efforçait de ne pas penser à Rémy qui l'avait emmenée grimper dans un coin semblable l'année précédente. Si elle n'évoquait pas son image, elle retrouvait néanmoins des souvenirs communs. Les rochers de grès étaient semblables pour elle à ces objets que l'on découvre dans l'appartement d'un proche disparu. On est heureux de les revoir, comme si la mort n'avait pas tout emporté. Dans ces êtres inertes subsiste un peu de la vie de l'absent.

La nostalgie ne dura guère, cet après-midi-là, car très vite Mathieu imposa son style, bien différent de celui d'un guide, comme l'était Rémy, champion de bloc de surcroît. À vrai dire, Mathieu montrait beaucoup d'enthousiasme pour l'escalade mais peu de dons. Son niveau technique était faible et il rencontrait ses limites sur des rochers que Rémy aurait considérés comme très faciles.

Cependant, même s'il était un grimpeur médiocre, il acclamait ses moindres succès avec une absence de modestie rafraîchissante.

— Tu as vu comment je l'ai passé celui-là ? À l'aise. Sans forcer. Essaie un peu.

Laure découvrait un plaisir totalement nouveau en cette compagnie. Avec Rémy, elle aimait le défi de blocs trop difficiles pour elle et il lui était agréable de l'admirer tandis qu'il effectuait des mouvements impossibles. Le fait de pouvoir rivaliser sans peine avec Mathieu faisait de l'escalade un jeu dans lequel ils étaient égaux et complices. Les superlatifs qu'il lançait pour saluer leurs succès étaient ridicules si on les comparait aux performances des forts grimpeurs. Mais ils transformaient chacune de leurs réussites, pour modeste qu'elle fût, en une victoire gratifiante.

Le circuit d'escalade montait de bloc en bloc jusqu'au sommet de la platière. Là, ils s'assirent sur une table de grès et contemplèrent la forêt, en grignotant des fruits secs que Laure avait apportés.

Mathieu, comme elle s'y attendait, entreprit de l'embrasser. Il le fit avec la même maladresse mais la même confiance satisfaite qu'il mettait en toutes choses. Elle lui fit comprendre qu'elle ne souhaitait pas aller jusque-là pour le moment. Il prit cette réponse avec bonne humeur. Il n'était pas homme à se décourager ni à ressentir ce refus comme un outrage. Rien ne pouvait décidément altérer la confiance qu'il avait en lui-même. C'était à la fois agaçant et assez commode. Laure pouvait agir avec lui en suivant ses désirs, sans crainte de l'offenser.

Ils rentrèrent à Paris en écoutant Beyoncé à tue-tête. Mathieu avait eu la chance d'assister à un de ses concerts. Et, bien sûr, comme de tout le reste, il s'en félicitait.

III

Laure ne céda qu'au milieu de l'été. Jusque-là, elle avait renouvelé les sorties d'escalade avec Mathieu mais sans jamais partir très loin et en évitant surtout d'avoir à passer la nuit avec lui. Il conservait l'assurance tranquille de celui qui est convaincu que son heure viendra. Laure était irritée par cette prétention et, en même temps, lui trouvait quelque chose de rassurant.

Les choses étaient simples avec un personnage comme Mathieu. Il était là où on l'attendait et ne dissimulait aucun double fond d'où auraient pu sortir des complications. Elle avait appris à bien le connaître. Il était évident qu'on ne pouvait lui faire aucune confiance en matière sentimentale. Il ne réservait pas sa sollicitude qu'à Laure et elle était bien certaine qu'il menait de front plusieurs relations. Dans l'état d'esprit où elle était, cela ne la gênait pas et même l'arrangeait. Elle n'avait pas à craindre avec lui les nouveaux déchirements d'une passion. Si elle décidait d'aller plus loin, ce serait sans prendre le risque de souffrir de nouveau.

Elle franchit le pas au début du mois d'août. C'est

une période qu'elle avait toujours eue en horreur : Paris était vide, les amis absents, le travail ralenti. Et, comme désespérante alternative, elle recevait de ses amis riches des invitations en Corse ou à l'île de Ré, villégiatures qu'elle détestait lorsqu'on y retrouvait le Tout-Paris en vacances. Mathieu avait pris dix jours de congé en juillet. Il était allé grimper dans l'Oisans avec Hubert, son ami guide, pendant une semaine puis avait passé un week-end dans une propriété de sa famille en Bourgogne. Laure le soupçonnait de ne pas y être allé seul mais il faisait preuve en la matière d'un tact dont on ne l'aurait pas cru capable sur d'autres sujets.

Ils se retrouvèrent fin juillet dans des bureaux presque vides. Mathieu proposa à Laure de se rendre avec elle à Saas Fee en Suisse pour escalader le Nadelhorn. Il avait tout étudié, acheté les topos et se chargerait du matériel.

— On y va sans guide ?

— Aucun problème. J'ai fait la course l'an dernier avec Hubert. C'est une bavante. Rien de technique ; il suffit de mettre un pied devant l'autre. Il faut compter quatre ou cinq jours, le temps d'arriver, de monter en refuge, de faire l'ascension et, si ça te plaît, de continuer par un autre sommet, le Weissmies par exemple. C'est juste à côté et dans le même niveau de difficulté.

Laure ne prit même pas le temps d'hésiter. Avec Mathieu, les finasseries étaient inutiles. En acceptant, elle savait à quoi elle s'engageait et lui aussi. Ils prirent la route le surlendemain.

À partir du Jura, Laure se sentit revivre. Le relief lui avait manqué. Un grand soleil illuminait les crêtes. Ce n'était déjà plus la plaine. Elle était envahie par une joie sans réticence. Il lui semblait revenir aux temps paisibles d'avant Rémy quand la montagne n'était encore pour elle qu'un plaisir sans visage.

Ils montèrent jusqu'à Saas Fee pendant que l'ombre du crépuscule bleuissait la route. La nuit tomba, noire et sans lune. À travers le pare-brise, ils apercevaient des lumières suspendues très haut dans l'obscurité. On aurait dit qu'une force supérieure avait jeté dans l'espace des atomes d'humanité et qu'ils flottaient dans le ciel comme autant d'étoiles vivantes.

Mathieu avait réservé un hôtel dans la station. Laure n'eut même pas la curiosité de savoir s'il y était déjà venu ni avec qui. Elle apprécia seulement qu'ils y fussent attendus et qu'un dîner fût prévu pour eux. La circulation est interdite dans le village de Saas Fee ; ils laissèrent donc le matériel d'alpinisme dans la voiture et n'apportèrent qu'un sac à l'hôtel. Ils prirent une douche et descendirent au restaurant en tenue de sport.

Comme Laure l'avait imaginé, tout se déroula ensuite avec une simplicité et un naturel bien venus. Sitôt retournés dans la chambre, ils s'embrassèrent. Laure se dit étourdiment que c'était la première fois. Ils étaient si sûrs de le faire un jour qu'ils n'avaient jamais ressenti d'impatience et que cette découverte eut le goût simplement agréable d'une habitude. Pendant l'amour, Mathieu se montra sûr de lui comme pour tout le reste. Il déroulait avec aisance un répertoire de gestes qu'il avait dû mettre au point en réfléchissant au sujet et en validant ses choix au gré de nombreuses expériences. Ce n'était pas déplaisant, même si, en le sentant si fier de sa maîtrise, elle ne pouvait le prendre au sérieux. Laure s'y livra comme à un jeu. Elle y voyait le prélude au ballet des gestes de l'escalade et tout à fait de même nature.

Quand ils trouvèrent le repos, Mathieu s'endormit et Laure pensa un instant à Rémy. Tout avait été si différent… Le moment qu'elle venait de vivre n'était en rien comparable aux étreintes qu'elle avait partagées avec lui. Elle en conclut qu'elle ne l'avait pas trompé, en fut soulagée et s'en étonna.

Le lendemain matin, après un petit déjeuner copieux à l'hôtel, ils s'équipèrent pour monter en refuge. Mathieu prenait des airs d'importance dès qu'il s'agissait d'alpinisme. Laure comprenait qu'il voulait faire oublier qu'il n'était pas guide. Pour y parvenir, il copiait en les accentuant toutes les attitudes des professionnels. Elle l'observa avec amusement. Elle se dit, en le voyant faire, qu'elle avait été gâtée car Rémy avait toujours pris soin de ne pas se donner de grands airs devant elle. Il démystifiait les gestes techniques pour en retirer ce qu'ils auraient pu avoir de rebutant. Mathieu, au contraire, en rajoutait. Il comptait et recomptait les dégaines, inspectait les lanières des crampons, les attaches des casques, les piles des frontales avec des mimiques de fin limier.

Vers dix heures, ils prirent le téléphérique de Hannig qui les emmena au-delà de 2 000 mètres. Puis ils se mirent en route sur le sentier qui monte à la cabane des Mischabels. Comme la plupart des refuges suisses, celui-ci est situé très haut. De surcroît, pour narguer les alpinistes, il est visible depuis le départ dans la vallée. Pendant quatre heures, on le garde en ligne de mire, là-haut sur le flanc de son aiguille. Il se rapproche si lentement que la plupart des ascensionnistes préfèrent ne pas lever la tête, pour ne pas perdre courage.

Le temps était incertain, frais pour la saison et venteux. Des altostratus griffaient le ciel. Mathieu ne s'en inquiétait pas. Il avait consulté la météo sur Internet avant le départ et considérait ces prévisions comme plus fiables que les observations douteuses faites dans la nature.

— Ça va se mettre au beau, proclama-t-il.

Laure se rendit compte assez rapidement que son compagnon de marche n'était pas capable de tenir un rythme. Il était habitué à suivre le pas de quelqu'un. Livré à lui-même, il allait trop vite et s'épuisait. Bientôt, avec discrétion, Laure passa devant et, compte tenu du dénivelé à gravir, imposa une progression assez lente et régulière. Du coup, il restait assez de souffle à Mathieu pour parler. Tant qu'ils furent dans les alpages, il égrena des banalités sur le caractère suisse, la moralité des banques ou la présidence de Trump. Mais peu à peu le sentier s'éleva dans des zones plus minérales et découvrit à leurs yeux le panorama somptueux des 4 000 du Valais. Mathieu devint alors plus lyrique.

Il expliqua à Laure ce qui l'attirait dans l'alpinisme. Il y voyait un moyen d'accéder à un monde que le commun des mortels ne pouvait pas polluer. La haute montagne était pour lui une sorte de domaine des dieux, une matérialisation de l'élite. Il développait une vision aristocratique de l'alpinisme. Il le présentait comme un combat sacré où les vainqueurs pouvaient se constituer en caste privilégiée. Tel était le sens qu'il donnait au concept de « premier de cordée ».

Laure ne chercha pas à le contredire. Elle comprenait que sous l'effet d'une légère ivresse née de l'altitude et de l'effort, il lui révélait son inconscient. Rejeton protégé d'une famille à particule, il se voyait cependant comme un déchu. Sans doute l'avait-on élevé dans la vénération d'un passé glorieux qui remontait aux croisades et avait été souillé par la Révolution. Il avait trouvé dans la montagne un lieu suffisamment désert pour le peupler selon son désir, un lieu de glace et de feu, convoquant l'héroïsme et maintenant la plèbe dans la fournaise poussiéreuse des basses vallées.

Laure jugeait ces conceptions ridicules. Si tout en elle les rejetait, elle n'était pas assez amoureuse pour avoir à cœur de les combattre. Mathieu lui était trop indifférent pour qu'elle désirât le changer. Peut-être même étaitelle heureuse de découvrir des raisons objectives de ne pas l'aimer. Cela ôtait tout risque de voir leur relation prendre un tour plus sérieux et donc trop dangereux.

Au bout d'un moment, de toute manière, l'altitude raréfiant l'oxygène, il finit par se taire et garda pour lui ses visions héroïques. Ils firent plusieurs pauses et arrivèrent à la cabane vers dix-sept heures. Le gardien leur affecta deux bat-flanc et ils attendirent le dîner sur la terrasse. Les nuages étaient si épais qu'il n'y eut pas à proprement parler de coucher de soleil. Le cirque des glaciers s'obscurcit peu à peu jusqu'à ne plus apparaître que comme un arc bleuté aux reflets de perle, sur le fond noir du ciel tempétueux.

Ils se tenaient chacun à une extrémité de la plateforme. Laure laissait son compagnon s'enivrer de noblesse et de pureté morale. Elle roulait des pensées plus douces, informes, tirées de ses sens. Elle était heureuse à un point qu'elle n'aurait pu imaginer de se retrouver dans cet univers sans qu'il fût troublé par l'inconstance angoissante d'un amour humain. Elle jouissait du spectacle d'un absolu dans lequel elle se dissolvait, faisant pour un instant de sa chair éphémère la partie indistincte d'un tout éternel et minéral.

Quand ils rentrèrent dîner, Laure laissa son esprit veiller au-dehors et prolonger cet instant magique. Mathieu s'était remis à parler mais elle ne l'écoutait plus. Il dut tout de même s'en rendre compte car il entreprit de converser avec leurs voisins de tablée. C'étaient des Allemands barbus vêtus de salopettes en Gore-Tex. Il fallait toute l'imagination de Mathieu pour voir en eux de valeureux chevaliers Teutoniques. Mais il y parvint car ils trinquèrent bientôt avec une sincérité virile, se souhaitant plein succès pour l'ascension du lendemain.

Ils se couchèrent sur leurs bat-flanc sans confort et limitèrent leurs effusions à un baiser distant du bout des lèvres. Laure n'en demandait pas plus. Ils se levèrent à quatre heures. Mathieu était grognon. Il se plaignait de ne pas avoir dormi à cause de la chaleur. Puis ils s'équipèrent et sortirent dans la nuit froide.

Le faisceau des frontales éclairait une large trace. À cette époque de l'année, cette ascension facile attire beaucoup de monde. De nombreux alpinistes étaient montés les jours précédents. Ce matin-là, il y en avait visiblement moins. La veille au soir, Laure avait capté des conversations sur le mauvais temps. Mathieu ne s'en était pas ému car le bulletin météo national qu'il avait consulté sur son smartphone était rassurant.

Pourtant, dans la nuit d'encre, un vent glacial s'était levé. En quelques pas, derrière le refuge, ils prirent pied sur le glacier. Les crampons mordaient une glace durcie par le gel. Au-dessus d'eux l'immense arête qu'ils devaient parcourir coupait de son tranchant brillant le bloc d'obsidienne du ciel. Plus à gauche, incurvée comme une gigantesque parabole, la paroi verticale du Lenzspitze était striée de noir par les chutes de pierres. Deux cordées parties avant eux étaient déjà loin. On apercevait le petit faisceau de leurs lampes qui tachait de blanc le sol vitreux du glacier. L'ensemble dégageait comme un puissant parfum de tragédie. Ce monde hostile, livré à la nuit d'une existence sans conscience, lançait un défi aux humains tant il était évident qu'ils n'y étaient pas les bienvenus. C'était tout ce qu'aimait Laure. Pénétrer dans ce lieu puissamment défendu, c'était affirmer son humanité, l'exposer jusqu'à ses extrêmes limites. En somme, se sentir vivante.

Encore fallait-il le rester. Le vent forcissait. L'aube prit des formes noires, en moulant le fond des cumulus. Une lumière jaune s'insinua entre le rebord du glacier et les voiles arrondies du ciel, gonflées par le vent. Parvenus au Windjoch, le col qui donne accès à la longue arête glaciaire montant jusqu'au bastion rocheux du sommet, ils rejoignirent une des cordées. Elle faisait demi-tour. Le guide leur fit signe qu'un de ses clients avait cassé un crampon. Laure soupçonnait que c'était plutôt le mauvais temps qui les avait dissuadés de continuer.

Mathieu, toujours rassuré par les prévisions générales auxquelles il prêtait une foi inébranlable, salua la cordée vaincue avec l'enthousiasme patriotique d'un chef conduisant ses troupes vers le front. Il ne parlait plus à cause du vent et Laure s'en réjouissait. Mais elle était certaine qu'il continuait à vivre intensément le film d'un combat où il se donnait un rôle héroïque.

Elle était beaucoup moins confiante que lui. La situation ne lui apparaissait pas si dramatique qu'il faille renoncer. Mais elle avait l'intuition que l'ascension serait moins tranquille que prévu et que le temps, s'il s'aggravait, pouvait présenter de sérieuses difficultés et des dangers objectifs.

— Tu as un GPS ? s'enquit-elle, en criant.

— Qu'est-ce que tu veux faire d'un GPS ici ? C'est tout droit. Il y a une trace large comme un boulevard.

Ils étaient encordés et Mathieu marchait devant en tenant nonchalamment des anneaux à la main. Laure suivait sans discuter. À cause du vent, leur progression était assez lente. Ils marchaient penchés en avant et regardaient leurs pieds. Au bout d'une heure, Mathieu fit une halte et, en redressant la tête, contempla le paysage. Ce fut alors que tout changea.

Le jour était complètement levé mais le ciel restait noir. Le sommet était désormais invisible car une nappe épaisse de nuages l'entourait et descendait jusqu'au milieu de la pente. Il était probable qu'il neigeait là-haut. À l'endroit qu'ils avaient atteint, la trace rejoignait le fil de l'arête et le vent redoublait de force. Il permettait à peine, quand certaines rafales soufflaient, de se tenir debout.

Surtout, ils prirent conscience que l'autre cordée avait disparu. Sans doute était-elle partie en direction de la cabane du Dom, sur l'autre versant du Nadelhorn. Il fallait bien connaître l'endroit et avoir parcouru l'itinéraire par beau temps pour savoir où se trouvait l'embranchement vers ce refuge situé beaucoup plus bas et qu'ils ne connaissaient pas.

Quoi qu'il en fût, il leur fallait se rendre à l'évidence : ils étaient seuls dans la montagne.

Par un dernier réflexe tiré de ses rêveries guerrières, Mathieu s'écria :

— On continue !

Mais Laure avait compris avant lui qu'il était saisi de panique. Il avançait en courant presque. Un moment, elle dut le retenir en tirant la corde car il avait accroché sa guêtre avec la pointe d'un crampon et commençait à partir dans la pente. Cet instant de confusion ne dura pas car, très rapidement, le nuage qui couvrait le sommet était descendu et les enveloppait. Des flocons de neige durcie leur fouettaient le visage. Mathieu se mit à jurer. Il se tourna vers Laure, parvenant à peine à ouvrir les yeux.

— Plus moyen d'avancer, bredouilla-t-il.

Il n'était plus sûr de rien. Jamais, dans ses rêves, il n'avait dû se projeter dans la défaite. Il fit quelques pas en descendant la trace qu'ils avaient suivie jusque-là. Puis soudain, il se figea.

— Le grésil, nom de Dieu !

Il était désemparé. Laure approcha et se plaça à côté de lui. La tempête soufflait au ras du sol des rafales chargées d'une neige épaisse, semblable à du gros sel. Elle recouvrait la trace et la rendait déjà presque invisible. Le brouillard qui les enveloppait de blanc irisait le peu de lumière qui réussissait à se glisser entre les nuages. Il devenait impossible de distinguer le haut du bas, le sol de l'air. Faute de référentiel, on ne pouvait plus être assuré de la verticale. Il fallait tâter le sol avec le bout du piolet pour ne pas tomber.

IV

Laure, devant l'imminence du danger, attendait une décision de son compagnon de cordée. Inconsciemment, et elle s'en voulut par la suite, elle se comportait comme une cliente avec son guide.

Or, non seulement Mathieu se montra incapable d'une réaction cohérente mais il céda à une panique totale. Il plongea dans la pente et se laissa porter par la gravité. Il s'en fallut d'un rien que Laure ne fût entraînée à sa suite. Par bonheur, elle tenait encore des anneaux de corde à la main et, en les serrant de toutes ses forces, elle empêcha que Mathieu prît trop de vitesse dans sa chute, au point de ne plus pouvoir le retenir.

Elle le bloqua quelques mètres en dessous d'elle. Il était allongé, face contre terre, à la manière d'un enfant qui croit se cacher pour échapper à un châtiment. Mais la tempête ne se laissait pas attendrir. Des bourrasques de pluie noire les cinglaient. L'obscurcissement de l'atmosphère rendait un peu de contraste au paysage et permettait de distinguer vaguement la ligne de l'arête. De temps en temps, une trouée en contrebas laissait apercevoir la tache vert sombre d'une forêt lointaine puis tout se refermait. Guidée par ces maigres repères, Laure estima une trajectoire de descente.

— Suis-moi ! cria-t-elle à Mathieu.

Comme il ne réagissait pas, elle descendit près de lui et le saisit par le col. Elle mit dans ce geste une violence qu'elle ne se connaissait pas. Il parut surpris aussi et se remit debout.

— Passe devant et fais ce que je te dis, ordonna-t-elle.

Elle retrouvait instinctivement les gestes d'assurage recommandés sur pente de neige : le plus faible devant et le chef de cordée en arrière, pour le retenir en cas de glissade.

— Tire à droite, criait-elle. Ne reste pas au niveau de l'arête.

C'était là que le vent soufflait le plus fort. Il fallait se tenir un peu en dessous, quitte à suivre une ligne moins lisible.

Les traces avaient complètement disparu. Ils marchaient dans une soupe de petits grêlons qui formait comme une couche de gros sel au ras du sol. Les crampons se plantaient mal. Ils glissaient comme des danseurs sur un parquet ciré.

Mathieu avait perdu tout esprit de résistance. Il avançait sous le fouet de la panique mais sa volonté n'y prenait aucune part. Laure comprenait qu'il se voyait déjà mort et se livrait comme un corps inerte à toutes les forces déchaînées autour de lui. Il fallait qu'elle fût la plus redoutable de ces forces pour qu'il choisît de lui obéir. Elle ne relâcha à aucun moment sa pression. Cette rigueur avait fait disparaître sa propre peur. Elle sentait en elle un calme absolu, pas moins convaincue que lui pourtant qu'ils étaient en grand danger. Mais elle avait franchi le seuil fatal qui, en la délivrant de tout espoir, lui conférait une énergie venue des éléments déchaînés et qui lui permettait de leur tenir tête. Sur la pente mortelle, elle guidait son chien d'homme.

L'image de Rémy dans l'orage à Orny lui était revenue dès qu'elle avait pris l'initiative. Il lui semblait avoir découvert le secret de sa puissance. Comme un explorateur qui remonte un fleuve indompté et en découvre soudain la source paisible, elle comprenait qu'elle était parvenue par hasard jusqu'à un point ultime : celui d'où jaillit la force essentielle, l'intarissable flot de la confiance et de la vie. Ils descendaient toujours. Elle avançait presque accroupie, la panne du piolet dans la paume. Elle le plantait obliquement dans la pente et appuyait dessus de tout son poids. De l'autre main, elle tenait fermement la corde grâce à un tour mort qui lui sciait la paume.

La descente, pas à pas, dura longtemps et leur parut interminable, Mathieu dans sa souffrance et Laure dans l'extase de sa découverte. Quand la pente s'adoucit et qu'ils abordèrent le Windjoch, les repères leur furent rendus. Le ciel s'éclaircit, la pluie cessa, un liseré noir et jaune cerna les crêtes. À un moment, dans une trouée de brume, ils aperçurent le toit de la cabane en contrebas. La trace de montée, sur ce versant moins exposé au vent, était toujours clairement visible.

Laure se détendit et Mathieu reprit contenance. Il se redressa, tapota du bout de son piolet la neige qui bottait sous ses crampons. Puis il se retourna vers Laure et l'embrassa. Il n'y avait aucune gêne dans son attitude, aucune rancune pour la brutalité qu'il avait subie, aucune honte de s'être conduit de façon aussi peu glorieuse. Il était vivant, soulagé, heureux et peut-être même fier d'avoir pris part, quoique avec bien peu de vaillance, au combat victorieux qu'ils avaient soutenu ensemble.

— Nom de Dieu, on s'en est sortis ! Quelle bagarre...

Il se remit à parler dans la descente, décrivant tout ce qu'ils venaient de vivre et donnant à ces épisodes l'ampleur d'une bataille épique.

En arrivant au refuge, Laure fut un peu gênée de le voir prendre les gardiens à témoin de leurs exploits. Elle se demandait comment sa relation avec Mathieu allait survivre à une telle humiliation. Elle ne trouva pas la réponse et se dit que le mieux était d'attendre et de scruter en elle les sentiments qui naîtraient les jours suivants.

Elle fut la première surprise du résultat. Cet épisode déplorable ne l'éloigna pas de Mathieu. Il les rapprocha même et donna à leurs rapports un tour plus constant et plus détendu. Les choses se passèrent de façon très naturelle. D'abord, à sa manière habituelle, Mathieu banalisa cet événement et en fit, non sans humour, une simple péripétie vécue en commun. Son propre rôle dans l'affaire était noyé dans le caractère tragi-comique de l'ensemble. Il n'y avait guère que Laure pour savoir à quel point il s'était effondré face au danger.

Cette certitude, ne la gênait pas et lui semblait en vérité agréable. Sans se l'avouer tout de suite, elle était reconnaissante à Mathieu de lui avoir fourni cette occasion de se découvrir elle-même. Il ne s'était pas seulement révélé au cours de cette tempête, il avait ouvert pour elle une voie qu'elle aurait pu ne jamais emprunter. Elle n'avait pas hésité à s'y engager et avait trouvé en elle toutes les ressources morales et techniques pour traverser cette épreuve sans dommage.

En somme, elle avait aperçu un aspect de la montagne qu'elle ne soupçonnait pas. Le monde de l'altitude avec ses risques et son inconstance violente est un révélateur des âmes. Elle avait cru Rémy d'une espèce particulière parce qu'il faisait preuve, face au danger, d'une maîtrise impressionnante. Ce talent était en fait donné à d'autres mais la montagne seule avait le pouvoir de reconnaître ceux qui étaient touchés par cette grâce. La mer aussi, sans doute, comme l'équitation ou la course automobile, détient ce pouvoir ainsi que toutes les grandes épreuves physiques. La montagne, en ceci qu'elle s'empare de l'être humain nu, sans le secours d'une coque, d'une monture ou d'une carrosserie, le contraint à un combat à mort qui mobilise ses dernières ressources morales. Laure avait vu jusque-là la montagne comme un lieu d'exploits où l'être humain dépasse ses limites. Cependant, dans leur misérable retraite sur cette arête, ils n'avaient repoussé aucune limite et leur équipée n'avait rien d'un exploit. Elle était seulement une pesée de leur âme, un révélateur de leur caractère, le trébuchet sur lequel ils avaient jeté toutes leurs forces intérieures.

À ce jeu-là, pas de feinte et nulle prédestination : Mathieu avait beau se voir comme l'héritier d'une longue lignée chevaleresque, il s'était conduit comme un pleutre. Et Laure qui, dans l'ombre de Rémy, aurait pu croire encore longtemps qu'elle était faible et vulnérable, avait vu se lever en elle des forces insoupçonnées, une détermination, un sang-froid stupéfiants.

Laure rêva beaucoup à Nadia pendant cette période. Elle reprit avec elle un dialogue intime et lui confia de nouveau ses interrogations et ses doutes. Nadia se montra très encourageante à propos de Mathieu. Elle fit comprendre à Laure qu'aller de nouveau en montagne avec lui n'aurait que des avantages. Il ne pouvait plus désormais lui contester le rôle de première de cordée. Bien sûr, Laure devait accepter l'idée d'avoir pour compagnon un homme faible. Mais cela lui était égal pour deux raisons. D'abord, elle avait compris qu'il n'y pouvait rien. La montagne avait révélé ce qu'il avait reçu en partage et cette hoirie n'avait en rien dépendu de lui.

Ensuite et surtout, elle ne l'aimait pas. Elle le voyait comme un partenaire agréable, un compagnon un peu trop bavard mais toujours de bonne humeur et plein de charme. Cela lui suffisait.

Ainsi commencèrent deux années de sorties en montagne, en été pour l'alpinisme et en hiver à ski. Ils se voyaient assez rarement en dehors de ces occasions. Laure était bien convaincue que Mathieu menait de front d'autres relations mais elle n'en avait cure.

On aurait pu considérer cette situation comme une forme de bonheur. Laure se demandait même si elle n'irait pas au-delà un jour. La perspective de faire un enfant avec Mathieu la traversait parfois. L'idée que ce soit possible la consolait de sentir qu'elle n'en avait pas envie.

La montagne occupait beaucoup son esprit. Elle lisait des livres sur le sujet, étudiait des itinéraires, surfait sur le site « Camptocamp ». Au fond d'elle, il lui arrivait encore assez souvent de penser à Rémy. Il était devenu une sorte de modèle, un peu comme les héros des romans qu'elle lisait. Elle n'était plus tout à fait sûre qu'il eût réellement existé.

C'est dans ce semblant de paix qu'éclata le coup de tonnerre qui allait mettre à bas ce monde ordonné.

*

Le 1er novembre tombait un lundi cette année-là. La perspective de passer un long week-end en montagne avait permis à Laure de tenir. La semaine précédente avait été très dure. Des échéances professionnelles cruciales sur trois dossiers en même temps avaient fait de chaque journée un marathon. Laure n'avait jamais pu se coucher avant trois heures du matin. À huit, elle sortait de chez elle pour repartir au travail. Elle circulait en taxi la nuit à cause de son retour tardif. Le matin, d'ordinaire, elle prenait un bus mais il ne fallait pas qu'elle soit trop pressée. Dans cette ambiance de stress, elle préférait partir en voiture. Elle mettait l'autoradio sur un programme musical et cela la détendait.

Le matin du vendredi, elle avait procédé ainsi. Quand elle quitta finalement son bureau, à plus de deux heures du matin, elle reprit son véhicule. La dernière négociation s'était mal déroulée. Elle était convaincue d'avoir fait une erreur tactique pendant la réunion et se repassait mentalement le film, énervée contre elle-même. Elle se mit même à frapper sur son volant. Pour passer ses nerfs, elle ouvrit grand les fenêtres et régla la radio sur une station de jazz. Elle reconnut un morceau du pianiste Laurent de Wilde qu'elle était allée écouter un soir le mois précédent. Elle monta le volume à fond. L'air frais et la musique l'apaisèrent un peu. Son attention se relâcha. Plus tard, elle se demanda si elle ne s'était pas carrément endormie. Mais c'est bien après qu'elle put y repenser. Sur le moment, elle ne vit rien sinon une sorte d'éclair. Cet aveuglement la priva de tous ses autres sens. Elle ne perçut aucun son, ne ressentit aucune douleur. Quand on lui montra ensuite des photos de sa voiture, elle se demanda comment il lui avait été possible de subir un tel choc sans percevoir quoi que ce fût. Sans doute la perte de conscience avait-elle été immédiate.

Le poids lourd l'avait percutée de trois quarts face. C'était un modèle de camion assez ancien avec des garde-boue saillants et un pare-chocs très haut. Il venait de Rungis chargé de poisson frais qu'il allait livrer à des restaurants de Montparnasse et il roulait à grande vitesse. Les responsabilités ne furent jamais clairement établies. Le chauffeur prétendit toujours que la voiture de Laure avait dévié vers lui. Les constatations de police tendaient plutôt à prouver qu'il avait voulu tourner alors que le feu de Laure était au vert et qu'il lui avait coupé la route.

Le résultat fut, en tout cas, un choc d'une violence extrême. Laure, grâce aux airbags, fut préservée d'un écrasement sur le volant. Elle se retrouva encastrée dans la partie avant de la voiture que le camion avait complètement enfoncée.

Les premiers témoins qui se portèrent à son secours pensèrent qu'elle était morte.

*

Entre le moment de l'accident et le retour de Laure à la conscience, il se passa quatre jours. Les événements de ces journées sont difficiles à reconstituer et, au fond, sans importance.

Désincarcération, évacuation vers l'hôpital Georges-Pompidou, opérations en urgence, intubation, rien n'apporte de lumière sur l'essentiel puisque Laure resta étrangère à tout cela. Elle subit tout sans rien en savoir même si, peut-être, le corps possède une mémoire propre, indépendante de la conscience. Il lui arriva, bien longtemps après, d'entendre dans ses rêves des sons qu'elle n'avait pas perçus et qui étaient comme l'empreinte inconsciente du drame.

Quoi qu'il en soit, au bout d'une semaine environ, elle reprit la pleine maîtrise de ses pensées et de ses perceptions et mesura que l'accident avait été d'une extrême gravité.

Lorsqu'elle comprit qu'elle avait échappé à la mort, elle exprima une joie profonde. Les infirmières à qui elle en parlait pensaient qu'elle était simplement heureuse d'avoir survécu. C'était vrai, mais à ce sentiment bien naturel s'en mêlait un autre : celui d'avoir fait l'expérience de sa fin. Elle comprenait que la mort n'a rien à voir avec la peur de la mort. Elle avait déjà éprouvé la seconde, en montagne notamment. C'était en général bien à tort et cette angoisse n'avait servi à rien. Tandis que la mort véritable, celle qu'elle venait en quelque sorte de vivre, était un passage facile, imperceptible, indolore. Et, avec une fierté inattendue, elle se dit qu'elle n'aurait plus jamais peur.

Ensuite, vint pour Laure le décompte quasi notarial des blessures de son corps. Il lui fallut attendre un certain temps que la situation fût assez stabilisée pour pouvoir dresser un bilan. Elle le fit avec les médecins en remplissant mentalement un schéma, comme on le fait pour les voitures sur un constat d'assurance. À la tête, elle avait souffert d'un hématome qui avait entraîné son coma. Il se résorberait au prix de céphalées handicapantes. Dans sa poitrine, un épanchement de sang vers la plèvre avait été évacué par ponction et ne laisserait aucune séquelle dès que le drain serait retiré. Elle avait par ailleurs un poignet cassé du côté gauche mais ne s'en souciait guère. Le plus grave était l'état de ses jambes. Elles étaient fracturées en plusieurs endroits. D'étranges appareils qui ressemblaient à des insectes métalliques à longues pattes grêles plongeaient dans sa chair et maintenaient ensemble les fragments disloqués de ses membres.

Du matin au soir, Laure regardait dans la direction de ses jambes. Les fixateurs formaient de grosses bosses sous ses draps.

L'idée de ne plus jamais pouvoir marcher l'anéantissait.

V

Les premiers temps à l'hôpital furent terribles. Le plus dur n'était pas la douleur ni l'inconfort mais plutôt l'impression d'être entravée. Quand, dans la torpeur des morphiniques, Laure évoquait son travail, son appartement ou la montagne, elle était prise d'élans soudains, d'envies impérieuses d'agir, de se lever, de partir. Hélas, ses jambes inertes la ramenaient à la réalité de son impotence.

Peu à peu, comme un nageur qui cède au tourbillon pour mieux lui échapper, elle n'offrit plus de résistance au désespoir. Elle se laissa gagner par l'idée qu'elle ne pourrait plus rien faire et, délivrée de cette impossible tentation, elle se réfugiait dans l'observation du monde nouveau qui l'environnait. Elle y puisa une consolation inattendue.

Elle observa d'abord la vie militaire de l'hôpital : ses relèves et ses soldats de première ligne, infirmières, aides-soignantes, internes ; ses généraux, chef de service, agrégés, etc., qui passaient deux fois par semaine donner des ordres ; ses cantinières et son intendance poussant des brancards comme les grognards qui jadis halaient les canons dans la boue d'Austerlitz. Sur son lit de douleurs, elle apprit à se désaltérer aux humbles sources que les malades parfois rencontrent sur leur chemin de croix : compagnes ou compagnons avec qui, dans un couloir, on partage l'attente en se disant, entre deux portes et deux souffrances, l'essentiel ; bouquet qu'un visiteur a déposé pendant que l'on était endormi ou occupé ailleurs par des examens, et qui, au petit matin, vous éveille par la caresse inattendue de son parfum ; rayon d'un soleil aussi captif que vous mais qui a profité d'un relâchement des nuages, d'une trouée de murs, d'une fenêtre sans volet, pour venir jouer sur vos malheureux genoux et leur redonner pour un instant la vie qu'ils ont perdue...

À mesure que Laure se rétablissait et que le traitement antalgique devenait moins abrutissant, l'observation devint plus consciente et plus humaine. Elle se mit à scruter les visages et à s'imprégner des conversations. C'est ainsi qu'elle fut amenée pour la première fois depuis de longues années à regarder ses parents. Toute sa vie d'adolescente et d'adulte avait été occupée à les fuir, à quitter leur milieu, à se déprendre de leur éducation. Et maintenant ils étaient là, à son chevet, assis gauchement, ne sachant quoi dire à cette fille d'un autre monde dont ils étaient fiers et qui, pensaient-ils sans doute, les méprisait. Comme ces innocents que les évadés sont parfois contraints de sacrifier dans leur fuite, les parents de Laure avaient payé le prix de sa liberté : ils ne méritaient pas sa honte mais son pardon. Elle était prise d'un élan de tendresse en les regardant et sa tristesse était redoublée par la certitude qu'ils ne comprenaient pas plus ses larmes qu'ils n'avaient compris naguère ses choix de vie. Finalement, les mots que ni eux ni elle ne parvenaient à prononcer trouvaient un substitut dans de simples gestes comme de remonter les oreillers dans son dos ou dans d'humbles objets, telles ces confitures préparées par sa mère avec les mirabelles de son jardin.

Mathieu aussi la surprit. Elle l'avait toujours pensé inconsistant ; il se montrait dans l'épreuve d'une compassion extrême et d'une fidélité inattendue. Il venait la voir presque chaque jour, souvent très tard quand son emploi du temps était chargé. Il avait quitté la banque et travaillait dans une société de conseil. Un nom à particule et une assurance à toute épreuve y faisaient merveille. Sa réputation de montagnard l'avait précédé et ses collègues le regardaient comme un leader-né, un premier de cordée, expression désormais à la mode.

Laure était en somme la seule à connaître la vérité. Ce privilège lui valait non pas la rancune que des êtres de moindre qualité auraient pu lui réserver, mais sa reconnaissance. Sur les flancs du Nadelhorn, pendant sa retraite en panique sous l'orage, Mathieu s'était placé une fois pour toutes dans la dépendance de Laure. Il lui avait remis le soin de sa vie, acceptait son autorité sur toutes les décisions. Au cours de leurs nombreuses ascensions ensuite, les rôles s'étaient figés et, devant l'épreuve que constituait cet accident, il continuait sans discussion de la suivre et de la servir.

Laure lui était reconnaissante de cette fidélité. Elle montrait une sincère gratitude pour ses attentions et sa présence. En même temps, à mesure qu'elle l'observait, elle redécouvrait une autre évidence, que la routine de leurs sorties lui avait quelque peu fait oublier : elle ne l'aimait pas. La fidélité de quelqu'un auquel on n'est pas soi-même attaché est un poids pénible à porter. La bonté désarme et, quand il faudrait trancher, une forme de culpabilité retient le bras et l'empêche de frapper. Laure se demandait ce qu'elle ferait de Mathieu lorsqu'elle sortirait de l'hôpital.

Cependant, cette perspective était si lointaine et si incertaine qu'elle préférait ne pas la compromettre en y mêlant d'autres problèmes. Le jour venu, elle verrait.

À propos de son travail aussi, l'immobilité forcée de l'hôpital eut l'effet d'un révélateur. L'agitation de son métier, les échéances professionnelles, l'issue des négociations en cours que l'accident lui avait fait abandonner, tout cela lui manquait, au début. Elle ne se rendait pas encore compte de la durée probable de son absence. Malgré elle, elle était toujours « dedans ». Quand le temps commença à passer et surtout quand la perspective d'un retour s'éloigna, elle se mit à considérer son emploi de l'extérieur. Elle était comme un passager tombé à l'eau qui voit le navire s'éloigner et ses lumières disparaître dans l'obscurité ; son monde professionnel continuait sa vie sans elle et n'en était pas affecté.

Toute personne qui occupe un emploi aime dire qu'elle n'est pas irremplaçable. Pourtant, au fond, personne n'y croit tout à fait et une déception naît toujours à l'heure où l'on prend conscience que son absence n'entrave en rien le fonctionnement du groupe.

À cela, pour Laure, s'ajoutait une autre découverte : elle avait peu d'amis. Le nombre des personnes qu'elle connaissait était grand mais c'étaient pour la plupart des relations professionnelles. Après le défilé des collègues venus lui témoigner leur sollicitude, un grand silence s'était fait autour d'elle. Elle vécut des heures douloureuses quand elle prit la pleine mesure de cet abandon.

Puis, comme pour le reste, son esprit pivota et lui fit voir la situation sous un autre angle et même à l'inverse. Lorsqu'une mer se retire, sur les terres libérées par le reflux des eaux, pousse une végétation nouvelle. Ainsi la disparition de son travail fut-elle l'occasion de découvrir les immenses territoires qu'il occupait. Ce n'était pas trop de dire qu'elle avait vécu jusque-là par et pour le travail. En considérant la vie sans cette priorité, tout changeait. Le temps lui-même était une découverte. Jamais elle n'avait à ce point éprouvé l'infini qu'offre une journée – ses heures, ses moindres instants, ses perceptions et ses pensées, ses émotions et ses souvenirs.

Une autre évidence lui apparut également sous un jour différent : pourquoi vivait-elle en ville ? Là encore, le travail était à la source de ses choix : elle habitait en ville parce qu'elle y travaillait. Mais dès qu'elle avait des loisirs, elle en partait. Peut-être avait-elle plus besoin de la vie citadine qu'elle ne le pensait mais ce n'était pas certain. Le mieux, pour le savoir, était de profiter de cette suspension du travail pour s'éloigner de la région parisienne.

Elle en eut l'occasion au bout de deux mois de soins à l'hôpital de la Salpêtrière où elle avait été transférée pour commencer sa rééducation. Son état s'améliorait lentement. Les appareils de contention de ses fractures avaient été retirés, les infections jugulées, un semblant de mobilité était possible, même si elle ne pouvait pas encore marcher.

Le moment était venu de la convalescence. On lui donna le choix entre plusieurs établissements. L'un d'eux était situé au plateau d'Assy, non loin de Chamonix. Elle n'hésita pas et opta pour celui-là. C'était un moyen de revoir la montagne et même, pour plusieurs mois, d'y vivre, ce qu'elle n'avait jamais eu l'occasion de faire longtemps.

Avant de partir, elle décida de régler une dernière et douloureuse question. Elle parla à Mathieu.

— Au plateau d'Assy ! s'était-il écrié en apprenant le départ proche de Laure. Ça va être plus compliqué de venir te voir. Mais je m'arrangerai pour prendre des week-ends…

— Non, lui avait-elle répondu. Tu ne viendras pas.

— Et pourquoi donc ?

— Parce que je te le demande, Mathieu. Tu as été merveilleux toutes ces semaines. Je t'en serai toujours reconnaissante mais je ne veux pas que tu enchaînes ta vie à la mienne. Oublie-moi, vis. Nous nous reverrons certainement un jour, quand tout ira mieux…

Pour surpris qu'il fût par cette déclaration, Mathieu ne protesta pas. Peut-être attendait-il sans le savoir cet ordre catégorique. Pour désunir la cordée qu'il formait avec Laure, il fallait que quelqu'un détachât la corde et c'était sa responsabilité à elle.

Il y avait dans l'affection de Mathieu pour Laure plus d'habitude et de soumission que d'amour. Le charme rompu, il s'en rendit compte et fut heureux de retrouver sa liberté. Il ne l'aurait pas fait contre elle. Mais puisqu'elle le désirait ainsi, il s'y pliait avec joie. Les adieux furent faciles. La tendresse qui existait entre eux et avait eu tant de mal à ressembler à de l'amour prit sans effort la forme d'une amitié.

Laure partit pour le centre de rééducation un mardi de juin. L'ambulance qui la chargea était un break muni de vitres larges. Elle s'y sentit comme au spectacle. Il y eut d'abord la scène des adieux, à la Salpêtrière. Le petit bois qui ornait les bâtiments Louis XIV était verdi de bourgeons. Des blouses blanches parsemaient çà et là le paysage comme des plaques de neige qui rappelaient l'hiver. Laure était restée longtemps dans le service et de nombreuses infirmières, aides-soignantes et même quelques médecins avaient tenu à l'embrasser avant son départ.

Il y eut ensuite le long spectacle de Paris avec ses encombrements, de ses marges pavillonnaires, puis l'autoroute et, petit à petit, la campagne. Un soleil généreux brillait sur les bocages de l'Yonne comme sur les collines de Bourgogne. Revint le Jura, ses monts déserts couverts de forêts sombres, modeste avant-goût des Alpes à venir. Quand la voiture s'engagea entre les premiers massifs, au-delà de Saint-Julien-en-Genevois, le long de la vallée de l'Arve, Laure se sentit envahie par une sorte de reconnaissance. Elle remerciait la montagne de l'avoir attendue et de lui ouvrir les bras. Elle mesurait pour la première fois combien ces reliefs offrent à l'être humain une protection et un refuge. Ils forment une barrière contre le mal, contre le monde. À la manière d'un causeur délicat qui choisirait ses mots pour ne pas blesser, la montagne offre à ceux qu'elle recueille un échantillon choisi de paysages qui tous apaisent ou consolent.

Il faut monter très haut, dans le parage des glaces et des sommets, pour retrouver l'inquiétude et le défi. À l'étage des basses vallées, seuls existent l'harmonie des chalets de bois et des forêts, les défilés de falaises lisses et le moutonnement des taillis à leur flanc. Par chance, le vent des derniers jours avait dissipé toute trace de pollution et la vallée se montrait sous des couleurs vives. En montant vers le plateau d'Assy, Laure découvrait, sur le versant d'en face, Combloux, Megève dans les lointains et, du côté du Mont-Blanc, la vallée de la Montjoie avec ses dômes enneigés.

Elle était seule et n'en concevait aucune peine. Elle était encore invalide et ne s'en souciait plus. Elle n'avait aucune idée de l'avenir et ne s'en inquiétait pas.

Son regard enfin libre bondissait à travers l'espace, escaladait les pentes, se posait sur les cimes, se glissait dans les vallées, lui offrait la consolation de tous ses maux et l'apaisement de toutes ses angoisses.

Elle était heureuse.

*

Le centre de rééducation de Vouilloz était un ancien sanatorium. L'emplacement avait été choisi pour son ensoleillement exceptionnel et tout y était conçu pour faire de la lumière un traitement. Des balcons grands comme les chambres qu'ils prolongeaient s'ouvraient en plein vers le sud. De larges baies vitrées laissaient entrer le soleil et donnaient aux couleurs pâles des murs des teintes chaudes sans cesse changeantes, de l'aube bleutée aux rouges du crépuscule.

Laure était seule dans sa chambre, au cinquième étage. Bien au-dessus de la tête effilée des sapins, elle pouvait embrasser du regard cent quatre-vingts degrés de beauté. Situé à mi-hauteur entre les basses vallées et la haute montagne, le centre symbolisait bien le parcours du convalescent. Car en offrant à sa vue les refuges d'altitude – celui du Goûter brillait comme un diamant sur sa monture de rochers – le décor proposait au patient un effort mais aussi un avenir, surtout quand il était alpiniste. Le retour de la marche n'était pas seulement une perspective de confort, une alternative au fauteuil roulant, et le moyen de circuler sur le sol plat des vallées ; c'était aussi (et, pour Laure, d'abord) la promesse de pouvoir un jour cheminer de nouveau vers les cimes, monter, exalter cette dimension proprement humaine qu'est la verticale.

Ce n'était encore qu'un rêve. En manœuvrant son fauteuil pour sortir sur son balcon ou entrer dans sa salle de bains, Laure mesurait combien elle était encore loin de l'atteindre. Pourtant, ce rêve l'habitait. Il occupait son esprit les jours comme les nuits. Il l'aidait à supporter la lenteur de la rééducation, la douleur d'un corps déshabitué à l'autonomie, la résistance de muscles atrophiés par l'immobilité. Et quand le découragement menaçait de s'emparer d'elle, elle regardait la montagne et se disait « un jour… ».

VI

Construit avant la Seconde Guerre mondiale, l'ancien sanatorium de Vouilloz gardait l'empreinte de cette époque. Les pièces du rez-de-chaussée, hall d'entrée et réfectoire, étaient très hautes de plafond et couvertes de lambris de marbre noir. La mort qui avait longtemps habité ces lieux semblait s'être incrustée dans ces tentures de pierre. Leur surface polie renvoyait l'écho déformé des voix, comme si l'invisible clameur des disparus avait répété les paroles des vivants, en y ajoutant leur rire funèbre. Des ampoules électriques de faible puissance répandaient dans ces grandes salles une lumière jaunâtre. Pendant les longues soirées de juin, ces éclairages misérables ne pouvaient faire contrepoids aux dernières clartés du jour qui montaient de la vallée.

Ce décor étrange, à mi-chemin entre les somptuosités de la nature environnante et le goût de tombeau qui se dégageait des murs, était propice à toutes les rencontres. Dans ce séjour incertain, violent malgré sa prétendue douceur, les accidentés de la vie qui peuplaient les lieux éprouvaient le besoin de se rapprocher, de se blottir les uns contre les autres, en formant société. Il paraît que les tuberculeux jadis, souvent jeunes et au corps intact, s'adonnaient avec la dernière vigueur aux jeux du sexe et assouvissaient leurs désirs charnels jusqu'à l'épuisement. Les polytraumatisés de nos jours sont moins cinglés par le fouet de la mort. Surtout, leur corps navré, souvent méconnaissable, ne leur donne pas aisément la possibilité ni l'envie de recourir aux excès de la chair. Appuyés sur des béquilles, en fauteuil, en civière parfois, certains le bras calé sur un coussin glissé sous l'aisselle, d'autres encore entravés par d'horribles appareils, ils clopinent le soir jusqu'à la salle à manger. Ils s'y assemblent comme une tribu fière de ses souffrances, convaincue que personne d'autre ne peut mesurer leurs victoires minuscules ni les consoler des défaites invisibles qui les ont fait pleurer, seuls dans leur chambre, tout l'après-midi.

Ils chuchotent, plaisantent doucement, se sourient tandis que le personnel dessert la longue table où chaque soir se célèbre la cène des fracassés.

Laure avait l'expérience des hôpitaux où la vie reste atomisée, chacun n'ayant guère l'occasion de sortir de sa chambre. Elle s'habitua vite à cette nouvelle existence. C'était d'autant plus facile que le printemps offrait aux pensionnaires de l'établissement le charme de son décor neuf. Par les baies ouvertes du réfectoire, à l'heure du soir, des milliers d'oiseaux piaillaient dans la forêt proche et communiquaient leur joie aux vivants.

La promiscuité permettait aussi de se comparer. À ce jeu-là, personne n'occupait la dernière place. Chacun pouvait trouver dans le groupe un cas plus sévère que le sien, une vie plus empreinte de drame. Ceux qui étaient physiquement le plus atteints pouvaient toujours se consoler en s'apitoyant sur d'autres blessures, dont ils étaient indemnes et qu'ils n'auraient pas supporté de subir. Ainsi le paraplégique à l'esprit intact plaignait le traumatisé du crâne avec sa parole confuse et ses pertes de mémoire, et celui que sa colonne vertébrale brisée empêchait seulement de marcher était plein de commisération pour l'opéré des épaules qu'on devait nourrir à la cuiller.

Laure, dans ce pandémonium, était une des moins touchées. Les blessures qui affectaient ses jambes devaient, d'après les médecins, guérir complètement un jour. Elle s'occupait de sa coiffure, se maquillait et s'efforçait d'être élégante quand elle descendait prendre ses repas. Tout le monde d'ailleurs, dans la mesure de ses moyens physiques, faisait des efforts car c'était une politesse à l'égard des autres que de se montrer à eux sous son jour le plus favorable.

Des affinités se créaient parmi les pensionnaires. Tous se connaissaient mais certains avaient plus de plaisir à se retrouver et, quand ils le pouvaient, ils se rendaient visite dans les chambres.

Laure attira la sympathie de deux filles qui effectuaient un bref séjour au centre pour des déchirures des ligaments des genoux à la suite d'accidents de ski sans autre gravité. C'étaient des étudiantes, l'une en droit, l'autre en commerce. Quand elles avaient appris le métier de Laure, elles étaient venues lui demander des conseils. Elles la considéraient avec la propension qu'ont les jeunes gens à chercher des gourous parmi leurs aînés. Laure se rendait compte que le temps avait filé ces dernières années. Elle se voyait encore à l'âge de ces gamines, avec leurs enthousiasmes, leurs audaces et leur timidité. Désormais, elle était l'adulte, la conseillère, l'oracle. Loin de lui faire plaisir, ce rôle la gênait et elle tâchait de limiter les visites des deux étudiantes.

Elle-même était plus attirée par un garçon silencieux qui avait retenu son attention dès leur première rencontre. Il était étendu à plat dos sur une civière à roulettes qu'il maniait avec dextérité. Il faisait tourner les roues de ses bras puissants et parvenait à prendre seul l'ascenseur dans cet équipage. Il avait de lourds cheveux blonds bouclés qui se répandaient autour de sa tête et reposaient sur la toile rouge de la civière. Dans son visage affaissé par l'horizontalité à laquelle il était contraint, brillaient deux yeux bleus très mobiles.

Laure lia conversation avec lui pendant le dîner, deux jours après son arrivée. Il s'appelait Camille. Il put seulement lui raconter ce soir-là qu'il s'était fracturé la colonne vertébrale en faisant une chute en montagne. Le lendemain, il manœuvra son brancard jusqu'à l'étage de Laure, frappa à sa porte et lui rendit une longue visite.

Ils devaient se revoir chaque jour par la suite. Ils échangeaient des livres, riaient des potins du centre, commentaient l'actualité. Une étrange complicité était née entre eux. Laure s'étonnait d'une telle relation. En y pensant, elle se dit qu'elle avait toujours fréquenté des gens non seulement valides mais au maximum de leurs capacités tant physiques qu'intellectuelles. Dans le monde de combat de la finance où elle avait vécu, les cassés, les souffrants, les diminués constituaient une sorte de déchet. On les disqualifiait dès le départ. Parmi les bien-portants, la communication était directe, efficace et, à sa manière, violente. Les handicapés au contraire, parce qu'ils pouvaient mesurer la douleur que les gestes et les mots risquaient de déclencher dans un corps vulnérable, s'approchaient avec douceur, sans aller droit au but, en caressant l'autre verbalement jusqu'à pouvoir éprouver sa tolérance et mesurer sa sensibilité.

Laure mit ainsi du temps à reconstituer entièrement l'histoire de Camille. Il la lui révéla par morceaux, ne livrant pas tout de suite le tableau d'ensemble.

Il s'agissait, comme elle l'avait pressenti, d'un destin tragique de montagnard. Camille était né à Marseille et avait d'abord commencé l'escalade sur les rochers des calanques avec son père. Il était doué. À treize ans, d'autres le sont aussi mais ils grandissent et abandonnent. Il avait aimé, lui, que ce sport le contraigne à rester léger, gracile, à garder la souplesse et l'agilité de l'enfance. L'escalade, pour Camille, c'était le désir d'une jeunesse sans fin.

En le regardant sur son brancard, il était malaisé d'évaluer sa corpulence. Mais, à mesure qu'il se confiait à Laure, elle observait ce corps brisé et elle était frappée par sa sécheresse, sa vigueur musculeuse et adolescente. Quoiqu'il dût approcher de la quarantaine, Camille demeurait un enfant.

À la fin de sa courte scolarité, Camille avait passé les brevets de moniteur d'escalade. Il en avait fait son métier : il encadrait des groupes en falaise, emmenait des scolaires en sortie de découverte. Pendant plusieurs années, il s'était basé à La Palud-sur-Verdon, village considéré comme la Mecque de l'escalade libre, fief du mythique Patrick Edlinger. Ensuite, il avait trouvé un emploi d'animateur municipal à La Seyne-sur-Mer. Il s'était fiancé avec une institutrice et ils avaient un enfant de cinq ans.

L'accident, évidemment, était bête. Personne ne dit jamais autre chose et, parmi les blessés du centre, Laure avait remarqué une habitude générale : ne jamais insulter les circonstances qui avaient provoqué le drame, et, en revanche, s'accabler soi-même en s'accusant de toutes les négligences. Ainsi le moment de l'accident, passé et repassé mille fois dans l'esprit, devient familier, transparent, évitable, et la victime reprend une relative confiance en se disant qu'elle sera à l'avenir parfaitement capable de s'en protéger.

Camille ne faisait pas exception. En racontant sa chute, il insistait sur l'heure tardive, la longue journée d'escalade avec un ami dans une voie difficile des Dolomites, la série des rappels sans problème et, finalement, la fatigue, l'ultime lancer des cordes. L'accident était classique : pas de nœud en bout de corde, la confiance excessive, la mauvaise appréciation des distances et soudain la corde qui file dans le système d'assurage, la chute en plein vide et l'impact très violent 25 mètres plus bas sur une petite terrasse absurdement couverte de minuscules fleurs roses. C'était l'image de ces fleurs qui avait frappé Camille quand il avait ouvert les yeux, avant que la douleur ne le submerge.

Depuis huit mois, il vivait cette existence de larve,

selon ses propres termes, opéré plusieurs fois mais toujours pas stabilisé, rêvant comme il est impossible de rêver, pleurant la dimension verticale perdue, qui avait tant compté pour lui.

Il ne pouvait raconter cela d'un seul tenant sauf à être submergé par l'émotion. Laure lui en était reconnaissante car elle n'aurait pas été capable non plus d'écouter ce récit en entier sans fondre en larmes.

Camille intercalait toujours ces confidences avec des choses plus légères et, surtout, en posant à son tour des questions. Laure lui avait avoué qu'elle aimait l'alpinisme et qu'elle grimpait aussi, quoique à un niveau bien plus modeste.

— Tu grimpes ? Génial ! Avec qui ?

Sans réfléchir, Laure avait répondu :

— Rémy, un guide d'ici.

Elle fut surprise par cette réponse. Pas un instant elle n'avait hésité. L'idée de dire « Mathieu » ne lui avait même pas traversé l'esprit. Il y avait pourtant des mois qu'elle ne voyait plus Rémy et qu'elle croyait ne pas penser à lui.

— Rémy comment ?

Quand elle donna son nom, Camille écarquilla son œil bleu.

— Pas possible ! Tu le connais ?

— Toi aussi ?

— On a fait des compètes d'escalade ensemble. Il était très fort. Il a décidé de suivre son frère par ici et je l'ai perdu de vue.

— C'est lui qui m'a initiée à la grimpe. Avant, je faisais seulement du ski de piste de temps en temps.

Camille s'était emparé de cette révélation sans en

demander davantage. Mais il avait mille questions en tête et il les égrena avec tact les jours suivants.

Laure le voyait tourner autour du pot mais elle comprenait où il voulait en venir. Un jour, il se lança.

— Vous êtes ensemble, Rémy et toi ? osa-t-il.

Laure avait eu le temps de préparer sa réponse. Avec Camille, la pudeur était de mise mais elle ne devait pas compromettre la sincérité. Leur amitié, à laquelle elle tenait beaucoup, était à ce prix. Elle décida de tout lui raconter. Sa rencontre avec Rémy, leur liaison, sa venue à Paris. Sans donner de détails quant au motif de leur séparation, elle indiqua qu'il était reparti et qu'elle ne l'avait plus revu.

— Mais tu en as envie ! s'exclama Camille. Bien sûr, tu en as envie. Appelle-le. Il est là, tout près. C'est trop dommage.

Elle secouait la tête.

— Je ne peux pas. Non, c'est terminé. Il y a longtemps maintenant.

— Justement. Soit le temps vous a séparés et il n'y a rien à craindre. Soit… ça repart !

— Tais-toi Camille. Ne plaisante pas avec ça.

Ils étaient là, côte à côte, dans cette chambre de malade, l'un sur un brancard et l'autre dans son fauteuil, recrus de souffrances, lui convaincu de ne jamais remarcher quoi qu'il en dise et elle doutant encore d'y parvenir un jour. Pourtant l'amour, malgré ces fenêtres closes et ces portes murées, entrait et les faisait rêver, espérer, frissonner…

Camille comprit qu'il ne devait pas tenter de la raisonner. Au plus profond d'elle, le désir et la crainte luttaient en un combat incertain. Camille sentit que Laure ne prononcerait jamais les paroles décisives qui la rapprocheraient de Rémy.

Il se dit qu'il devait prendre l'initiative à sa place.

Il était très adroit avec son portable qu'il tenait à la verticale au-dessus de sa tête et sur lequel il pianotait à toute vitesse. En quelques coups de fil, il localisa Rémy et laissa un message sur sa boîte vocale. Il prit sur lui de ne pas lui révéler la vérité. Il ne lui parla pas de Laure et se contenta de dire qu'il serait heureux de le revoir un jour au centre, qu'il avait un service à lui demander.

Le reste de la journée et le lendemain, Camille attendit en vain que Rémy le rappelle. Il ne perdit pas espoir et mit ce silence sur le compte de problèmes pratiques. Rémy devait être en montagne, quelque part où le réseau ne passait pas. Mais Camille était sûr que, tôt ou tard, il se manifesterait. Deux jours après, la réceptionniste lui annonça une visite.

*

Rémy arriva vers quatorze heures. C'était le moment où les patients, épuisés par les exercices de rééducation du matin, prenaient du repos dans leur chambre.

Deux infirmières, un peu plus tôt, avaient déposé Camille sur son lit. Quand Rémy entra et qu'il aperçut le malade couché, il eut le réflexe de ressortir. Camille, heureusement, l'avait vu.

— Reste ! Je t'attendais.

Rémy ignorait tout de l'état de son ancien camarade. Il lui demanda s'il voulait qu'il l'aide à se redresser.

— J'aimerais bien, soupira Camille en souriant. Mais je crains que ce ne soit pas pour tout de suite.

Il expliqua en quelques mots sa situation et la cause de son traumatisme. Rémy se sentait extrêmement gêné. Il y avait plusieurs raisons à cela. D'abord, une souffrance par trop visible, et la posture torturante de Camille en était une, a le pouvoir, comme une démangeaison, de se transmettre à l'observateur qui se projette immédiatement dans cette situation. De surcroît, pour Rémy, l'accident de Camille était le type même du drame classique en escalade et tout alpiniste garde sans cesse cette éventualité à l'esprit. C'est à cela que l'on pense quand, dans des situations critiques de mauvais temps ou de fatigue, on lance la corde de rappel, lorsqu'on s'y attache, lorsqu'on se met en tension dans le vide et qu'on laisse à la gravité le soin de vous entraîner. Enfin, dans le cas précis, s'ajoutait pour Rémy la honte de tenir en main le cadeau qu'il avait apporté : le nouveau topoguide des grandes voies d'alpinisme du massif du Mont-Blanc qu'il venait de publier avec son frère. La cruauté involontaire de ce présent lui donnait envie de s'excuser platement et de s'enfuir.

— Qu'est-ce que tu m'apportes, fais voir ? l'interpella Camille qui avait repéré le petit paquet dans les mains du visiteur.

Au comble de la honte, Rémy le lui remit.

— Je ne savais pas, tu comprends…

Camille avait déchiré le papier et tournait les pages.

— Oh, merci. Tu ne peux pas imaginer comme tu me fais plaisir. C'est toi qui as écrit ça, alors ?

— Plutôt Julien, mon frère. J'ai un peu aidé.

— Ça a l'air vraiment bien fait. Et les photos sont sublimes. C'est toi qui les as prises ?

— La plupart.

Pour qui est indemne, il est difficile de prévoir l'usage que l'handicapé fera du rêve. La tendance est de croire qu'il est source de regret et de souffrance. C'est sans compter sur la vie imaginaire qui se développe au-dedans du corps meurtri et lui fait rechercher avec avidité toutes les nourritures susceptibles de mettre en branle les souvenirs, les émotions et l'espoir.

Camille posa le livre en le tendant à bout de bras vers la table de nuit. Puis il bombarda Rémy de questions sur sa vie.

— Toujours à la Compagnie ?

— Toujours mais je travaille de plus en plus en indépendant.

— Et tu continues à faire des ouvertures ?

— C'est Julien qui m'entraîne. Tu le connais. Il aime les trucs nouveaux, les défis. Je m'y suis pas mal remis depuis deux ans.

— Depuis deux ans ?

— Oui.

Camille sourit. Rémy ne donna pas d'explications.

— Marié, une famille ?

— J'ai quelqu'un mais on est chacun chez soi. Et je ne me suis pas décidé encore, pour les enfants… Toi ?

— Ma fille a cinq ans. Elle vit à Marseille avec sa mère. Mais depuis que ça m'est arrivé, je ne sais pas trop où on en est…

Ils n'en dirent pas plus sur ces sujets et Camille ramena

la conversation vers les vieux amis du temps des compétitions, les nouvelles du milieu. Rémy parla d'un film documentaire auquel il avait participé. Puis il y eut un silence. Rémy regarda sa montre.

— Faut que tu te reposes, j'imagine…

— Je ne fais que ça. Attends un peu. D'abord, je tiens à te parler de quelque chose.

Rémy tressaillit. L'œil de Camille s'était fait plus fixe et son appréhension était perceptible dans sa voix.

— De quelqu'un, plutôt.

— Oui. Qui ?

— Une femme qui veut te voir.

Dans le visage de Rémy, une grimace se forma instinctivement.

— Tu sais, commença-t-il, à une période… je me suis pas mal dévergondé. La vie des moniteurs de ski… tu dois savoir de quoi je parle. Maintenant, c'est bien loin tout ça et je ne veux plus retomber là-dedans, ni revoir toutes ces femmes-là.

Camille leva le bras et fit un signe pour l'arrêter.

— La femme dont il s'agit, à ce que je sais, n'a pas été une simple aventure de vacances.

— Méfie-toi. Il y en a qui prétendent…

Mais, en disant ces mots, Rémy blêmit. Un éclat, dans le regard de Camille, l'avait mis sur la voie.

— Pourquoi est-elle ici, cette personne ? demanda-t-il avec une gravité revenue.

— Elle te l'expliquera elle-même.

Ils se fixèrent les yeux dans les yeux un long instant.

— Je ne suis pas bien lourd, ironisa Camille, porte-moi sur mon brancard.

Rémy se leva, vigoureux, solide, honteux de santé. Il glissa ses bras sous le corps douloureux de son ami qui cacha mal une grimace de souffrance. Puis il le déposa sur l'étrange véhicule auquel il devait encore le mouvement.

— Suis-moi, dit Camille, fier de passer devant, en saisissant dans ses mains puissantes les roues de sa civière.

VII

Rien ne se passa comme Camille l'avait imaginé. Et si ça n'avait pas été lui qui avait suscité cette rencontre, il est probable que les protagonistes s'y seraient refusés.

Car à peine eut-il aperçu Laure à travers la petite lucarne vitrée qui perçait la porte de sa chambre que Rémy se figea. Son premier réflexe fut la fuite. Mais il était trop tard pour se dérober. Selon une technique bien à lui, Camille avait déjà poussé la porte avec le bout de son brancard. Laure qui auparavant lisait, le visage vers la fenêtre, se retourna et vit Rémy dans l'ombre du couloir.

— Une surprise pour toi, claironna Camille.

Puis il colla sa civière contre le mur pour laisser à Rémy la place de passer. Celui-ci se faufila entre le pied du lit et Camille, puis avança jusqu'à Laure. À contre-jour, il n'avait pas remarqué le fauteuil roulant et s'attendait à ce qu'elle se lève. Quand il comprit que c'était impossible, il était déjà devant elle. Il la dominait de toute sa hauteur, trop près, indiscret car, à cette distance et par surprise, il ne lui laissait aucun moyen de cacher ses blessures ni de prendre une contenance digne.

Avant qu'ils n'entrent, Laure avait retiré la couverture qui couvrait ses jambes et elle les avait placées dans la lumière du soleil. C'était une manière de les réchauffer, de leur redonner vie et aussi, croyait-elle, d'aider les cicatrices à s'atténuer. Elle se sentit horriblement gênée de découvrir ces membres déformés et aux muscles encore atrophiés à la vue de Rémy. Elle chercha maladroitement la couverture tombée à ses pieds et, quand elle l'eut saisie, elle s'en enveloppa en rougissant.

— Je ne savais pas que tu étais ici, dit-il d'une voix mal assurée.

Elle acheva de dissimuler ses jambes et cala la couverture autour de sa taille.

— Eh bien, j'y suis, répondit-elle, sans avoir l'esprit de trouver autre chose.

— Depuis deux mois, déjà, intervint Camille derrière eux.

— Que t'est-il arrivé ?

Laure fit le récit de son accident en y mettant force détails. C'était un moyen de gagner du temps. Le sujet était neutre et fournissait un terrain de conversation sans risque. Rémy le comprit, qui posa des questions sur les opérations, la rééducation, d'éventuelles séquelles. Pendant qu'ils avaient ainsi l'un et l'autre l'esprit occupé par des considérations pratiques et sans affects, ils s'observaient.

Laure nota les transformations de Rémy : ses cheveux coupés très court, son visage glabre, le hâle de sa peau de nouveau entretenu par une vie au grand air. Elle le trouva plus beau encore que dans son souvenir et cette évidence lui mordit le cœur.

Par contraste, elle se sentait en désordre et affreuse. Ses cheveux étaient en bataille, ils gardaient à l'arrière le pli que leur donnaient les oreillers. Elle n'avait entretenu ni ses sourcils ni ses ongles et savait, pour les voir dans le miroir de la salle de bains chaque matin, que ses lèvres étaient pâles. Et puis il y avait ces jambes fracassées que Rémy avait aperçues dans toute leur hideur.

— Prends une chaise, s'empressa-t-elle. Il ne faut pas rester debout.

C'était évidemment une antiphrase car elle aussi bien que Camille n'auraient rien désiré de mieux que d'y parvenir.

— Merci, s'excusa Rémy. Je ne peux pas m'attarder aujourd'hui. Je reviendrai.

Aucune de ces propositions n'était vraie et pourtant ces mots arrangeaient tout le monde. Camille avait compris que son initiative était intempestive et Laure n'attendait que le moment où s'achèverait ce supplice.

Cependant, il fallait que la visite dure encore un peu pour que sa fin ne ressemble pas à une fuite. Rémy posa quelques questions sur la suite des événements.

— Combien de temps vas-tu rester encore ?

— Je ne sais pas. Ça dépend des kinés. J'ai encore des progrès à faire.

Deux ou trois répliques sur le même thème et un silence gêné s'installa. Rémy regarda par la fenêtre. Le soleil avait dépassé la ligne du balcon et n'entrait plus directement dans la chambre. Du coup, le paysage reprenait son contraste et ses couleurs. Le ciel était tourmenté au-dessus du Mont-Blanc. Des fuseaux de nuages coiffaient les sommets comme si des coups de rasoir avaient lacéré la fine toile bleue du ciel et laissé déborder la ouate de coton blanc sur laquelle elle était tendue.

— Il y a une belle vue d'ici, remarqua Rémy. Je n'étais jamais venu.

— Tant mieux pour toi ! dit Laure pensivement. On y vient toujours assez vite...

C'était une réflexion sans arrière-pensée. Mais les mots des malades ont toujours malgré eux une tonalité gênante pour les bien-portants, comme si les épreuves donnaient à ceux qui les traversent une longueur d'avance sur le malheur et sur la mort. Rémy prit les paroles de Laure pour un mauvais sort. Il crut qu'elle lui prédisait pour bientôt un drame comparable au sien. Les guides sont naturellement superstitieux. À cela s'ajoutait la gêne d'être là, piégé par Camille. Rémy baissa les yeux pour cacher sa mauvaise humeur. Puis il chercha quelque chose à dire pour conclure.

— Tu es sûrement pressée de retrouver ton boulot. Paris doit te manquer.

Y avait-il de l'ironie dans ces propos ? Laure se le demanda. Étaient-ils inspirés par le ressentiment, l'humiliation subie là-bas quand elle l'avait mis à la porte ?

— Pas du tout, répondit-elle en fixant Rémy. D'ailleurs, je ne suis pas sûre d'y retourner. Qui sait ? Je vais peut-être rester ici.

C'était une plaisanterie, un moyen de se montrer complice. Mais elle n'eut pas le temps de sourire car aussitôt Rémy cracha une réponse pleine d'amertume.

— Toi ? Ici ?

Ces mots étaient accompagnés de ce que Laure interpréta comme un rictus de mépris. Elle se sentit cinglée par l'insulte et détourna la tête.

Rémy était trop mal à son aise pour chercher à tempérer l'offense. Il répéta en se troublant qu'il avait un rendez-vous et qu'il devait partir.

Il y eut une dernière difficulté. Que faire pour dire adieu ? La poignée de main aurait été ridicule. Un simple salut de la tête, grossier. Rémy se pencha et effleura les joues de Laure en un baiser hâtif et froid. Puis il se glissa jusqu'à la porte de la chambre, et prit une des mains de Camille dans les siennes.

— Courage, mon vieux. Ne me raccompagne pas. Je connais le chemin.

Mais Camille insista pour le conduire jusqu'à l'ascenseur. Il avait trop honte pour se retrouver seul avec Laure.

*

Elle ne pleura pas le jour même. Elle préféra allumer en elle le contre-feu d'une colère qui ravagea tout.

Elle en voulut d'abord à Camille, à qui elle interdit l'entrée de sa chambre et qu'elle accabla de reproches amers.

Elle s'en voulut à elle-même pour ce qu'elle avait dit et plus encore pour ce qu'elle n'avait pas été capable de dire. Quand elle revoyait la scène, elle se mordait la lèvre jusqu'au sang. Sans donner d'explication, elle fit au milieu de la nuit une véritable crise de nerfs. Les infirmières appelèrent le médecin de garde qui lui injecta un calmant.

Les jours suivants, elle resta au lit, prostrée, refusant de manger. Les kinés n'obtenaient plus rien d'elle. L'équipe médicale se réunit pour envisager son cas. Il n'est pas rare qu'en cours de rééducation certains patients s'effondrent et régressent. Ce genre de réaction n'est pas à proprement parler anormal. Les médecins demeuraient confiants.

Ils avaient raison de l'être, quoiqu'ils fussent dans une complète ignorance des voies de la guérison. Car celle-ci vint par étapes, comme les différents rounds d'un combat qui se déroulait tout entier dans l'esprit de Laure.

Elle cessa peu à peu de s'en vouloir et se mit plutôt à penser à Rémy. Sur le moment, elle avait été frappée par sa transformation physique. Mais si ces changements l'avaient à ce point surprise, c'était que, pour l'essentiel, il était resté le même. Malgré les mois écoulés, elle avait eu le sentiment de l'avoir quitté la veille. Elle avait tout reconnu : sa silhouette, ses yeux, la manière bien à lui qu'il avait de se montrer fâché, son odeur quand il s'était penché vers elle.

Cette reconnaissance immédiate n'était pas le fruit de la mémoire. Elle n'avait pas eu à chercher, à hésiter, pour retrouver ces traits familiers. La raison en était simple : ils n'appartenaient pas au passé mais au présent. En un mot, ils ne l'avaient jamais quittée. Elle vivait avec eux comme on se repose sur les objets quotidiennement présents, qui peuplent notre maison.

Une des cruautés de l'amour, une de ses forces aussi, est de pouvoir subsister hors du temps, sans soin ni aliment. C'est une plante d'une résistance inouïe mais qui peut aussi bien mourir en un instant. Dans son cas, Laure l'avait conservé intact. Ni la solitude ni le compagnonnage vécu avec Mathieu n'avaient ôté quoi que ce fût à l'amour qu'elle continuait de porter à Rémy. Elle en était d'autant plus étonnée qu'elle n'avait pas mesuré la force de ce sentiment à l'époque où ils étaient ensemble. Quand ils s'étaient connus en montagne, elle ne dissociait pas l'amour du tourbillon de leurs aventures exaltantes. Et quand Rémy l'avait rejointe à Paris, une forme d'inquiétude l'avait empêchée d'analyser ses réactions et de se livrer sans arrière-pensée à la passion.

Là, dans cette chambre d'hôpital, elle cassée, lui hostile, dans l'atmosphère empoisonnée d'une rencontre mal préparée, elle s'était cognée à l'évidence de cet amour. Et elle avait été empêchée de l'atteindre par une paroi de verre.

En somme, elle avait découvert son amour en même temps que son impossibilité.

Toute l'attitude de Rémy, et jusqu'à cette ultime remarque désobligeante qui la renvoyait vers Paris et son travail, avait eu pour effet et sans doute pour but de ne lui laisser aucun espoir.

C'était un juste retour des choses. Car, comme une mortification, elle revoyait tous les coups qu'elle-même avait portés à cet amour et surtout la scène finale par laquelle elle avait chassé Rémy. D'ordinaire, quand elle y pensait, elle revoyait aussi les actes de Rémy, sa descente aux enfers pathétique, ses fréquentations minables, ses projets calamiteux. Et ce triste bilan venait atténuer sa propre responsabilité.

Cette fois, au contraire, elle considérait l'attitude de

Rémy à Paris sous un jour nouveau qui suscitait sa compassion. Comment pouvait-il survivre dans cette ville sans posséder aucun bagage, aucune arme ? S'il avait décidé d'accepter le premier emploi venu, c'était par fierté, pour ne pas dépendre d'elle, par amour en somme. Et s'il avait eu la faiblesse de croire qu'une Providence inattendue lui fournirait une occasion de s'enrichir, c'était probablement parce qu'il avait autant envie qu'elle de se trouver à égalité et de ne plus rencontrer d'obstacle sur la voie de l'amour.

Non seulement elle ne l'avait pas compris mais elle l'avait ignominieusement chassé, rejetant toute circonstance atténuante et prononçant contre lui un jugement cruel.

L'évidence de cet échec, l'accablement qu'il provoquait en elle, la fin d'une attente qui durait, sans qu'elle en eût conscience, depuis leur séparation, plongèrent Laure dans un état d'apathie et de prostration qui dura toute une semaine.

Pour ne rien arranger, il pleuvait. Au lieu des giboulées de saison, avec leurs trouées claires et leurs lointains purs, la vallée dut subir la présence d'une couche de nuages immobile, épaisse, qui barbouillait le paysage de mauve. Les glaciers apparaissaient à peine derrière des hachures de pluie. Les oiseaux eux-mêmes se taisaient, cachés dans les mélèzes vert cru du parc, qui dégouttaient d'eau.

Les médecins essayèrent divers traitements et crurent à leur efficacité quand tout changea. Les drogues n'y étaient cependant pour rien. Dans l'esprit de Laure, un rouage, en avançant d'un coup, mit en branle toute la mécanique ; les mêmes pensées, subitement, conduisirent à des conclusions opposées.

Le basculement eut lieu d'abord dans le ciel. Il y avait eu de l'orage l'après-midi. Le tonnerre avait rebondi sur les flancs de la vallée, s'amusant à prendre la grosse voix qui, jadis, faisait croire à la colère de Jupiter. Puis un rai de soleil était entré comme un long doigt pointé vers le mur de la chambre, là même où Rémy s'était tenu.

Laure ouvrit les yeux.

Les jours suivants, ses réflexions prirent un cours inattendu et positif. Une route nouvelle se dessinait devant elle. Elle décida de la suivre. Cette route tendait vers un but qu'elle discernait clairement, sans parvenir à le définir d'un mot. Il s'agissait de châtiment, de rachat, de vengeance mais aucun de ces termes ne rendait compte à lui seul du mélange de culpabilité et de libération que contenait ce projet. Quoi qu'il en fût, il lui fallait d'abord se relever. Ce n'était plus une question de confort, de santé ni de survie. Ce serait la première étape de ce que, faute de mieux, elle décida d'appeler sa revanche.

Elle retourna en salle de rééducation dès le lendemain. Rien ne la rebuta. Ni les appareils douloureux, ni les exercices répétitifs, ni les progrès lents. Elle rattrapa le terrain perdu pendant ces jours d'abattement.

La force lui revenait peu à peu. Son équilibre restait précaire mais s'améliorait. Les raideurs s'atténuaient degré par degré.

À la fin de l'été, elle marcha seule.

Le 1er septembre, elle quittait le centre.

VIII

Nul n'avait jamais su exactement dans la vallée ce que Rémy était allé faire à Paris mais tout le monde avait remarqué qu'il en était revenu changé.

Comme ce changement était pour le mieux, personne ne supposait que l'origine de cette transformation pouvait être un événement tragique. D'ailleurs, ce n'en était pas un. Le mal d'amour est une péripétie de la vie, c'est du moins ainsi que Rémy lui-même avait fini par qualifier sa mésaventure parisienne. Avec le recul, il considéra ce séjour comme une sorte d'épreuve initiatique qui lui avait fait du bien. L'image de Laure s'effaçait et devenait presque invisible derrière les fumées de cet incendie.

En somme, Rémy avait l'impression d'avoir été victime d'un accident mais d'en être sorti indemne.

Pour marquer son entrée dans sa nouvelle vie, il changea de coiffure, cultiva une apparence plus stricte, élimina les vêtements voyants, les casques futuristes et les lunettes de soleil dernier cri au profit d'équipements simples, fonctionnels, d'une élégance discrète.

Il devint très assidu au bureau des guides, honorant

tous ses engagements, été comme hiver. Sa nouvelle gravité décourageait les familiarités. Il était respecté plus qu'il n'était aimé par ses clients. Et les femmes en mal d'aventure n'avaient guère envie de s'adresser à lui, tant son sérieux décourageait par avance les jeux de la séduction.

Il allait en montagne avec plaisir, quel que fût le temps ou la difficulté des courses. Ce plaisir ne venait plus de ses sensations. Il ne dépendait ni de la bonne ou mauvaise compagnie dans laquelle il était, ni des beautés du paysage, ni de la qualité du rocher. C'était un plaisir plus subtil et plus intérieur. Il provenait d'un sentiment nouveau : celui d'être à sa place. En allant au Népal avec son frère l'année qui avait suivi son retour de Paris, il avait lu des livres sur les sociétés de caste. Il avait été fasciné par cette idée, profondément étrangère aux pays démocratiques, selon laquelle, dans ces mondes inégalitaires, chacun pouvait trouver une forme de bonheur et d'apaisement en occupant la place qui devait être la sienne. Il se sentait ainsi. La montagne était le milieu où il était destiné à vivre. La question du pourquoi l'avait quitté. Elle suppose en effet qu'une condition différente soit possible. Or la sienne était exclusive de toutes les autres. Il était guide, c'était tout. De ses errances de jeunesse, il avait gardé une spécialisation vers l'escalade rocheuse. Mais il la pratiquait désormais en haute montagne et cultivait, quoique à un moindre niveau, les autres disciplines de la glace et de la neige.

Il avait saisi l'absurdité de sa quête de la montagne plaisir, un idéal hédoniste qui prétendait se délivrer du danger et de la mort, et qu'il jugeait maintenant ridicule.

Son grand modèle de naguère, Patrick Edlinger, avait terminé sa vie à cinquante ans, alcoolique et dépressif, en tombant dans son escalier. Le tragique avait rattrapé ceux qui avaient cru pouvoir être des anges. Ainsi Marco Siffredi, le surfeur blond, d'une grâce surhumaine, avait fini ses jours dans un couloir glacé de l'Everest...

Il n'y avait pas de montagne plaisir mais seulement la montagne qui réservait, à sa discrétion, le plaisir et la douleur, le merveilleux et le drame, l'effort et le repos, la conscience et l'oubli. Rémy se voyait comme le serviteur de cette divinité aux multiples visages à laquelle la vie l'avait destiné.

Pour autant, il restait un rêveur et, quand il n'était pas en montagne, il continuait de passer ses soirées à laisser vagabonder son esprit, en regardant les programmes que la télévision lui proposait. Cependant, il fit aussi davantage d'efforts pour lire et rattrapa son retard sur les classiques...

Il avait rencontré Cécile à son retour du Népal. Elle était une amie de son frère, et travaillait comme institutrice à Sallanches. Elle ne skiait pas, avait peur du vide et leur relation s'était développée comme une plante de demi-ombre. Ils gardaient chacun leur appartement. Cécile ne montait jamais chez Rémy car elle se désolait du désordre qui y régnait. Il refusait qu'elle exercât sur cette forêt vierge ses talents de ménagère. De temps en temps, il passait la nuit chez elle, dans l'appartement qu'elle occupait au rez-de-chaussée d'un immeuble à la sortie de la ville.

Quand Rémy avait reçu l'appel de Camille, il avait eu le pressentiment que quelque chose d'important allait arriver dans sa vie. Autrefois, il s'en serait réjoui. Désormais, cela lui faisait peur. Il avait vaguement conscience que son bonheur était une construction fragile. Vu de l'extérieur il semblait reposer sur des bases solides mais il était moins fondé sur des choix que sur des renoncements. Rémy acceptait le risque et l'imprévu dans son métier car ils sont inséparables de l'alpinisme, mais, dans sa vie privée, il se protégeait contre les courants d'air de l'existence, les tentations, la nouveauté. C'était dans cette direction, c'est-à-dire vers l'avenir qu'il voyait le danger. Il ne l'attendait pas du côté où, pourtant, il allait surgir.

En découvrant Laure dans sa chambre d'hôpital, il avait compris d'un coup que la plus grande nouveauté sort souvent du passé. Les souterrains de la mémoire contiennent des souvenirs qui, comme des acides, deviennent d'autant plus dangereux qu'on a voulu les enfouir profondément.

Pendant sa visite auprès de Laure, il avait ressenti un malaise dont il aurait été incapable de décrire la nature. C'est petit à petit, les jours et les semaines suivants, qu'en revivant cette scène il avait démêlé ses sentiments et saisi ce qui s'était passé pendant cette brève visite à Vouilloz.

Rémy avait d'abord été frappé par le caractère atroce du lieu et de la scène. Ce brancard, ce fauteuil roulant, ces jambes marquées de cicatrices livides, cette architecture de sanatorium destinée à combattre la mort douce par l'effort violent d'un soleil presque douloureux, tout lui avait paru insupportable et funèbre.

Curieusement, il ne s'était pas senti gêné d'être plein

de vigueur au milieu de ces souffrances. De cela personne ne pouvait lui faire le reproche. Ce dont il avait pris conscience d'un coup et ce qu'il ne pouvait se pardonner, c'était la tristesse de sa vie.

Jamais cette évidence ne s'était imposée avec tant de force que dans cette chambre sinistre. Ces dernières années il avait changé, mais tout dans ce changement, il s'en rendait compte soudain, était allé contre la vie. Il avait *accepté* son sort, son métier, sa solitude, la montagne. Mais il n'avait plus rien *désiré.* Dans le regard de Laure, il avait découvert un miroir et ce miroir, qui gardait la trace encore visible d'une époque d'enthousiasme, de folie, d'incertitude et d'amour, lui avait renvoyé une image insupportable de lui-même : celui d'un être dans sa plénitude physique mais éteint.

Étrange et douloureux paradoxe : c'était elle, tout éprouvée qu'elle fût, qui représentait encore aux yeux de Rémy la force et la vie. Il l'avait trouvée aussi belle et désirable que par le passé et, face à l'épreuve de l'accident, elle révélait au grand jour sa force de caractère. Hélas, une pensée douloureuse interdisait à Rémy de se réjouir de cette rencontre. En effet, seule la faiblesse momentanée de Laure les avait rapprochés. Elle n'était pas venue vers lui. Elle n'avait probablement même pas cherché à le voir. D'ailleurs, son apparition lui avait causé de la surprise et elle s'était sentie gênée. Tout avait été certainement manigancé par Camille. Après le court temps de sa rééducation, Laure, sitôt guérie, reprendrait son envol.

Par une étrange contradiction, plus Rémy s'était senti proche d'elle, plus la perspective inéluctable de cette perte lui était devenue insupportable. Ce tourment avait pris la forme d'une gaucherie et même d'une réaction de mauvaise humeur qui l'avait blessée. Quand Laure avait laissé entendre qu'elle resterait peut-être dans la vallée, Rémy avait reçu ces mots comme une provocation. Il lui avait semblé qu'elle avait prononcé ces paroles avec ironie, révélant combien cette hypothèse était absurde et les attentes de Rémy ridicules. Cette humiliation avait redoublé, avec d'autres mots, la scène par laquelle, chez elle à Suresnes, elle l'avait congédié comme un valet, rayé de sa vie sans état d'âme. Aussi, sans réfléchir, instinctivement, avait-il répondu avec l'expression d'un mépris qui n'avait d'autre fonction que de cacher sa honte.

Plutôt que d'analyser les raisons de ce nouvel échec avec Laure, Rémy préféra s'en prendre intérieurement à Camille qui avait organisé cette rencontre de façon maladroite et indiscrète. Il était sorti du bâtiment furieux contre le pauvre infirme et avait ruminé sa colère tout au long de la route qui descendait en lacets jusqu'à la vallée.

Accuser Camille, c'était oublier Laure. Et en effet, il n'y avait rien d'autre à faire. Oublier Laure. Quand il y repensait, certains matins, en se rendant au bureau des guides, Rémy s'assombrissait, sentait son humeur devenir noire puis il haussait les épaules, chassait ces souvenirs, mettait la musique à fond dans la voiture. Quand il arrivait à Sallanches, il chantait tout seul.

Vraiment, pensait-il, cette affaire n'a aucune importance. Je me moque pas mal de cette fille. Il se disait cyniquement qu'il l'avait échappé belle.

Un soir cependant, trois semaines environ après sa visite au centre de rééducation, il ne parvint pas tout à fait à retrouver la sérénité. Un orage lointain écrasait l'horizon de sa masse plombée, funèbre. Le mauvais temps avait annulé tous les programmes de courses et Rémy était resté seul à ruminer. Il devait dîner chez Cécile. Il arriva en retard et, pour ne pas avoir à parler, s'enferma dans la salle de bains, prit une longue douche brûlante. Cécile avait préparé un dîner compliqué, à base de curry de poulet et de patates douces. Elle donna des explications interminables sur la recette qu'elle avait trouvée sur Internet. Ensuite, elle parla des affaires de son école, du caractère mesquin de la nouvelle directrice, d'une erreur de la comptabilité à propos de ses heures supplémentaires. Rémy acquiesçait. Son esprit vagabondait.

— Tu m'écoutes ? intervint Cécile d'une voix stridente.

— Hein ? Qu'est-ce que tu dis ?

Il la fixa et se figea. Un sentiment d'étrangeté l'envahissait. Il promena son regard autour de lui, sur ces meubles trop bien cirés, ces chromos qui représentaient Rouen, d'où Cécile était originaire. Puis il revint à elle et eut l'impression de ne pas la reconnaître, de ne l'avoir jamais vue, de ne rien avoir à faire dans cette maison.

Il posa sa serviette en désordre sur la table, sans la remettre dans le rond de bois qui portait son nom. Puis il se leva et sans explication, sans même enfiler sa veste pendue dans l'entrée à une patère, il sortit, monta dans sa voiture et rentra chez lui.

*

Laure rentra d'abord à Paris pour y subir des examens de contrôle et une opération bénigne. Il fallait lui enlever une petite pièce de métal qui avait été nécessaire à sa consolidation et qui la gênait.

Elle séjourna cinq jours à l'hôpital et put rentrer chez elle avec des béquilles. En moins de deux semaines, elle parvint à s'en passer complètement.

L'appartement de Suresnes était resté inoccupé pendant les longs mois d'absence de Laure. Ses parents avaient gardé son chat et n'étaient pas pressés de le lui rendre.

L'automne commençait par de belles journées. Le vaste ciel d'Île-de-France dessinait devant les baies vitrées des tableaux romantiques. Le soleil peinait à s'élever aux heures de midi et retombait vite, accablé par le poids de l'hiver à venir. Laure voyait dans tout, les arbres qui se dégarnissaient, les feuilles qui jonchaient le sol des rues et des places, l'air qui fraîchissait, même aux heures ensoleillées, le signe du déclin et la nostalgie des beaux jours.

Quand le temps était clair, elle scrutait les lointains jusqu'à apercevoir, au pourtour de la ville, le modeste relief des collines qui entourent Paris.

Toute son énergie, Laure la mettait à reprendre des forces et à maîtriser la marche. Un kiné passait deux heures chaque matin. Le restant de la journée, elle sortait et faisait des exercices elle-même. Vint le jour où elle osa trottiner sur une allée plate du parc de Saint-Cloud.

Peu à peu, elle accrut son rayon d'action, poussa jusqu'aux berges de la Seine, grimpa la côte de Suresnes sans faire de halte, poussa jusqu'au Mont-Valérien. Elle s'était fait livrer des bâtons télescopiques pour la marche nordique. Ils lui permettaient d'avancer à vive allure et en toute sûreté, même sur des terrains accidentés.

Allait-elle reprendre son travail ? Elle en était désormais capable, mais fut surprise de voir qu'elle en avait peu envie. Il lui était presque impossible d'imaginer combien, juste après son accident, elle avait pu souffrir d'être arrachée à son milieu professionnel. Le temps écoulé lui avait donné d'innombrables occasions de réfléchir à cette dépendance. Elle était parvenue à la conclusion que son métier avait eu une fonction principale : celle de lui donner les moyens de quitter sa famille et d'être autonome. Cet objectif atteint, le travail avait accompli une sorte d'usurpation. Destiné au départ à la libérer, son emploi l'avait de nouveau enfermée. Elle l'avait accepté par lâcheté, par peur de l'incertitude et du vide, faute d'avoir développé une passion qui lui eût permis de faire un meilleur usage de son temps.

En rentrant de Vouilloz, elle n'osait pas encore s'avouer qu'elle en avait découvert une. Pourtant, elle le pensait : elle voulait vivre en montagne. En revenant à Paris, elle se sentait privée de cet élément qui lui était devenu nécessaire.

Ce n'était pas à proprement parler une passion : elle savait qu'elle voulait passer sa vie à la montagne mais sans avoir vraiment idée de ce qu'elle pourrait y faire. Elle n'avait aucune envie de vivre en oisive.

Peu importait. La question ne se posait pas encore. Pour le moment, l'alpinisme qu'elle pratiquait en amateur restait son but. Il était lointain et elle n'était pas certaine de l'atteindre de nouveau un jour. Cependant, l'objectif était là : dans le défi de pouvoir grimper de nouveau.

L'emploi de Laure avait eu ceci de positif qu'il lui avait permis d'épargner suffisamment pour envisager plusieurs années sans activité rémunératrice. Jusque-là, elle avait bien gagné sa vie. Malgré de lourdes charges (des impôts de célibataire, les emprunts pour l'appartement et la voiture...), elle avait réussi à économiser un peu d'argent. Bien sûr, si elle ne reprenait pas son travail, elle devrait faire attention à ses dépenses, adopter des manières plus frugales. Après des mois de la vie militaire de patient hospitalisé, elle ne redoutait pas d'affronter une existence modeste.

Elle se mit à faire des calculs. Son appartement avait pris de la valeur. L'emprunt qu'elle avait contracté courait pendant quatre ans mais elle pourrait le rembourser après la vente et conserver une somme importante. Elle avait encore droit à diverses indemnités et le propriétaire du camion qui l'avait percutée avait été condamné à lui verser une rente conséquente.

Elle contacta un agent immobilier, lui confia son appartement à vendre, avertit sa société qu'elle n'avait pas l'intention de reprendre son poste. Ces formalités effectuées, elle jeta des affaires de marche dans un sac à dos, emporta ses bâtons et prit le train pour Nîmes.

Elle avait réservé une location meublée dans la vieille ville, près de la Maison carrée. De là, elle reprit ses pérégrinations en se dirigeant d'abord vers la tour Magne et les collines. Puis elle élargit son rayon d'action jusqu'aux montagnes environnantes. L'hiver était doux et ensoleillé. Elle était heureuse de retrouver la lumière du Sud et un peu de chaleur. Les jours allongeaient et ses promenades aussi. Elle s'inscrivit à un club d'escalade après avoir informé le responsable de ses antécédents.

La première fois qu'elle enfila un baudrier et des chaussons, elle se sentit au bord des larmes. Les prises en résine sur le mur étaient rugueuses et salies de magnésie. Quand elle en eut saisi deux et posé la pointe de ses pieds sur des grattons, elle eut un instant d'angoisse extrême. Elle s'observa : les douleurs n'étaient pas plus fortes que dans la vie courante. Ses muscles manquaient d'entraînement et de puissance mais ils fonctionnaient normalement et ne provoquaient aucune souffrance dans ses os ou ses articulations. Elle libéra une main, la tendit au-dessus d'elle, saisit une prise plus haute. Puis ses pieds suivirent.

Elle cacha ses larmes en arrivant en haut du mur. La verticale lui était rendue.

QUATRIÈME PARTIE

I

Près de deux années s'étaient écoulées depuis que Rémy avait rendu à Laure cette visite calamiteuse au centre de rééducation. Ce qui était supposé être des retrouvailles était devenu pour lui un adieu. En rentrant de Paris, il n'avait pas eu tout à fait la certitude de l'avoir à jamais perdue. Mais depuis qu'il l'avait aperçue au plateau d'Assy, il ne subsistait aucun doute dans son esprit : ils ne se reverraient jamais plus.

Conséquence de cette conviction, il pouvait de nouveau penser à Laure sereinement. Toute relation avec elle étant définitivement coupée, il lui était possible d'évoquer leur histoire comme un moment du passé, immuable et achevé, qui ne recelait plus aucun danger.

Il n'y pensait pas toujours. Il n'y pensait même pas souvent. Mais, de temps en temps, des images lui revenaient. Par exemple, il retournait presque chaque année à la cabane d'Orny et, quand il atteignait le refuge, il avait la vision de Laure assise sur la rambarde de pierre, à côté du grand chamois en bronze. Parfois, c'était dans des circonstances insolites qu'il la retrouvait. Quand, par exemple, un couple d'Anglais riches et âgés l'avait engagé toute une semaine pour sillonner à raquettes le petit balcon autour de Chamonix, il avait imaginé Laure à ses côtés. Ensemble, ils riaient de cette situation ridicule, de son impatience d'athlète entravé, contraint de mettre lentement un pied devant l'autre, ficelé dans des raquettes inutiles car le chemin n'était presque pas couvert de neige. C'est Laure qui lui avait donné conscience pour la première fois qu'il y avait en lui une forme d'espièglerie, de bonne humeur, de manière heureuse de voir la vie.

Tant qu'il s'était défendu de penser à elle, il avait repris une gravité, un sérieux qui conféraient à l'ennui. Maintenant que tout était fini et qu'il pouvait faire fructifier l'héritage de Laure, il redevenait optimiste et gai. Il y parvenait en menant au-dedans de lui un dialogue silencieux avec celle qui était absente et qu'il ne reverrait plus.

Sa vie ne changea pas pour autant. Il continua de travailler avec ponctualité et rigueur pour la Compagnie. Il ne retourna plus jamais chez Cécile. Elle le supplia de revenir puis, devant son refus, devint menaçante et vulgaire. Colportant des ragots sur sa personne, elle révélait ce qu'il n'avait jamais voulu voir en elle mais qu'il n'était pas étonné d'y trouver.

Son frère Julien, l'hiver précédent, avait fait une chute spectaculaire en escaladant une chandelle de glace qui s'était rompue sous son poids. Il avait miraculeusement survécu mais garderait pour le restant de ses jours une jambe raide. C'en était fini de ses grands exploits. Sans lui, Rémy n'avait pas le goût d'entreprendre des premières. Une page se tournait. Celle qui s'ouvrait s'appelait peut-être enfin l'âge adulte…

Rémy retourna au Centre Vouilloz pour rendre visite à son frère pendant sa rééducation. Il y croisa Camille qui s'y trouvait toujours. En pensant aux interminables journées que le jeune grimpeur brisé avait passées dans ces murs tristes tandis que lui, Rémy, parcourait la montagne, il n'eut pas la cruauté de lui en vouloir. Il lui parla aimablement et ne revint plus sur l'épisode de sa visite à Laure.

Camille crut que tout s'était arrangé entre eux et ce fut lui qui donna des nouvelles d'elle. Il raconta à Rémy qu'elle était repartie pour Paris et qu'ensuite elle avait prolongé sa convalescence dans le sud de la France. Il avait été très étonné d'apprendre qu'elle s'était inscrite à une formation pour devenir gardienne de refuge.

Rémy s'efforça de ne pas tenir compte de cette information. Pour lui, la question de ses rapports avec Laure était close. Elle vivait désormais une autre vie, dont il préférait ne rien savoir.

L'été se poursuivit sans événement notable, en dehors de la routine des courses. Rémy avait acquis une réputation de fiabilité qui, en plus des engagements de la Compagnie, lui apportait une clientèle personnelle fidèle. Il avait la chance rare de disposer parmi ses clients de bons amateurs. Ils l'engageaient pour de grandes courses classiques et même parfois pour des voies rocheuses modernes de haute difficulté. Il avait perfectionné son anglais à force de cours audio écoutés en voiture et de formations collectives organisées par la mairie. Cela lui permettait d'attirer des clients étrangers non francophones. Par hasard au début et, ensuite, sous l'effet d'un bouche-à-oreille favorable, il comptait notamment plusieurs bons grimpeurs japonais dans sa clientèle.

L'hiver étant assez chaud en France, les conditions n'étaient pas très bonnes pour les randonnées à ski. Des Autrichiens d'âge mûr qu'il avait emmenés au Mont-Blanc pendant l'été l'engagèrent dans l'Arlberg pour une semaine. Rémy découvrit avec étonnement ces Alpes différentes, ouvertes à la modernité mais conservant leurs traditions. Robes de Heidi, culottes de cuir, nains barbus sculptés dans le bois témoignaient d'une véritable civilisation alpine à laquelle il n'avait jamais appartenu. Il était venu à la montagne pour le sport et sans aucune référence à un folklore indigène.

En France, la République unitaire et centralisatrice avait anéanti les particularismes régionaux et les montagnes n'y faisaient pas exception. Rémy, quoi qu'il pût en penser, était le fils de cet universalisme. Il se sentait un peu gêné dans ces pays où la tradition montagnarde était aussi étouffante.

La fin du printemps fut chaude et ensoleillée. Début juin, une réunion à la Compagnie donnait à tous les guides l'occasion de faire le point sur la saison qui s'ouvrait, les nouveaux équipements, les petites nouvelles du métier. Rémy s'y rendait avec ponctualité. Il n'y apprenait pas grand-chose mais c'était une manière de montrer qu'il faisait pleinement partie de la communauté.

Cette année-là, ses collègues avaient commencé par parler des refuges du massif et évoqué le cas de la Charpoua.

— Ce n'est pas commode de trouver un remplaçant pour Lionel, avait annoncé le président de la Compagnie.

Lionel était un jeune aspirant guide qui avait tenu la cabane quatre étés de suite, ce qui était presque un record. La Charpoua est un des refuges les plus austères du massif du Mont-Blanc. Situé sur le flanc sud de l'aiguille Verte, l'endroit est sauvage, compliqué d'accès. Il n'y passe pas beaucoup de monde car le refuge ne sert de point de départ que pour des courses difficiles. Il n'a pas été modernisé et ressemble à peu près à ce qu'il devait être en 1904 quand il a été créé.

— Il va rester fermé, alors ! Ce n'est pas possible. Ça ne s'est jamais vu, s'indigna un des plus vieux guides, connu pour être toujours prêt à râler.

Ce n'est pourtant plus toi qui vas monter jusque là-haut, pensa Rémy, en regardant l'ancien.

— Pas question, en effet ! se défendit le président. Il faut absolument qu'on trouve quelqu'un.

— Tu as des pistes ?

— Il y a une personne qui est pressentie mais apparemment c'est quelqu'un qui n'a pas d'expérience et qui est encore en formation.

— Pas d'expérience ! ronchonna le vieux guide. Vous ne manquez pas de culot, les gars. C'est dur, là-haut, et il y a souvent des embrouilles dans ce coin-là. En saison, les secouristes du Peloton de gendarmerie de haute montagne y montent presque toutes les semaines avec l'hélico.

— On prend ce qu'on trouve, riposta le président de la Compagnie. Je voudrais t'y voir, René ! Ce n'est pas facile de recruter des volontaires pour passer la saison là-haut. Pas d'eau courante, l'électricité avec un groupe électrogène, un trou pour pisser, pas de chambre fermée pour le gardien... Et Lionel qui nous plante huit jours avant l'ouverture.

Le mécontent haussa les épaules et ils abordèrent un autre point de l'ordre du jour. Rémy, pendant cet échange, avait ressenti un malaise qu'il ne s'expliquait pas. Une idée lui avait un instant traversé l'esprit mais il l'avait aussitôt chassée, pour ne plus y penser par la suite.

La saison commença doucement pour l'escalade. Le ski de printemps restait praticable en altitude car la neige était encore abondante. Il y eut ensuite quelques jours de mauvais temps. Rémy en profita pour faire des emplettes à Chamonix. Il remontait la rue Vallot quand il tomba sur Denis, un autre guide de la Compagnie.

Ils allèrent prendre un panaché au Bistrot des Sports, en parlant de choses et d'autres.

— Au fait, dit Denis en prenant le bras de Rémy. Tu as su pour la Charpoua ?

— Quoi ?

— Le nouveau gardien est arrivé.

— Et alors ?

— Alors, c'est une gardienne.

Rémy haussa les épaules.

— Il n'y a rien d'original à ça. À Leschaux, à l'Envers, aux Conscrits, c'est des gardiennes aussi...

— Oui mais celle-là, elle est nouvelle et, à l'origine, elle n'est pas du métier. Mais, j'y pense, tu la connais ! Une ancienne cliente à toi, il paraît !

Rémy devint livide. Tout en lui refusait d'y croire. Pourtant, il avait déjà eu un soupçon pendant la réunion au bureau des guides mais il l'avait chassé comme une idée absurde.

— Je ne l'ai jamais rencontrée, moi, continua Denis qui n'avait pas perçu le trouble de son ami. Je ne suis arrivé à la Compagnie que depuis deux ans. Mais c'est le président qui me l'a dit. Il paraît même que ça a joué pour elle. Il a dit : « Si elle a été formée par Rémy, alors... » Tu vois, tu es une référence...

Il pouvait encore y avoir un doute car Denis ne connaissait pas le nom de la nouvelle gardienne. Rémy avait eu bien d'autres clientes et l'une d'elles, notamment parmi les plus jeunes, avait peut-être décidé de s'engager dans cette carrière singulière. Au fond de lui, cependant, et quoiqu'il fût impossible de comprendre comment elle avait pu se retrouver là, il ne faisait aucun doute qu'il s'agissait de Laure.

Les jours suivants, Rémy se montra de très mauvaise humeur. Il avait emmené deux jeunes Anglais gravir la voie « Harold et Maude » à la pointe Lachenal et n'avait pratiquement pas desserré les dents.

Pendant l'ascension, quand il arrivait aux relais sur la paroi couleur chamois, il regardait méchamment au loin, de l'autre côté de la vallée Blanche. Par-delà la jonction avec le glacier de Leschaux, dépassant des ressauts granitiques qui forment les dalles sous l'Envers, il pouvait apercevoir le cirque de la Charpoua et il devinait l'emplacement de la minuscule cabane. Il avait le sentiment d'être victime d'une intrusion, d'un acte déloyal.

Au cœur de son monde, Laure était là. Que cherchait-elle ? Que signifiait ce retour ? Il avait la vague sensation d'un danger, d'une offense, peut-être même d'une vengeance.

En même temps, quelque chose d'inconnu s'insinuait en lui, et ressemblait à un espoir.

*

Le refuge de la Charpoua est niché dans une dépression de la montagne sur la rive nord de la mer de Glace. Il semble posé dans la paume d'une gigantesque main dont les doigts seraient les antécimes de l'aiguille Verte. Ces sommets sont si près et le dominent de si haut que le refuge paraît adossé à un mur. Face à lui, la coulée lumineuse de la mer de Glace dessine un gigantesque reptile blanc strié d'anneaux gris. Elle descend du col du Géant, se faufile derrière les aiguilles de Chamonix avant de mourir de soif dans un désert de pierrailles, sous la gare du Montenvers.

Quand on se tient à la porte du refuge, le regard plonge, à droite, vers la vallée de Chamonix. C'est la première étape d'une géhenne de poussière et de fumée qui mène aux plaines ardentes et aux villes lointaines. À gauche, au contraire, l'œil remonte la procession sacrée des glaces, en direction des Grandes Jorasses, drapées dans leur linceul et tenues par des piliers fins comme des arcs-boutants de cathédrale. En longeant leurs cimes si longtemps inviolées, on trouve en procession, derrière la dentelle des Périades, le mont Mallet, la dent du Géant et le Grand Flambeau. Tout, dans cette direction, n'est que roc et glace. La création semble à peine achevée. Le feu des laves juste éteint, un vernis de gel s'est déposé à la hâte sur les formes brutalement sculptées de la montagne.

De la Charpoua, tout est simple : d'un côté, l'aube des

temps, de l'autre, leur fin. Et sur ce promontoire, l'être humain, qui domine pour un instant ces deux éternités.

La cabane est misérable, pauvre de ses quelques planches mal jointes, mais riche d'un monde ; celui du massif du Mont-Blanc. Elle est placée en son cœur, en partage le destin, reçoit en garde ses merveilles.

Quand Laure prit pied pour la première fois sur la petite plateforme où est construite la cabane, quand, en se retournant, elle reçut en cadeau, éclairé par le soleil, le joyau de ce paysage, elle dut se retenir pour ne pas éclater en sanglots. Hugues, le guide de la Compagnie qui était monté avec elle pour l'installer, n'avait rien d'amène. Il guettait ses réactions et n'aurait pas manqué de railler sa faiblesse. Elle attendit le soir pour revivre mentalement la scène et pleurer silencieusement sur son bat-flanc.

Tout s'était passé si vite qu'elle n'avait pas eu le temps de se rendre vraiment compte de ce qui lui arrivait. Cependant, rien n'était le fruit du hasard. Quand elle y songeait, elle voyait un chemin bien rectiligne entre son arrivée sur ce promontoire et la résolution prise deux ans auparavant, juste en face, dans sa chambre au flanc des aiguilles Rouges.

Dès qu'elle avait décidé de marcher à nouveau, elle avait vu beaucoup plus loin, beaucoup plus haut.

Au début, il y avait eu le lent retour à la station debout. Elle était parvenue à mettre un pied devant l'autre, à reprendre force et équilibre, à randonner et même à grimper.

Ces progrès n'étaient pour elle que des prolégomènes. Elle ne relâcha pas ses efforts pour de si maigres résultats. Sans pitié pour elle-même, sans ménager sa fatigue, elle s'astreignit à des marches interminables sur des parcours de plus en plus durs. Rien ne lui paraissait insurmontable, à elle qui avait connu la souffrance pure, entre des murs couverts de carrelage. Les maux qu'elle endurait désormais avaient pour cadre des vallons tapissés de prairies en fleurs, des forêts fraîches, des crêtes bordées par le poudroiement mauve de deux précipices.

Bientôt, elle put aller si loin et monter si longtemps qu'elle atteignit la haute montagne et dut reprendre des guides pour la conduire.

Elle passa l'été en Oisans. Son camp de base était un gîte de deux pièces à La Bérarde.

Au bureau des guides, elle fit la connaissance d'un dénommé Albert qui l'emmena faire sa première course. C'était un petit râblé d'une soixantaine d'années, noir de poil, sans charme mais silencieux et sûr. Laure ne lui demandait rien d'autre. Elle ne voulait à aucun prix se retrouver prise dans des jeux de séduction. Albert accomplissait son travail et n'y mettait aucun enthousiasme. La montagne était son usine ou plutôt sa deuxième ferme. En sortant du pâté de son sac quand ils étaient arrivés au sommet des Agneaux, il avait raconté à Laure qu'il avait gardé l'exploitation de ses parents dans un hameau voisin. S'il ne partait pas en course, il faisait les foins ou trayait les vaches, tâches qu'il partageait avec sa femme.

Laure ne lui avait rien dit de son accident. Elle savait se taire quand elle avait mal et ne boitait pas trop, surtout si elle pouvait s'appuyer sur des bâtons. Albert ne remarqua rien. Elle réussit à le suivre sans lui demander de baisser le rythme. C'était une première satisfaction.

Elle envisagea d'autres courses, plus difficiles et plus longues. Albert lui fit vite comprendre qu'il avait ses limites. Il voulait rentrer chez lui tous les soirs et n'avait guère de goût pour les escalades audacieuses. Il lui présenta un autre guide. Ce Norbert était de la même génération qu'Albert. L'activité de guide était prioritaire pour lui et il avait un niveau technique bien supérieur.

Beaucoup plus bavard aussi, Norbert avoua qu'il avait une passion secrète : les cristaux.

Tant que la saison d'alpinisme battait son plein, cette activité de cristallier restait marginale et presque invisible. Elle donnait seulement à Norbert une compétence particulière en géologie, dont il faisait parfois profiter Laure pour son plus grand bonheur. Il connaissait toutes les étapes de la formation de l'Oisans et les racontait comme les actes d'une épopée. Avec lui, Laure devint sensible à une dimension de la montagne qu'elle n'avait pas perçue jusqu'alors : celle du mouvement.

Les paysages alpins nous apparaissent, dans leur gigantisme, comme l'image même de la stabilité et de l'immobilité. Or, c'est le mouvement qui les a créés. Ils sont le résultat de chocs, de fractures, de surrections et d'enfoncements. Des masses en fusion se sont soulevées, poussées, mesurées comme des guerriers dans la mêlée d'une bataille. Certaines ont résisté, d'autres cédé, d'autres encore fui et se sont cachées, enfouies, métamorphosées. De cela il ne subsiste rien de compréhensible car le couvert des forêts et des glaces a substitué sa vie propre à celle, figée, du sous-sol rocheux. Mais certains êtres ont le pouvoir de faire revivre cette geste de pierre, de revenir aux temps fabuleux où la roche était encore magma, pâte, glaise prometteuse. Tel était Norbert. Tels sont souvent les cristalliers. Tous ne savent pas transmettre leur savoir ni le faire partager. Mais tous ont le pouvoir de se transporter dans ces ères éloignées et d'ausculter le ventre encore fécond de la Terre primitive. C'est ainsi qu'ils parviennent à repérer, dans ces entrailles, les lieux où la puissance des chocs et la patience des millénaires ont mûri ces merveilles de limpidité et de couleur que sont les cristaux. Ils savent les traquer dans l'obscurité maternelle de la terre, les atteindre et les extraire. À la différence du chasseur qui ne possède que ce qu'il tue, le cristallier donne vie à ses proies en leur offrant la lumière.

Quand commence l'arrière-saison et que les refuges, encore ouverts, se préparent à la grande solitude de l'hiver, les cristalliers restent presque seuls à courir l'Alpe. On les trouve attablés le soir dans la salle presque vide des cabanes. Ils se saluent mais parlent à voix basse. D'un groupe à l'autre, on voit qu'ils se méfient. La confrérie des cristalliers est solidaire mais composée de rivaux. Les lieux où l'on cherche les joyaux de la terre doivent demeurer secrets. Ces chercheurs de trésor mentent sur leurs destinations, brouillent leurs pistes, se cachent leurs trouvailles.

Avec le recul des glaciers, des flancs de roche nouveaux deviennent accessibles. Certains recèlent de grands fours à cristaux. Le savoir, en la matière, est plus que jamais synonyme de pouvoir et de richesse. La ruée vers cet or limpide prend des aspects de féroce concurrence.

Les cristalliers, chargés de leur lourd matériel, barres à mine, marteaux, burins, mettent leurs talents de grimpeurs au service de leur passion. L'alpinisme tout à coup n'est plus la conquête de l'inutile mais l'intendance de la découverte et du gain. Accompagner Norbert fut pour Laure une révélation.

Jusqu'alors, elle avait vu la haute montagne comme un lieu de loisir, fût-il dangereux et parfois tragique. Elle qui concevait d'y retourner et d'y vivre n'imaginait qu'une alternative : être indéfiniment cliente ou guide. Elle savait qu'il était trop tard pour devenir une professionnelle et que ses handicaps, même si elle parvenait à les dissimuler par la volonté, lui interdiraient tout accès à une formation officielle de guide.

Avec Norbert, elle se rendit compte qu'il existait d'autres métiers de la montagne. Bien avant que les lords anglais ne fassent de l'alpinisme un passe-temps aristocratique, la haute montagne était sillonnée jusqu'à ses sommets par des paysans devenus cristalliers, chasseurs ou contrebandiers. Et quand le tourisme alpestre se développa, il entraîna dans son sillage non seulement des guides mais une armée invisible de muletiers et de portefaix, de charpentiers et de gardiens de refuge. Ces métiers avaient pour la plupart disparu ou s'étaient transformés en emplois de techniciens. Seul celui de gardien de refuge paraissait encore abordable à Laure. Elle commença à se renseigner.

Elle apprit que beaucoup de gardiens sont formés sur le tas, en travaillant comme assistants dans des refuges pendant une ou plusieurs saisons. Certains sont guides, comme à Orny, mais c'est l'exception. Une formation existe. Elle dure quelques semaines et se déroule à Grenoble.

En rentrant à son gîte de La Bérarde, elle surfa sur Internet, trouva les références et s'inscrivit aux épreuves d'admission qui se déroulaient au printemps suivant.

En attendant, elle sillonna la Provence, passa voir des amis à Paris, rendit visite à ses parents. Puis, au mois d'avril, elle gagna Grenoble pour y passer l'examen. Les résultats étaient donnés presque aussitôt. Elle fut reçue dernière. L'enseignement commençait dans la foulée. La plupart des participants, beaucoup plus jeunes qu'elle, savaient en général où ils iraient. Ils avaient déjà travaillé en refuge et souhaitaient seulement se perfectionner et avoir la reconnaissance d'une formation officielle. Laure évita de révéler quelle avait été sa profession précédente. Elle fit de gros efforts pour s'intégrer parmi les autres, même s'il était évident pour tous qu'elle venait d'un autre monde. À la fin du stage elle consulta les annonces et tomba sur une offre d'emploi urgente. La Compagnie de Chamonix recherchait un gardien pour la Charpoua.

La Charpoua ! Le refuge mythique de *Premier de cordée*, l'antichambre des Drus, le cœur du massif du Mont-Blanc… Comment était-il possible qu'un tel poste ne fût pas convoité par dix candidats ? En y regardant de plus près, Laure comprit la raison de cette apparente anomalie. Il fallait partir dans la semaine. Suivraient trois mois en refuge, sans confort ni Internet et sans possibilité de redescendre dans la vallée.

Ce qui avait rebuté les autres, Laure le vit comme providentiel. C'était exactement ce qu'elle espérait.

II

Laure avait bien souvent changé de lieu dans sa vie : elle avait connu les chambres d'étudiant puis des appartements successifs jusqu'à celui de Suresnes. Plus souvent encore, elle avait changé de bureau, de service et même d'entreprise. Mais, pour la première fois, en s'installant à la Charpoua, elle fit l'expérience de changer de monde.

Tout avait été très rapide et très compliqué. Il fallait aller vite car le refuge devait ouvrir pour la mi-juin et il restait peu de temps. Des complications surgissaient sans cesse. Il y avait eu d'abord des débats au sein de la Compagnie. Certains n'acceptaient pas le recours à une personne sans expérience. Laure dut se prêter à une sorte d'examen de passage. Elle se présenta devant un aréopage d'hommes. Plusieurs la détaillaient avec des yeux égrillards ; d'autres, avec des allures de maquignons, semblaient sur le point de lui regarder les dents. Elle fit front à toutes les questions avec moins d'aplomb qu'elle n'avait l'habitude d'en montrer dans les réunions de financiers ou de grands patrons. Heureusement, son attitude naturelle, son sourire énigmatique, la capacité acquise au cours des années de cacher ses émotions déroutèrent les censeurs et les amenèrent à croire qu'elle devait en savoir plus long qu'ils ne l'avaient imaginé.

Elle livra le détail de son expérience d'alpiniste amateur, ne cacha pas qu'elle avait été initiée par Rémy mais ne dit pas un mot sur son accident.

Lorsqu'un des jeunes guides lui demanda poliment pourquoi elle quittait une position enviable dans la finance – elle s'était résolue à le mentionner sur le formulaire de recrutement – et acceptait un emploi précaire et mal rémunéré, elle se lança dans une explication philosophique alambiquée. Personne n'y comprit rien mais le fond machiste de ce milieu fit penser aux hommes devant lesquels elle comparaissait qu'il s'agissait encore d'une de ces femmes mal dans leur peau comme en produisent les sociétés modernes, en les éloignant des tâches domestiques et en leur octroyant une éducation supérieure. D'une certaine manière, cette explication les confortait dans leurs préjugés et les rassurait. Elle fut engagée sans enthousiasme mais, faute d'autre solution, à l'unanimité.

Il fut décidé qu'elle ne monterait pas en hélicoptère mais plutôt par le chemin terrestre afin d'apprendre à le connaître. Hugues fut désigné pour l'accompagner. L'hélicoptère arriverait le lendemain avec le ravitaillement indispensable à la remise en service de la cabane.

La voie d'accès à la Charpoua est longue et pénible. Un nouveau tracé, depuis quelques années, évite les passages sous les séracs qui rendaient le chemin classique trop dangereux. Laure portait un sac très lourd dans lequel elle avait jeté tout ce qui lui semblait nécessaire pour une vie recluse de plusieurs mois. Hugues, dans le train du Montenvers, avait passé son temps à se moquer de ce chargement « de fille ».

Il faisait un beau temps frais quand ils commencèrent à descendre pour rejoindre la mer de Glace. Un ciel de traîne, bleu saphir mais semé de grains cotonneux, menaçait de lâcher des averses.

Avec le réchauffement du climat, une différence de niveau de plusieurs centaines de mètres sépare la gare d'arrivée du chemin de fer et la surface du glacier noircie, bulleuse, couverte de cailloux. D'interminables échelles verticales sont scellées dans les parois de granit lisse, usées pendant des millénaires par le frottement des glaces et découvertes aujourd'hui par leur disparition.

Le sac trop haut de Laure la déséquilibrait et Hugues la regardait descendre en secouant la tête d'un air désapprobateur.

Ils dégringolèrent ensuite le talus de sable gris de la moraine latérale, puis chaussèrent des crampons. Hugues fit remarquer que, pour les alpinistes chevronnés, cette précaution était inutile quand le glacier n'était plus enneigé. En zigzaguant entre des crevasses étroites, ils rejoignirent l'autre rive. Au-dessus d'eux, le massif de l'aiguille Verte les dominait par son versant Nant-Blanc. Ils longèrent la muraille grise et brune, coupée de torrents gonflés par des eaux de fonte. Autour d'eux, invisibles, d'autres eaux chantaient à la surface du glacier, courant dans les bédières, s'enfonçant en spirale dans des canaux dangereux que l'on appelle des moulins. À ce ruissellement de la terre et de la glace se joignit pendant qu'ils marchaient le déferlement d'une averse brève mais intense qui les surprit par sa soudaineté et les trempa.

Puis, repérant dans la paroi un immense carré jaune tracé à la peinture, ils retrouvèrent des échelles scellées. Ils en gravirent plusieurs volées avant de prendre pied sur un sentier. Une herbe rousse et de petites fleurs courageuses poussaient entre les pierres, preuve bienvenue que la vie était possible au pied de ces colonnes de granit.

Il fallut encore deux heures d'ascension pour que Laure découvrît son domaine. On l'a dit : elle avait d'abord caché ses pleurs mais, tout de suite après, un sentiment de puissance l'avait envahie. Hugues pouvait bien la surveiller et la critiquer, ce n'était pas lui qui allait rester là. Le lendemain, il serait parti et elle serait chez elle.

À vrai dire, elle l'était déjà. Dès ce premier jour, elle explora en maîtresse de maison les 24 mètres carrés de son empire. Sans autre fenêtre qu'un lucarneau dans la cuisine, le refuge, une fois la porte refermée, était plongé dans une pénombre perpétuelle. Elle explora les placards, retira les rideaux qui ne lui plaisaient pas, secoua les literies. Hugues lui montra le fonctionnement de la radio VHF puis alla s'étendre sur un matelas. Elle avait préparé un repas mangeable avec ce qu'elle avait trouvé dans les boîtes en fer-blanc de la cuisine. Puis elle s'était couchée dans le coin réservé au gardien. C'est une sorte de conteneur en bois ouvert sur le devant. Il est glissé entre les deux niveaux de bat-flanc, comme une boîte à chaussures posée sur une étagère. Épuisée, Laure s'était endormie aussitôt.

Le lendemain, la rotation de l'hélicoptère occupa la journée. Pendant que Hugues attendait sur la dropping zone, Laure faisait encore de la place dans les placards, nouait des ballots de linge à redescendre. L'appareil arriva vers onze heures. Dans le cirque étroit de la Charpoua, le rotor faisait un bruit de chevauchée fantastique. Il y eut d'abord le largage de la charge qui pendait sous l'hélicoptère au bout d'un filin. Puis la machine approcha du rond préparé pour elle. De près, elle était plus grosse que la cabane et il était manifeste que, si on l'avait suspendu au filin, le refuge aurait été emporté dans les airs sans difficulté.

Le pilote maintint son engin à quelques centimètres du sol. Hugues, courbé en deux, courut jusqu'à la portière coulissante et monta à bord. Laure, les cheveux en désordre dans le vent des pales, salua les deux hommes. L'hélicoptère se souleva puis d'un coup, comme un prédateur à la poursuite de sa proie, plongea vers la vallée.

Le bruit diminua vite. Un silence complet revint. Mais Laure n'avait pas le loisir de l'écouter. Il lui fallait vider les palettes et ranger le ravitaillement avant la nuit. Elle termina à la frontale, ouvrit une boîte de raviolis et la fit chauffer sur un petit réchaud. À vingt-deux heures, elle était au fond de son sac de couchage et dormait.

C'est seulement le lendemain que l'activité se calma. Elle prit le temps, dans la journée, de boire un café en regardant le spectacle de la montagne. Elle était envahie par le sentiment étrange que tout cela était à elle. Pas seulement le minuscule espace de la cabane mais tout ce qui l'entourait. Son regard allait naturellement vers la mer de Glace qui scintillait au soleil. En face, le Grépon veillait comme un gendarme sur ce défilé.

Mais quand vint l'heure du crépuscule, quand l'ombre

couleur d'améthyste envahit le boyau glaciaire, c'est vers l'autre côté que Laure se tourna. La muraille qui la surplombait était déjà presque invisible, enveloppée par la nuit. Le glacier de la Charpoua brillait dans l'obscurité au-dessus du refuge. Sa clarté phosphorescente semblait surnaturelle et vaguement menaçante.

Laure commençait à s'acclimater. La fatigue du jour avait été moins écrasante. Elle ne s'endormit pas tout de suite. C'est alors que le silence s'empara d'elle et fit surgir du plus profond de son esprit des terreurs enfouies.

Elle dressait l'oreille, scrutait l'air immobile, vide de toute vibration. Par moments, quand elle avait ouvert son ouïe à ces imperceptibles riens, un tonnerre venait la faire bondir. De gigantesques avalanches de pierres dévalaient les pentes alentour. Le refuge est situé sur un rognon qui le met en principe à l'abri de ces cataractes. Cependant, elles passent si près de lui qu'il semble impossible de croire qu'il ne sera pas emporté. Après un vibrato provoqué par les derniers cailloux, le silence revenait, plus funèbre encore.

Jamais Laure n'avait ressenti une aussi puissante solitude. La sienne, bien entendu, mais aussi, au-delà d'elle, celle de toute l'espèce humaine.

Elle ne dormait toujours pas quand l'aube teinta de mauve la lucarne de la cuisine. En cet instant, Laure comprit que les hommes, jadis, aient pu prier pour le retour du soleil et saluer comme un miracle renouvelé l'apparition de la lumière et sa victoire quotidienne sur les ténèbres.

Elle s'endormit enfin. L'arrivée d'une cordée l'éveilla en début d'après-midi. C'étaient deux guides suisses qui montaient faire entre eux une course difficile avant le début de la saison. Laure les perçut comme des intrus avant de se reprendre : elle n'était pas à la Charpoua pour bayer aux corneilles. Son métier de gardienne supposait qu'elle accueille tous ceux qui montaient et qu'elle veille tant bien que mal à leur confort.

Pendant que les deux guides, sur la plateforme devant le refuge, triaient leur matériel, elle s'employa dans la cuisine à préparer un dîner convenable. L'essentiel était qu'il fût riche : pâtes, fromage, sauce bolognaise, tout était bon pour apporter des calories. Encore fallait-il que ce fût mangeable…

Laure découvrait peu à peu les petits secrets du lieu. La cuisine lui prenait beaucoup plus de temps qu'il ne lui en faudrait ensuite pour le même travail. L'absence d'électricité, la nécessité de varier les menus malgré des réserves peu diversifiées, le froid qui, dès que l'ombre gagnait, entrait dans le refuge et obligeait à s'y enfermer, tout demandait un apprentissage et un effort.

Les deux guides parlaient suisse-allemand entre eux. Laure, en leur présence, était renvoyée à une autre solitude, moins angoissante que celle de la nuit précédente mais teintée de tristesse et d'ennui. Elle commença à se dire que ces mois allaient être longs. À un moment, tournée vers le petit plan de travail sur lequel elle préparait des légumes, elle fut saisie par un sanglot silencieux. Elle avait plus de trente ans, elle était seule et en poursuivant une idée peut-être chimérique de revanche, elle avait tout quitté sinon tout perdu. Elle se retourna en s'essuyant les yeux.

— Ça pique, les oignons ! dit un des guides qui s'était approché pour déposer des bols dans l'évier.

— C'est ça, confirma-t-elle, en ramassant les patates qu'elle venait d'éplucher.

Elle servit le dîner à dix-huit heures. Il faisait toujours sombre dans le refuge et ils portaient déjà tous leurs lampes frontales autour de la tête. Les guides regardèrent leur topo pour vérifier l'itinéraire du lendemain. À sept heures et demie, ils se glissaient dans leurs duvets.

Laure prépara les petits déjeuners et les posa sur la table. Puis elle entra dans sa boîte. La mauvaise nuit précédente et la présence rassurante des deux Suisses firent venir le sommeil très vite.

À quatre heures du matin, elle sursauta. Les montres des alpinistes avaient bipé presque simultanément. Ils se levaient avec le plus de discrétion possible mais la minuscule cabane vibrait de toutes ses planches au moindre geste.

Quand ils ouvrirent la porte, la nuit glaciale et venteuse s'engouffra dans le petit espace. Laure s'enfouit dans son duvet et se rendormit jusqu'à cinq heures et demie. Quand elle mit le nez dehors, elle vit qu'il faisait grand beau. Un trait d'or soulignait les crêtes vers le versant des Charmoz. La mer de Glace était toujours plongée dans une pénombre violette. Laure fit le tour du refuge en refermant sa polaire jusqu'au cou. Elle scruta la montagne pour tenter d'apercevoir des lampes ou d'entendre des voix. Mais elle ne distinguait rien dans la muraille encore obscure et le seul bruit qu'elle pût entendre était le feulement du vent qui descendait de l'arête des Flammes de Pierre.

La dépression où est posé le refuge de la Charpoua est située entre deux immenses ailerons de rocher qui s'élèvent vers le sommet de la Verte. À l'ouest, la montagne prend son élan et saute d'un coup jusqu'à une pointe effilée comme un glaive : ce sont les Drus. Ils sont deux, le Grand et le Petit, mais dans la tragédie de l'alpinisme, ils n'occupent qu'un seul rôle. On dit souvent le Dru comme on dirait le Roi ou le Cid. La face ouest du Dru est d'une raideur sans concession ni compromis. Walter Bonatti l'a gravie en solo en 1955. Il se savait mortel mais pensait que le pilier qui désormais portait son nom durerait une éternité. Hélas, cinquante ans plus tard, en 2005, il l'a vu s'effondrer et laisser à sa place sur la montagne une douloureuse cicatrice grisâtre.

L'autre contrefort, à l'est, est constitué par une procession de sommets et de brèches. Les Chamoniards, toujours soucieux d'honorer l'Église et ses saints mais jamais tout à fait sérieux quand même, ont nommé ce gigantesque chapelet de rocs « l'arête des Ecclésiastiques ». Elle commence avec le Moine, se poursuit avec l'Évêque et la Nonne…

Côté Drus, la plupart des courses sont de grandes classiques célébrées par la littérature alpine : ce sont de longs parcours sinueux et complexes. Côté Ecclésiastiques, les voies sont plutôt courtes et difficiles : ce sont des lignes droites tracées par des grimpeurs modernes. Ils s'en sont donné à cœur joie pour affubler leurs itinéraires de noms en relation avec les sommets. Ainsi la voie « Monseigneur Lefebvre » gravit-elle l'Évêque et « Sale athée » le Moine. Ce dernier jeu de mots est d'ailleurs à tiroirs puisqu'il est aussi un hommage à John Salathé, pionnier de l'escalade libre dans le Yosemite.

C'est dans cette voie que les deux Suisses s'étaient

engagés. Laure alla chercher les jumelles et les repéra à mi-hauteur. Elle rentra au refuge.

Il y avait encore beaucoup de tâches de routine à accomplir dans la cabane. Elle s'y employa toute la matinée. Personne n'avait l'air de vouloir monter ce jour-là. Elle déjeuna en ouvrant une boîte de sardines, assise sur le banc à côté de l'entrée, le dos calé contre les planches de la façade que le soleil avait tiédies.

Mais, à intervalles réguliers, elle se levait et jetait un coup d'œil vers la paroi d'où les deux alpinistes n'étaient pas redescendus. Ils n'avaient lancé aucun signal de détresse et elle savait que la voie était plus difficile vers le haut. Il n'y avait donc rien d'alarmant à ce que l'ascension dure toujours. Pourtant, elle était inquiète.

C'est qu'elle faisait l'apprentissage d'une réalité inséparable de la montagne : les accidents. Chaque alpiniste vit avec le risque. Tous ses gestes ont pour but de le réduire au maximum. Cependant, il est là. Laure l'avait éprouvé en tant que pratiquante. C'était différent comme gardienne : sa responsabilité s'étendait au-delà d'elle-même. Elle incluait tous ceux qui, en partant de sa cabane, se confiaient, même tacitement, même contre leur gré, à sa vigilance.

Les Suisses rentrèrent de leur escalade indemnes et heureux. Par la suite, Laure devait connaître jour après jour la même angoisse sourde, quand des cordées quittaient le refuge en lui laissant, comme ultime legs au monde des vivants, le nom de leur objectif et leur itinéraire.

Plusieurs fois, elle eut à signaler par radio au centre de secours des retards ou des appels à l'aide. À trois reprises, l'hélicoptère de la gendarmerie était monté. Le mois de juillet passa sans qu'il y eût à déplorer de mort. Mais la chaleur qui s'était installée sur la vallée rendait la montagne sèche et de plus en plus dangereuse.

À force de vivre avec la pensée de l'accident, Laure changea sa manière de considérer le danger. Elle ne le voyait plus comme une spécificité de la montagne, comme un spectacle dramatique et somptueux, ainsi qu'on le représente au grand public dans les romans et les films.

Dans son nouveau métier, Laure mettait le risque à sa vraie place : il était simplement une des dimensions de la vie. Le hasard avait voulu d'ailleurs que ce fût en ville et non en montagne qu'elle ait été touchée et abîmée. Elle était bien placée pour savoir que le risque est partie intégrante de toute existence et de tout lieu. La montagne a pour caractéristique et peut-être aussi pour grandeur de rendre ce risque pleinement conscient. Laure avait cru longtemps qu'en montagne l'être humain cherche la victoire. Elle comprenait désormais qu'il y est plutôt en quête de son humanité. En montagne, il n'y a pas d'absolu qui ne soit construit sur l'évidence de l'éphémère, pas de conquête qui n'ait en même temps fait éprouver des limites, pas de bonheur qui ne trouve son relief dans la souffrance et dans la mort.

Même le paysage que Laure contemplait pendant de longs après-midi quand il n'y avait personne au refuge était coloré par le danger. Par instants, quand elle était aveuglée par la beauté de la Terre, par ces figures géologiques majestueuses, par la secrète harmonie des rochers, de la glace et du ciel, elle pouvait avoir la tentation de penser que ce monde existait pour lui seul. Mais tout de suite, en sentant son propre cœur palpiter, en tressaillant au bruit d'une avalanche de pierres dans les Drus où, ce matin, deux cordées s'étaient engagées, elle voyait le paysage autrement. L'éternité était un autre monde, qu'elle ne partagerait jamais. Elle était seulement une conscience éphémère qui reflétait miraculeusement ces images et les transformait dans l'athanor de son cœur en un bref et incorruptible bonheur.

III

Rémy monta un vendredi. C'était le 18 août. Depuis le début de l'été, partout où il allait, il ne cessait de regarder vers la Charpoua. Il avait l'impression de sentir toujours la présence importune de Laure, cette vigie silencieuse qui mettait sa propre vie en question. Plusieurs fois, il avait eu la tentation d'y monter seul et d'obtenir une explication. Il fallait retirer cette épine dans la chair de sa montagne, savoir ce que Laure lui voulait. Chaque fois, il essayait d'imaginer ce qu'il lui dirait et, chaque fois, il se sentait paralysé.

Bien sûr, il aurait pu se servir d'un prétexte. Il avait eu plusieurs occasions d'orienter dans cette direction des clients indécis qui lui laissaient le choix des courses. Mais il jugeait ce moyen méprisable et un peu ridicule. Ils n'auraient pas tardé à découvrir ce qui l'amenait à la Charpoua et sa réputation de professionnalisme et de sérieux en aurait pâti.

Le mieux était de s'en remettre au hasard. Il survint pendant le week-end du 15 août. Deux Japonais l'avaient engagé à cette période. Rémy ne les connaissait pas mais c'étaient les collègues d'un grand patron de Tokyo qu'il avait guidé en montagne les années précédentes.

Ces deux hommes étaient des cousins germains. Ils se ressemblaient beaucoup : la cinquantaine, toujours vêtus de noir, coiffés avec une mèche de cheveux raides sur le front. Ils avaient surtout une particularité commune : calmes, taciturnes, ils se mettaient à pousser des grognements et même de véritables cris quand ils grimpaient.

Ces bruits gutturaux devaient les aider dans l'effort. En tout cas, ils leur donnaient des allures de samouraïs aux prises avec la montagne. Ils avaient un très bon niveau en escalade. Rémy les testa dans une course facile, l'éperon de granit qui rejoint l'arête des Cosmiques. Gaston Rébuffat y a ouvert une jolie voie dont le pas clef est un surplomb athlétique. Les Japonais redoublèrent de cris martiaux, et, sous cette menace sans doute, le passage céda. Ils passèrent sans encombre.

Rémy leur fit faire d'autres classiques, notamment la voie « Salluard » à la pointe Adolphe Rey. Il avait remarqué que ses deux clients aimaient particulièrement les courses à référence historique, celles à propos desquelles il pouvait leur raconter des épisodes héroïques de la légende alpine. À la fin du week-end, ils décidèrent de prolonger leur séjour et demandèrent à Rémy avec force courbettes et mimiques embarrassées s'il accepterait de les emmener trois jours de plus en montagne. Il n'avait pas d'engagement et accepta.

Son seul tort fut de leur demander s'ils avaient une préférence pour les courses à venir. Sans hésiter, les cousins répondirent : « La traversée des Drus. » Rémy pâlit. Le destin avait parlé. Il ne pouvait s'y soustraire.

Il fit réserver des places au refuge de la Charpoua par le bureau des guides sans donner son nom et ils partirent.

L'été avait été chaud. On annonçait des orages pour la semaine suivante. Rémy, dans le train du Montenvers, scrutait le ciel en espérant vaguement, sans y croire, que le temps se gâterait plus tôt que prévu et obligerait à annuler la course.

Mais il faisait beau. La chaleur avait déjà jauni les mélèzes. L'herbe grillait sur les alpages. Un impitoyable soleil réjouissait les touristes en sandales qui s'entassaient dans le train. Les Japonais ronronnaient de bonheur.

Une fois la mer de Glace traversée, ils gravirent les échelles sous la Charpoua. Ils croisèrent deux cordées qui descendaient. Rémy connaissait l'un des guides. Ils se saluèrent et se dirent quelques mots. Assez pour apprendre que le refuge était vide, « sauf la gardienne bien entendu ».

Ils transpiraient dans la montée. Rémy commanda plusieurs haltes. C'était pour qu'ils puissent boire mais aussi pour gagner du temps, retarder le moment de l'arrivée.

Il était presque dix-sept heures quand ils parvinrent en vue de la cabane.

Laure commençait à s'inquiéter de ne pas voir apparaître les clients qui avaient réservé leur nuitée. Elle observait le sentier à la jumelle. Rémy baissait la tête. Son visage disparaissait sous la visière de sa casquette. À un détour du chemin, il se redressa et regarda vers le refuge.

Laure l'avait vu. Elle abaissa les jumelles et rentra précipitamment dans la cabane.

Dix minutes plus tard, ils se tenaient l'un en face de

l'autre sur le seuil du refuge. Il était en sueur et, lorsqu'il eut posé son sac, il sentit son maillot coller à son dos. Elle portait un tee-shirt d'escalade oublié par une grimpeuse la semaine précédente. Il découvrait ses bras que la fraîcheur du soir faisait frissonner.

— Salut, dit Rémy.

— Bienvenue, répondit-elle.

Ils restaient immobiles, à distance, et ne faisaient aucun geste l'un vers l'autre. Les Japonais avaient peut-être senti quelque chose d'insolite. Ils se faufilèrent vers la porte d'entrée, en marmonnant des excuses.

— Vous venez faire quoi ?

— La traversée des Drus.

Laure hocha la tête.

— Pas un très bon moment.

— C'est eux qui ont choisi, dit Rémy avec brusquerie, en désignant ses clients d'un mouvement du menton.

Il s'en voulut de cet aveu. Mais après tout, c'était la vérité. Et il avait décidé de s'en tenir à la vérité.

— Entre, reprit Laure en se frottant les bras pour se réchauffer. Dîner dans une demi-heure.

Le froid du soir gagnait le refuge. Ils entrèrent tous et refermèrent la porte. Le minuscule espace était divisé en trois zones que rien ne matérialisait mais qui étaient clairement distinctes.

À droite, la cuisine était le domaine exclusif de Laure. Elle s'y tenait pour préparer les repas. C'était de ce côté-là aussi qu'étaient la radio VHF et les registres du refuge.

À gauche, sur les bat-flanc, les Japonais et Rémy avaient pris leurs quartiers. À quatre pattes, la frontale éteinte autour de la tête, ils fourrageaient dans leurs sacs, préparaient leurs duvets, des gourdes pour la soif de la nuit.

Au centre, une table où, bientôt, il faudrait se retrouver tous. En attendant, personne ne parlait.

À dix-huit heures, Laure appela tout le monde pour le dîner. Elle déposa sur la table quatre assiettes empilées, une poignée de couverts et des verres. Puis elle revint en tenant avec des gants un plat fumant. Les Japonais marquèrent par des rires leur satisfaction de renifler les bonnes odeurs de fromage et de viande de cette potée. Mais devant la gravité muette de Rémy et de Laure, ils piquèrent du nez dans leur assiette et mangèrent sans dire un mot.

L'ambiance était étrange. Les grimpeurs nippons le sentaient. Il leur était évidemment impossible de savoir ce qui donnait aux relations de l'homme et de la femme qui se faisaient face une telle intensité. En lapant leur brouet, ils jetaient de temps en temps des coups d'œil par en dessous vers cette belle gardienne et vers leur guide.

Sitôt qu'ils eurent terminé, les Japonais se levèrent, firent de leur mieux pour remercier, déposèrent leurs couverts dans l'évier puis partirent se coucher. Ils ne pouvaient pas aller bien loin et on les entendait, tout proches, s'agiter sur leur châlit et parler entre eux d'une voix sourde.

Laure et Rémy restaient à table, face à face, éclairés par une bougie à demi consumée qui donnait à leurs visages la teinte d'un masque de cuivre.

— Tu ne me demandes pas ce que je fais ici ? commença-t-elle.

— Non. Tu fais ce que tu veux.

— Tu t'es posé la question, pourtant…

— C'est possible.

Laure tenait les yeux fixés sur Rémy et la bougie y mettait un éclat fiévreux. Lui jouait avec une boule de mie de pain, sans la regarder.

— On peut en parler, tu sais. Et même ça me fait plaisir.

— Comme tu voudras.

Laure s'arrêta un long instant et regarda ses mains. Rémy baissa les yeux et les contempla aussi. Il fut frappé par leur transformation. Plus que la silhouette de Laure, qui n'avait pas vraiment changé, la métamorphose de ses mains témoignait de ce qu'elle avait vécu. Elle formait comme une illustration de ce qu'elle était devenue, dans ce lieu sans commodités où elle était astreinte aux tâches les plus rudes.

— Ce que je vais te dire te paraîtra sans doute idiot.

— Vas-y toujours.

— Eh bien, en quelque sorte… je suis venue me venger.

Rémy haussa les épaules comme si, après avoir attendu une déclaration sérieuse, il avait été déçu d'entendre un propos frivole.

— Te venger ! De moi ? grinça-t-il.

— Non. De moi-même.

Soudain, un des Japonais émit un grognement. Il était si proche qu'on l'aurait cru toujours assis autour de la table.

— Je me suis vengée de ce que je t'ai fait subir, insista Laure.

Rémy fit un signe vague de la main.

— Ne revenons pas là-dessus ! C'est oublié.

— Pas du tout. Et tu le sais.

Elle se leva, fit deux pas jusqu'à la cuisine, revint avec une bouteille et deux petits verres, les remplit en silence. Puis elle se rassit.

— Quand tu es venu me rejoindre à Paris, tu as tout quitté pour moi et tu as pris le risque de changer de monde.

Elle leva son verre. Il l'imita et ils burent chacun la liqueur amère.

— Tu es « sorti de ta zone de confort », comme tu disais toujours. Sur le moment, je ne t'ai pas compris. Je ne t'ai pas aidé et je me suis montrée injuste.

Rémy ne répondait rien. Quand le silence revenait, il était peuplé par le souffle des deux Japonais qui, sans rien comprendre, devaient écouter intensément ce dialogue intime.

— Ma revanche, reprit Laure, a été d'éprouver ça à mon tour. Alors voilà. Je suis ici.

Elle marqua un temps. Une bourrasque de vent fit vibrer un instant la porte. La bougie trembla.

— Et je suis heureuse de te voir.

Elle se tut et Rémy comprit qu'elle ne parlerait plus. C'était à lui de répondre. Il cherchait ce qu'il allait dire.

À cet instant, l'un des deux Japonais, soit qu'il s'était assoupi, soit qu'il s'était trop retenu de respirer, poussa un soupir sonore, déchirant, venu du tréfonds de son être, qui se termina en grognement sauvage.

Rémy se redressa. Son regard croisa celui de Laure et ils partirent d'un rire incontrôlable. Silencieux et retenu d'abord, ce fou rire s'élargit en éclats bruyants. Jamais Laure n'avait été emportée ainsi par l'hilarité. Toutes les douleurs, tous les espoirs, tous les regrets se consumaient dans ce rire. Il n'y avait plus rien de retenu ni d'énigmatique comme dans ses habituels sourires. Elle laissait éclater sur son visage une joie profonde. Et Rémy sentait revenir intacte sa gaieté qu'il croyait perdue. Il riait comme on joue adulte à un jeu d'enfant, en y retrouvant l'étonnement et l'ivresse de naguère.

Les Japonais, intrigués, sortaient la tête de leurs bat-flanc et sans trop savoir pourquoi y allaient aussi d'un rire libérateur.

Ils revinrent tous lentement au calme, en se frottant les paupières, parfois repris de spasmes, comme un moteur éteint qui continue de tourner sous l'effet de sa propre chaleur.

— Pas commode ici, pour parler, souffla Rémy en se séchant les yeux.

Ils étaient debout l'un et l'autre, chacun de son côté autour de la table. Cet incident avait neutralisé deux forces contraires d'une égale puissance. Ils savaient désormais à quel point ils désiraient se parler et toutes leurs pensées intimes, tout ce qu'ils avaient destiné l'un à l'autre pendant cette longue séparation revenait en un torrent contenu d'émotions, de confidences, de tendresse. Ils avaient aussi compris que, dans ce cadre étroit et cette promiscuité, seuls des mots rares et sans importance pourraient être échangés.

— À quelle heure partez-vous ? demanda Laure, en baissant les yeux.

— À trois heures. La course est longue.

— Les conditions ne sont pas bonnes. Il a fait chaud. Ça parpine beaucoup.

— Je sais.

— Et la météo parle d'orage…

— Pas avant deux jours. On sera rentrés.

Laure avait relevé les yeux. Rémy lut dans son regard une déception et un désir qu'elle ne pouvait exprimer autrement. D'un mouvement de menton, il désigna les bat-flanc obscurs où s'endormaient les Japonais.

— De toute façon, je suis engagé.

— Je comprends.

Il n'y eut pas d'autre adieu. Il alla s'allonger et Laure se tint un instant dans la cuisine pour préparer le petit déjeuner et tout éteindre. Puis elle entra dans le réduit qui lui servait de chambre.

À une heure, Rémy et ses clients se levèrent. À deux heures, ils étaient partis. Laure n'avait pas dormi.

*

La montagne ne tolère pas le mélodrame. Elle connaît seulement le drame véritable.

Laure se sentait ridicule d'avoir parlé la veille de cette histoire de vengeance. Elle avait tant de fois imaginé cette rencontre qu'elle avait appris un rôle par cœur. C'était tombé à plat.

Finalement, ces deux Japonais avec leurs grognements avaient évité qu'elle ne s'enlise dans le pathos, et tant mieux.

Malgré tout, elle s'en voulait. Elle aurait mieux fait de lui dire seulement qu'elle l'aimait. Un restant d'orgueil l'en avait empêchée.

Et maintenant, il était là-haut.

Elle allait et venait dans le refuge. La porte et les fenêtres étaient grandes ouvertes. Il faisait très chaud et déjà lourd, même si les orages n'étaient annoncés que le lendemain.

Par moments, une dégringolade de pierrailles la faisait sursauter. Elle empoignait les jumelles et sortait regarder la montagne. Cela venait de l'aiguille du Moine. Elle rentrait soulagée.

Pour s'occuper, elle prépara une tarte mais elle avait l'esprit ailleurs et la laissa brûler. Elle la tira toute noircie du four, furieuse et contrariée d'y voir un mauvais présage. L'attente reprenait. Un courant de vent froid descendait du Requin, tournait l'angle de la mer de Glace et venait rafraîchir l'air autour du refuge. Mais, sitôt la brise retombée, le soleil du soir qui frappait la cabane ramenait la chaleur et avec elle une sourde inquiétude.

*

Dans le grand beau temps, le granit des Drus était caressant sous les doigts et chaud à l'œil. La cordée menée par Rémy progressait régulièrement. Le glacier avait beaucoup fondu et la rimaye était très ouverte. Pour la franchir, ils avaient dû zigzaguer en pleine nuit sur une dentelle de glace qui dessinait des ponts fragiles. Heureusement, Rémy était familier de la course par toutes les conditions et il mena ses clients sans encombre jusqu'au pied de la paroi.

Dans ces vieilles voies classiques, l'escalade n'est jamais très dure mais il faut être sûr de son itinéraire et ne pas s'égarer dans les champs verticaux de dalles facturées et de dièdres plus ou moins surplombants.

Les Japonais continuaient à gémir et même à pousser de véritables rugissements dans les passages difficiles. Rémy les entendait en contrebas quand il les assurait aux relais.

Ces bruits lui rappelaient le fou rire de la veille. Il se sentait très gai, léger comme il ne l'avait pas été depuis longtemps. En retrouvant Laure à la Charpoua, il n'avait plus rien ressenti de ce qui l'avait contrarié lors de sa visite au centre de rééducation. Il se demandait pourquoi.

La différence principale, sans doute, était la disparition du soupçon. Depuis son départ de Paris, il n'avait cessé de s'interroger sur la sincérité de Laure. Sincérité de son amour pour lui, bien sûr, mais aussi sincérité de son intérêt pour la montagne. La voir à la Charpoua ne lui permettait plus de douter. Ce qu'elle avait fait en quittant tout était un acte d'une vérité incontestable, d'un courage qui ne pouvait être mis en question. Si elle avait pris cette décision pour elle-même, c'était un témoignage absolu d'authenticité. Et si elle l'avait fait pour lui, c'était une preuve d'amour sans pareil.

En tout cas, la confiance était revenue et avait volatilisé tous les obstacles qui pouvaient se dresser entre eux. Rémy avait retrouvé intact le puissant attachement qu'il avait pour Laure, ce mélange rare de désir, de respect, d'admiration qui lui avait si longtemps fait croire qu'ils étaient prédestinés.

La seule ombre à ce tableau était qu'il ne lui avait rien livré, par la parole au moins, de ces sentiments. Pourquoi ? Sans doute l'intermède des Japonais avait-il mis fin à toute discussion sérieuse et l'expression d'émotions aussi profondes n'était guère possible après le fou rire qui avait tout balayé.

Il y avait eu aussi le retour aux impératifs de leurs rôles. Elle était redevenue la gardienne et lui le guide.

Mais Rémy était confiant et le soleil éclatant sur le massif nourrissait son optimisme.

À midi, ils atteignirent le sommet. Les Japonais posèrent pour la photo autour de la Vierge métallique scellée dans le rocher. Depuis que le curé de Chamonix l'a bénie, elle ne cesse de veiller sur la vallée. Pour preuve de son dévouement, elle attire la foudre et la détourne autant qu'elle le peut des alpinistes.

Les religions aiment contrôler les lieux extrêmes, en particulier ces pointes où la terre est en contact avec les infinis que sont le ciel et la mer. Il ne faut pas qu'en ces frontières l'homme puisse croire qu'il s'est affranchi du surnaturel. Une croix, une vierge ont été élevés là pour lui rappeler qu'il n'a rien obtenu seul et que sa prétendue victoire sur les éléments n'est que le fruit d'une autre soumission : celle qu'il doit à Dieu et à ses intercesseurs.

Rémy essaya de savoir ce que des Asiatiques pouvaient penser de la présence insolite de la Madone sur ce sommet. Leur culture connaissait-elle aussi la bataille des extrêmes que se livrent les religions en Occident ? Hélas, l'anglais misérable avec lequel il communiquait avec eux ne permettait guère à Rémy d'aborder des questions aussi complexes.

Ils se rattrapèrent sur le camembert et le jambonneau,

trinquant avec le vin rouge que l'un des clients avait porté jusque-là. Puis ils s'engagèrent dans la descente.

Celle du Petit Dru est pénible et complexe.

Le rocher était extrêmement sec dans les couloirs et Rémy recommanda aux clients de prendre garde à ne pas entraîner de pierres en descendant. À un moment, l'un d'eux laissa déraper son pied et provoqua une coulée de petits cailloux qui mit longtemps à s'arrêter. Par chance, ils n'entraînèrent aucune grosse pierre. L'air était de plus en plus lourd et des cumulus commençaient à bourgeonner au-dessus de l'aiguille de Leschaux. La crête des Jorasses du côté du val Ferret était enserrée dans un nuage noir.

Après un interminable parcours en désescalade, ils atteignirent enfin le relais prévu pour installer le premier rappel. Deux spits et un vieux piton étaient reliés par des anneaux de cordelettes de différentes couleurs. Un maillon en métal permettait de faire coulisser la corde sans risques de brûler le nylon des anneaux.

Lancer un rappel dans la montagne, c'est plonger vers l'inconnu. Rien n'est plus aisé que de se laisser descendre le long d'une corde qui pend dans le vide. Mais que va-t-on découvrir en dessous ? Où pourra-t-on s'arrêter ? Comment trouver le relais d'où on lancera le rappel suivant ? Et en cas de difficulté, sera-t-il possible de remonter ? C'est là que l'expérience de guide fait toute la différence. Sous l'autorité de Rémy, la cordée descendait en confiance.

Le moment où, en tirant sur un des brins de la corde, il faut la faire redescendre est toujours marqué par une incertitude : la tresse fine et souple coulissera-t-elle librement, là-haut, dans l'anneau ? Et une fois libéré, le brin rappelé ne va-t-il pas se coincer dans une fissure, s'enrouler autour d'un becquet, d'un arbuste ? Rassurés par l'autorité de Rémy, les Japonais se montraient souriants. Comme tous les clients, ils s'étaient déchargés de leur angoisse sur celui qui remplissait naturellement le rôle de premier de cordée.

Rémy maîtrisait ses gestes et pouvait éviter les dangers prévisibles mais il savait qu'existent en course d'autres risques contre lesquels nul, fût-il un professionnel aguerri, ne peut se protéger. Dans les montagnes sèches de l'été, la plus grande menace est constituée par les chutes de pierres. Elles sont d'autant plus trompeuses que, dans les parois de granit comme celle des Drus, le rocher semble indestructible, éternel, avec sa majestueuse rectitude. Le granit est la roche que les humains, de tout temps, ont choisie pour se mesurer à l'éternité, construire des mausolées, dresser des dolmens ou des obélisques. Souvent hélas en montagne de nos jours, cette matière immortelle meurt.

Des plaques immenses se détachent et se jettent dans le vide ; des masses sculptées, impériales dans leur beauté verticale, comme lasses de se tenir en équilibre, lâchent prise, tombent, éclatent en petits blocs et entament le parcours désespéré qui les conduira un jour à se mêler au sable des plages.

Rémy lançait le quatrième rappel quand un gigantesque bloc, roide comme une pierre tombale, fixé de toute éternité à une vingtaine de mètres au-dessus des alpinistes, choisit de se jeter dans le vide…

IV

Laure s'était allongée quelques minutes dans son réduit. Elle s'assoupissait quand retentit le bruit énorme de l'avalanche. Elle crut d'abord que c'était un rêve mais le grondement tournoyait dans l'immense amphithéâtre de pierre de la Charpoua et faisait vibrer la frêle paroi de bois de la cabane.

Elle se précipita dehors. Dans sa hâte, elle n'avait pas pris les jumelles mais c'était inutile. À l'œil nu, il était évident que l'éboulement avait eu lieu dans les rappels des Drus. Laure regarda sa montre. Il était seize heures trente-cinq. Après la chute des pierres, un nuage de poussière s'éleva depuis le pied de la paroi et s'étendit lentement, précédé par une odeur de silex brûlé. Le spectacle avait quelque chose de majestueux, comme si la montagne s'était montrée dans sa souveraine intimité. Ainsi avaient dû être ses mouvements au cours des millions d'années de sa vie tellurique : amples, irrésistibles, d'une grâce pompeuse.

Mais aussitôt, Laure chassa cette fascination. L'événement ne renvoyait pas aux temps géologiques mais à celui des humains. Où était Rémy en cet instant ?

Elle cria. C'était un cri venu de l'âme, l'expression d'une douleur, non un appel. Car dans le fracas à peine apaisé et avec la distance, elle n'avait aucune chance d'être entendue, à supposer qu'il y eût encore là-haut quelqu'un pour entendre.

Elle se précipita à l'intérieur de la cabane, alluma la radio VHF, composa le code d'urgence. Il fallut un temps qui lui parut infini pour qu'une voix retentisse.

— Allô ? Ici le PC de Chamonix...

— Il y a eu une grosse avalanche de pierres dans les rappels des Drus, hurla-t-elle. Rémy est dedans avec deux clients.

— Tu as essayé de l'appeler sur son portable ?

— Je n'ai pas le numéro.

Pourquoi ne le lui avait-elle pas demandé la veille ? Encore une maladresse mais il n'était plus temps de se lamenter...

— Vous devez l'avoir, vous autres ?

— Non, mais on va demander au bureau des guides. On te rappelle.

Laure écouta un long moment le grésillement qui sortait du petit haut-parleur noir semé de trous, comme si un oracle eût été sur le point d'être prononcé par cet être invisible composé de fils et d'ondes. Mais il restait muet. Elle s'éloigna de l'appareil et ressortit.

Le nuage de poussière s'était maintenant dissipé, d'autant qu'un vent mauvais tourbillonnait sous les nuages qui couvraient les sommets. Au pied des rappels des Drus régnait un silence sépulcral. Certains calmes peuvent retentir comme des cris. C'était le cas de celui qui environnait le refuge de la Charpoua.

Soudain, Laure entendit à l'intérieur l'appel de la VHF. Elle se précipita.

— Tu me copies, Laure ?

— Oui. Tu as réussi à trouver le numéro de Rémy ?

— Oui.

— Il a répondu ?

— Non.

— Comment, non ? C'est impossible. Il avait son téléphone avec lui. Je l'ai vu le mettre dans son sac...

— Il ne répond pas.

La voix, dans la radio, se taisait pour donner plus de poids à ces mots. Laure les reçut, hébétée, et les laissa faire leur chemin dans sa conscience.

— C'est impossible, s'insurgea-t-elle. Il est sur quel réseau ? Peut-être que ça ne capte pas, là-haut.

— On a vérifié avec l'opérateur. Ça passe. Il doit y avoir au moins quatre barres. Mais ça sonne dans le vide.

Laure encaissa le coup puis se redressa, plus lucide que jamais.

— Envoyez l'hélico.

— On est dessus. Les collègues sont en train de voir s'il y en a un de libre.

— Envoyez-le tout de suite, nom de Dieu.

— Je te rappelle.

Elle ressortit, en se mordant le poing. Deux choucas traçaient des arabesques dans le ciel au-dessus de la cabane. Ils croassaient et leurs cris faisaient retentir encore davantage le silence.

Laure frissonna. Sous les nuages de plus en plus épais, l'air était froid et sentait l'eau. Elle regarda sa montre :

dix-neuf heures trente. La vallée de Chamonix était encore éclairée par le soleil rasant qui frôlait le dôme du mont Lachat. En face de la Charpoua, l'ombre du Grépon couvrait déjà le Montenvers et donnait à la mer de Glace une teinte sombre d'améthyste.

Il fallut près d'une demi-heure pour qu'arrive la réponse du PGHM.

— On a un hélico en maintenance et l'autre sur un secours. Il ne va pas tarder à rentrer. On va voir ce que dit le pilote.

Laure essaya d'argumenter mais il n'y avait rien à faire. Elle n'avait d'autre issue que d'attendre encore. Elle suivit avec angoisse le déclin du jour. À mesure que la nuit s'installait, les nuages s'abaissaient. Vers vingt heures retentirent les premiers coups de tonnerre dans la direction du Couvercle et du glacier de Talèfre. Le massif de la Verte était très chargé mais l'orage n'éclatait toujours pas. Le temps paraissait moins mauvais dans la direction du Mont-Blanc mais Laure se répétait avec désespoir le vieux proverbe chamoniard : « Ce que Verte veut, Mont-Blanc ne peut. » Le destin de ce côté-ci du massif n'appartient qu'à lui-même. Quand le central rappela à vingt et une heures, quelques éclairs zébraient le ciel au-dessus du Moine.

— Le pilote dit qu'il ne peut pas faire une recherche de nuit en paroi avec ces orages. C'est trop dangereux.

Laure se doutait de la réponse. Depuis qu'elle avait entendu le tonnerre, elle savait qu'aucun hélico ne prendrait l'air. Aussi avait-elle préparé une autre proposition.

— Je peux y monter à pied ?

Un silence à l'autre bout de la radio trahissait la stupeur de son correspondant invisible. La réponse arriva, forte et avec une voix en colère.

— Toi, tu ne bouges pas du refuge ! Il y en a déjà trois dehors. Ça suffit comme ça.

— OK. OK.

Laure coupa la ligne. Elle avait laissé la porte de la cabane ouverte, comme si cela lui eût permis d'entendre un hypothétique appel à l'aide. L'air froid était saturé d'humidité. De grosses gouttes de pluie s'abattaient sur le seuil et éclaboussaient le parquet près de la porte. Des roulements de tonnerre emplissaient le refuge à intervalles réguliers et des éclairs livides illuminaient par instants les parois de bois noirci.

En ne fermant pas le refuge, Laure avait l'impression de partager un peu le sort de ceux qui subissaient l'orage dehors, s'ils étaient vivants. Cela lui apportait un soulagement de traverser les mêmes épreuves qu'eux, ou presque. Elle pouvait croire que si elle résistait, ils y parviendraient aussi. Mais quand l'orage se calma et qu'une pluie continue se mit à tomber, inondant les gouttières de bois de la cabane et tirant devant la porte un rideau gris, Laure parut revenir à elle. Il ne servait à rien de compatir ni de tenter de partager si peu que ce fût un danger qu'elle ne courait pas. Il n'y avait qu'un seul choix : continuer d'attendre, c'est-à-dire s'en remettre au destin, ou bien ignorer les ordres et agir.

Sans qu'elle l'eût interrogée, elle fut surprise d'entendre distinctement dans son oreille la voix presque oubliée de Nadia, sa copine d'enfance.

« Qu'est-ce que tu attends ? disait-elle. Vas-y. »

Laure approcha de son cagibi et attrapa les vêtements

de montagne qu'elle serrait dans une minuscule penderie. Elle se couvrit de plusieurs couches et passa pour finir une veste Gore-Tex imperméable. Puis elle enfila ses grosses chaussures, fourra dans un sac à dos un petit matériel d'assurage et de secours, quelques vivres et des vêtements chauds pour homme oubliés dans le refuge par des clients. Elle alla jusqu'à la VHF, débrancha la batterie qui l'alimentait et sortit.

Le noir était total. L'obscurité de la nuit était redoublée par les nuages et les brumes qui couvraient les pentes. On ne distinguait ni le ciel ni les lumières de la vallée. Le faisceau de la frontale éclairait les hachures de la pluie et dessinait à peine le tracé du sentier qui menait au glacier.

Heureusement, Laure l'avait souvent parcouru pendant ces semaines et elle monta avec sûreté, penchée en avant pour lutter contre le vent. La pluie était coupante, transformée en grésil et rabattue par les bourrasques.

Parvenue au glacier, Laure s'accroupit pour fixer ses crampons. Elle avait emporté un piolet léger de randonnée. Quand elle se remit en marche, elle se rendit compte à quel point, sous l'effet de la chaleur, la glace s'était déchiquetée. Quand sa lampe éclaira la voie au-dessus d'elle, elle découvrit la forme étrange de la rimaye et les arabesques de glace qui s'élevaient vers la paroi rocheuse. On aurait cru une gigantesque coquille d'œuf brisée posée sur du vide. Si l'un de ces frêles et étroits passages venait à se rompre, Laure se trouverait précipitée dans la sombre crevasse que la glace avait creusée en s'écartant du rocher. Il était presque impossible de s'extraire de ces deux mâchoires, de pierre d'un côté et de glace de l'autre, que les alpinistes anciens appelaient la roture. S'engager seule sur ce passage sans être encordée était une imprudence, pire, pour une gardienne de refuge, une faute. Pourtant, Laure n'hésita pas. Elle avait une fois de plus hurlé un appel avant de s'élancer mais personne n'avait répondu. Il lui fallait continuer plus haut.

En s'élevant, elle fit une découverte à la fois favorable et inquiétante. Une partie des rochers éboulés étaient tombés sur ce versant et avaient comblé la roture à certains endroits. Un nouveau terrain s'était formé, constitué de pierres et de glace mêlées. Laure en profita pour monter avec moins de circonspection et donc plus rapidement.

L'inconvénient de ce nouveau terrain était qu'il effaçait les repères par lesquels les alpinistes se dirigeaient auparavant jusqu'à l'arrivée des rappels.

Laure continua tant bien que mal à escalader l'éboulis, espérant, en gagnant de la hauteur, avoir une meilleure vue du terrain. Bientôt, une petite plateforme se dessina sur la pente. Elle s'y arrêta pour considérer la situation. Si, par malheur, leur cordée avait été entraînée avec la coulée, Rémy et ses clients se trouvaient sans doute ensevelis quelque part et il était inutile de leur porter secours. Le seul espoir était vers le haut. Si l'avalanche au contraire les avait surpris pendant qu'ils étaient encore dans les rappels, il était possible que quelqu'un fût sauf. Mais pourquoi ne répondaient-ils pas ?

Laure était trop loin pour distinguer la paroi. Le faisceau de sa frontale se perdait dans la pluie obscure et n'éclairait pas suffisamment pour apercevoir la ligne des rappels. Elle grimpa tant bien que mal les éboulis frais laissés par la cataracte de pierres. Ce sol trop jeune n'était pas tassé et il fuyait sous les pieds.

À un moment, la pluie s'atténua. Elle distingua enfin la paroi et crut reconnaître un peu les lieux. Si elle ne faisait pas erreur, la ligne de rappels devait aboutir à peu près où elle se trouvait. Mais elle regarda en l'air et ne vit aucune lumière.

Elle était essoufflée par la montée dans ce terrain chaotique, en nage sous ses vêtements imperméables. Elle appela de nouveau mais avait conscience que sa voix était sans force. Alors, elle se laissa tomber sur le flanc, s'accouda dans la pente et reprit son souffle.

Un vent continu, tombé des Flammes de Pierre, masquait tous les bruits et semblait représenter comme la voix secrète de la montagne. Un désespoir immense, incurable, écrasa Laure et elle se mit à sangloter sans bouger. Les larmes coulaient sur son visage, se mêlaient aux gouttes de pluie et à la poussière de l'effondrement pour donner à ses lèvres un goût de cendre et de sel.

Ainsi l'histoire commencée dans la montagne finissait-elle par la montagne. Le long parcours qui l'avait transformée, révélée, dépouillée se terminait là, à cet instant. Elle aussi avait été broyée par l'avalanche. Sa vie, désormais, ne serait que la promesse d'une souffrance plus grande encore.

Elle se demandait si elle aurait la force de se relever et de redescendre. La trouée de nuages permettait maintenant d'apercevoir en contrebas la silhouette à peine éclairée de la cabane. Loin d'apparaître comme un secours, le refuge rendait presque haïssable la condition humaine, sa fragilité, sa brièveté, l'injustice de la vie.

Le vent lui aussi se calmait et, avec le recul de la pluie et de la brume, revint le silence.

C'est alors qu'elle l'entendit. Elle crut à une ruse cruelle de son cerveau qui jouait à lui rappeler la scène grotesque de la veille. Pourtant, le signal se répéta et elle bondit sur ses jambes.

Au-dessus d'elle, la paroi était dégagée et dessinait un pilier de granit. La ligne des rappels devait être située *derrière* ce pilier et c'était sans doute pourquoi elle demeurait invisible. En tout cas, c'est bien de cette direction que lui était parvenu l'inimitable râle du Japonais, ce bruit de gorge qui, après les avoir troublés, les avait fait rire à en perdre haleine la veille au soir.

En s'aidant des mains, en trébuchant sur les pierres instables, elle gagna le pied du pilier, tourna l'angle, appela.

Et là, soudain, elle aperçut, droit au-dessus, la petite lumière d'une frontale. Ceux qui étaient suspendus là-haut, quelque part dans la ligne des rappels, avaient vu à leur tour sa lampe car elle entendit des cris.

Ce qui restait de vent entraînait ses appels vers la vallée. Ils ne devaient pas l'entendre. En revanche, elle percevait très nettement les voix qui tombaient de leur invisible asile de pierre.

Parmi elles, elle reconnut les intonations graves des Japonais puis, plus clairs, bien distincts, presque sereins, les mots sortis de la bouche de Rémy.

— Nous sommes ici, au deuxième relais. Qui êtes-vous ?

Laure tenta de répondre. Mais l'émotion la rendait

encore moins capable de se faire entendre. Elle reprit son souffle, mit ses mains en porte-voix.

— C'est moi, Laure !

Elle répéta trois fois ces mots avant qu'ils ne leur parviennent.

— Tu peux parler, Rémy, ajouta-t-elle dans un ultime effort. Moi je t'entends bien. Vous êtes blessés ?

Alors, par salves, en répétant parfois, Rémy expliqua ce qui s'était passé.

L'avalanche les avait saisis au deuxième rappel. Le plus gros des rochers les avait frôlés sans les toucher mais deux ou trois pierres, en ricochant, les avaient atteints. Un des Japonais avait perdu connaissance près d'une heure. Il était blessé à la tête. L'autre avait un bras fracturé au niveau du coude. Laure comprit qu'il n'était que légèrement touché. Cependant, les pierres étaient aussi tombées sur le sac à dos de Rémy. Elles l'avaient précipité dans le vide avec son portable à l'intérieur.

Laure écoutait ces explications sans pouvoir arrêter les larmes qui inondaient son visage.

Ensuite, pendant l'orage, ils avaient évité la foudre. Ils étaient trempés et frigorifiés, n'avaient plus de vêtements secs. Il leur était impossible de continuer à descendre car les deux clients étaient handicapés par leurs blessures. Laure ne pouvait évidemment pas les rejoindre car la ligne des rappels, très verticale et lisse, n'était pas équipée pour la montée et, de surcroît, elle était seule, sans personne pour l'assurer.

Le seul secours qu'elle pouvait leur apporter était de les ravitailler en nourriture et vêtements chauds. Pour les hisser jusqu'à eux, Rémy bricola un système de fortune. Il noua bout à bout les deux cordes de rappel, ce qui faisait un ensemble de 100 mètres de long. C'était suffisant pour que l'extrémité de la corde parvînt jusqu'à Laure. Elle fit un nœud de vache au bout et accrocha son sac à dos dans la boucle. Rémy remonta l'ensemble à la force des bras.

Pendant ce temps-là, Laure avait noté les coordonnées GPS du lieu où elle se trouvait, ce qui pouvait être utile si le temps se bouchait de nouveau.

Il fut convenu qu'elle redescendrait à la cabane pour rendre compte de la situation au centre de secours des gendarmes.

Elle s'engagea dans la pente d'éboulis et de glace avec la plus extrême circonspection. En progressant de haut en bas, elle découvrait les précipices noirs de la rimaye. La fragilité des ponts de neige et des bouchons d'éboulis frais était terrifiante. Mais ils tenaient assez pour qu'elle pût se frayer un chemin vers le bas.

Après la brève accalmie qui lui avait permis de retrouver Rémy et ses clients, le ciel s'était à nouveau chargé. Le vent redoublait, glacial et charriant par instants des grêlons.

Le tonnerre résonna, tout proche, au moment où Laure atteignait la moraine et rejoignait la trace qui menait à la cabane.

V

L'aube pointait quand Laure atteignit la cabane. Après la pluie continue de la nuit, les abords étaient semés de flaques d'eau claire et la porte d'entrée battait sous l'effet du vent tourbillonnant.

Laure jeta son sac sur le seuil, laissa tomber son piolet et sans ôter sa veste rebrancha le poste de radio et l'alluma. Dans l'air glacial, son haleine formait une courte buée qui se déposait en gouttelettes sur le micro.

— Allô, le PC ? Vous me captez ?

— C'est toi, Laure ? répondit une voix anxieuse dès qu'elle eut rétabli la liaison. Tu avais coupé la ligne ou quoi ?

Laure éluda la question et bombarda son invisible interlocuteur des phrases scandées, impérieuses, qu'elle avait eu le temps de se répéter dans la descente. L'ensemble composait un mensonge mais sans importance car, tout de suite, la nécessité de l'action devait chasser toutes les interrogations gênantes qui auraient pu conduire à la vérité.

— Il y a eu une accalmie dans la nuit et j'ai capté des signaux dans la paroi, annonça-t-elle. Ils sont vivants.

Je suis montée un peu au-dessus du refuge et on a pu communiquer. Ils sont coincés au deuxième rappel. Il y a deux blessés au moins. L'un des clients a un trauma crânien. Il faut envoyer l'hélico.

Le factionnaire lui fit répéter. Elle perdit son calme.

— Le jour se lève. Il faut mettre l'hélico en route ! J'ai relevé le point GPS pour les localiser.

L'homme, à l'autre bout de la ligne, lui demanda de patienter. Sans s'éloigner du poste, elle alluma un réflecteur à gaz pour réchauffer un peu la pièce. Au passage, elle attrapa un quignon de pain et mordit dedans. Il était ramolli par l'humidité et avait un goût de caoutchouc. Le gendarme de garde reprit la ligne.

— La météo est mauvaise. Il y a un avis de tempête sur le massif.

— Maintenant ?

— En milieu de matinée mais rien de précis.

— Raison de plus pour ne pas tarder à envoyer l'hélico.

Il y eut encore plusieurs interruptions. La salle de permanence du PGHM devait être pleine et il était probable que la discussion était vive entre les pilotes, les secouristes et le commandement. Enfin, au bout d'un temps qui parut interminable à Laure, elle reçut le message attendu.

— L'Écureuil monte.

Il fallait encore attendre. Cette fois, ce n'était plus la radio qu'elle devait guetter mais le bruit d'un moteur audehors. Elle fit chauffer de l'eau, y délaya trois cuillerées de café en poudre et sortit sur la terrasse, les mains serrées autour de la tasse.

Le jour était levé mais les nuages ne lui laissaient guère d'espace. Tout l'orchestre du mauvais temps se mettait en place peu à peu avec ses vents et ses tambours, de fines cordes de brume et les grandes orgues des cumulus chargés de pluie, de grêlons et de neige. Mais le concert n'avait pas encore débuté. Le regard pouvait encore circuler entre ces masses menaçantes. Par instants, on découvrait le bas de l'amphithéâtre de pierre au-dessus du refuge. Le pilier inférieur du Petit Dru se découpait sur un fond de brouillard. Laure fixait le point où Rémy et ses clients étaient prisonniers mais elle ne pouvait les apercevoir puisqu'ils se trouvaient sur l'autre versant.

Alternativement, elle scrutait le côté de la mer de Glace et la vallée de Chamonix, invisible dans les nuées.

L'attente était longue. Laure connaissait les étapes nécessaires à la mise en vol de l'hélicoptère. Il fallait que le secouriste apporte son matériel, que les mécaniciens sortent l'appareil et fassent le plein, que les pilotes égrènent la check-list.

Elle se représentait chacun de ces gestes, manière de faire taire son impatience. Puis, comme l'attente se prolongeait, elle laissa son esprit divaguer. L'idée de la mort était si présente en elle, la conscience du danger que courait l'homme qu'elle aimait si aiguë, qu'elle se mit à flotter en quelque sorte hors d'elle-même, à se voir de très loin et de très haut, comme s'il lui était donné soudain d'être un de ces choucas qui avaient pour habitude de tournoyer l'après-midi au-dessus du refuge. Elle s'étonnait tout à coup de se trouver là et d'y être venue volontairement chercher le malheur et la souffrance. En même temps, elle ne ressentait aucun regret, aucun désir de fuir, aucune rage contre elle-même. À vrai dire, elle était à sa place. Elle se demandait d'où pouvait venir cet accord intime avec le destin.

Elle se dit que la montagne lui apportait exactement tout ce dont la société avait prétendu la délivrer. Elle avait vécu dans un monde qui ne veut plus voir la mort, qui a la douleur en horreur, qui veut réduire l'effort à son maximum, un monde de confort et de protection qui fait des êtres qui le peuplent des victimes plutôt que des héros, des consommateurs plutôt que des créateurs, des esclaves plutôt que des souverains. En venant se perdre dans ces hauteurs, elle avait rencontré des épreuves et peut-être une tragédie mais aussi, et c'était étrange de le sentir en cet instant, l'impression voluptueuse d'être redevenue totalement, irrémédiablement humaine, c'est-à-dire vulnérable et agissante, combative et mortelle.

Elle fut tirée de cette divagation par un bruit d'insecte, assourdi dans l'air chargé d'humidité. L'hélicoptère encore invisible devait remonter par paliers la mer de Glace et être dissimulé par la moraine de la Charpoua. Soudain, en dépassant le dernier ressaut, d'une taille monstrueuse et accompagné d'un vrombissement terrifiant, l'Écureuil apparut. Le ventre plat de l'appareil passa à quelques mètres au-dessus du refuge, restant volontairement au ras des pentes pour ne pas perdre toute visibilité en entrant dans la couche de brume de plus en plus basse.

Laure vit ensuite l'hélicoptère remonter le glacier et s'approcher du pilier des rappels. La turbine en vol stationnaire produisait dans la conque minérale un vacarme symphonique qui éclatait sur les parois inégales.

Les bruits semblaient venir de tous côtés, dégageant des cliquetis mélodiques sur un fond rythmé de basses. Cet assaut des forces humaines luttant d'égal à égal avec les éléments déchaînés avait quelque chose de pathétique et de grandiose. Elle avait l'impression de vivre ce moment avec Rémy et pour lui. Car c'était sa vie, là-bas, à quelques encablures mais hors de sa portée, qui était en jeu dans ce combat entre une monstrueuse mouche d'acier, un pilier de granit et la brume.

De la cabane, il était impossible de suivre le détail du sauvetage car il se déroulait de l'autre côté du repli rocheux et à la limite du brouillard. Laure crut distinguer un premier treuillage : un secouriste devait sans doute être déposé auprès des naufragés. Il s'attacherait à la paroi avec eux, leur administrerait les premiers soins et les préparerait pour l'évacuation. L'hélicoptère s'éloigna après cette dépose, ce qui confirmait cette hypothèse. Pendant que le sauveteur procédait au conditionnement des blessés, l'appareil tourna au-dessus du cirque de la Charpoua. Puis il s'approcha de nouveau du pilier des rappels.

Les écharpes de brume qui s'enroulaient autour du glacier cachèrent complètement les opérations suivantes. Laure en était réduite à interpréter les bruits mécaniques pour comprendre ce qui se passait. À un moment, dans une trouée, elle distingua un corps hissé au bout d'un filin qui rejoignait la porte de l'hélicoptère grande ouverte. Elle était trop loin pour reconnaître le rescapé. Mais c'était tout de même une bonne nouvelle. Avec la visibilité de plus en plus réduite et le vent qui forcissait, il fallait un vrai miracle pour que l'hélicoptère puisse tenir le stationnaire et procéder au secours. Le grand mauvais temps annoncé pour la fin de matinée semblait avoir un peu d'avance. La durée de l'opération montrait assez combien elle était délicate. Cependant, avec un courage dont Laure le remerciait intérieurement, le pilote ne renonçait pas.

Privée de repères et d'informations, elle ne pouvait s'empêcher de se remémorer tous les accidents de sauvetage auxquels elle avait assisté au cinéma ou dont elle avait lu les récits. Elle ne cessait de penser à Vincendon et Henry, ces deux jeunes alpinistes morts de froid en 1956 après que l'hélicoptère venu les secourir se fût écrasé non loin d'eux. Leur image, vue sur les journaux de l'époque et dans les livres qui leur étaient consacrés, se confondait en une figure de cauchemar avec le visage de Rémy tel qu'il lui était apparu pour la dernière fois.

Cet ultime portrait agissait en elle à la façon d'un hologramme. Il s'animait des mille instantanés qu'elle avait conservés de Rémy depuis leur toute première rencontre devant le Rocharbois à Megève, jusqu'à sa visite au centre de rééducation, en passant par leurs innombrables souvenirs de courses ou de randonnées. Elle le revoyait exalté, souriant, épuisé, penché sur elle, concentré pendant l'orage, trempé de pluie, transpirant au soleil, décomposé de tristesse à Paris, fuyant son regard quand il mentait, humant l'air glacé comme un chien qui suit une trace, rayonnant quand il atteignait un sommet... Elle se souvenait de tout. Elle aimait tout. Et quand elle se retournait vers le convoi de l'orage qui grondait dans la vallée, elle se disait que, peut-être, elle perdrait tout.

Pourquoi l'hélicoptère stationnait-il aussi longtemps près de la paroi ? Fallait-il y voir un signe favorable, la preuve que le sauvetage, même s'il était difficile, restait possible ? Ou était-ce la conséquence d'un échec, auquel les secouristes ne parvenaient pas à se résoudre ?

Elle oscillait entre ces deux hypothèses, se demandant combien de temps elle résisterait à l'assaut de ces vagues contraires mais également violentes de bonheur et de désespoir.

Tout à coup, sans que rien pût le laisser prévoir, l'hélicoptère quitta le lieu du secours, descendit rapidement vers le refuge, le survola en agitant l'air alentour par le vent de ses pales. Puis, baissant la tête comme un oiseau qui fixe une proie au sol, l'appareil plongea vers les limbes invisibles de la mer de Glace. Le bruit décrut, dans la direction du hameau des Bois ; en quelques secondes, l'Écureuil allait atteindre Chamonix et poursuivrait ensuite son vol en direction de Sallanches et du Léman…

Laure se retrouva immergée dans un silence angoissant. Ce n'était pas un vrai silence, propre aux éléments, mais plutôt la surdité que laisse derrière lui un vacarme prolongé.

Peu à peu, les bruits de la montagne revinrent, apportant un surcroît de peur et de malaise. Le vent qui remontait du Montenvers sifflait lugubrement. Les premières gouttes de pluie éclataient aux pieds de Laure comme si des bulles, au sol, avaient crevé tout autour d'elle. La porte du refuge battait de nouveau en grinçant sur ses gonds.

Laure courut à l'intérieur et fit sonner la radio VHF.

— Ah ! tu es là, grésilla une voix sévère. Où étais-tu partie ? Ça fait dix minutes qu'on t'appelle.

— Je regardais le secours. L'hélico vient de passer.

— Bon. Y a plus de sujet, alors…

— C'était quoi le sujet ?

— Le pilote avait pensé faire un stop sur la DZ du refuge. Il y avait des affaires à récupérer pour les Japonais. Mais aucune importance. Tu les rapporteras plus tard.

— Vous voulez que je redescende tout de suite ? s'empressa Laure.

— Surtout pas ! Pour le moment, tu restes là. La saison n'est pas terminée, je te rappelle. Tu as signé pour un mois encore… et puis, avec la tempête qui arrive, tu n'es pas à la veille de mettre le nez dehors.

Laure perçut des rires dans le haut-parleur. Au PC, la tension de l'attente était retombée et les agents de permanence devaient plaisanter. Laure reprit le micro et interrogea d'une voix nouée :

— Tout le monde est sain et sauf ?

— Oui. Tout le monde.

Laure aurait aimé avoir des nouvelles de Rémy. Mais elle n'osa pas poser une question directe à son sujet. La conversation se termina là. Elle laissa les permanenciers se détendre et coupa la radio. Un jour sale passait à travers les vitres, éclairant à peine l'intérieur du refuge. Sous cette lumière glauque, le décor, pour la première fois, lui apparut dans sa pauvreté. N'eût été l'altitude, on aurait dit un taudis misérable, un logis sordide, marqué par la promiscuité, l'inconfort et la laideur.

Laure s'assit sur le tabouret à trois pieds dans le coin cuisine. Depuis le départ de l'hélicoptère, elle ressentait un malaise qu'elle ne parvenait pas à analyser. La tête lui tournait. Elle la prit dans ses mains comme pour la retenir. Mais son mal n'était pas le vertige, plutôt un frisson glacial, un vide. Après les heures pleines de l'angoisse de la recherche puis de l'attente, s'ouvrait, à l'infini, le temps du vide et de l'absence.

Elle se mit à en chercher les causes. Rien dans sa vie n'avait changé. Deux jours plus tôt, elle était assise seule à cette même place et ne ressentait aucun malaise. Les mêmes casseroles en fer-blanc cabossées, les mêmes bat-flanc usés, les mêmes topoguides aux couvertures cornées s'alignaient sur les étagères, à côté du poste de radio. Et pourtant leur vue ne la désespérait pas comme elle la désespérait aujourd'hui.

C'est qu'entre ces deux moments elle avait revu Rémy, pris la mesure de son amour et du désir qu'elle avait de lui. Et il était parti.

Il lui apparaissait de façon aveuglante qu'elle avait manqué, à jamais peut-être, un rendez-vous essentiel. La veille, toutes les planètes étaient alignées. Elle avait accompli la longue traversée qui l'avait menée de sa vie parisienne jusqu'au dépouillement de cette cabane solitaire. Et Rémy, lui, avait dépassé les limites de sa déception et de sa colère, était revenu jusqu'à elle et avait senti, autant qu'il le lui avait fait sentir, que son lien avec elle n'était pas rompu.

L'un et l'autre étaient restés sur le seuil de ce bonheur promis et avaient attendu pour le franchir. L'avalanche, en bouleversant ce plan, avait fait redescendre Rémy, au sens propre, dans la vallée. Laure sentait que, sans doute, la conscience lui était revenue. Les pierres dans leur chute avaient pulvérisé le fragile échafaudage du rêve qui l'avait porté jusqu'à elle. En un mot, elle était convaincue qu'il ne reviendrait pas.

Elle se mit à pleurer silencieusement, la tête toujours soutenue par ses deux mains. Les larmes coulaient le long de son visage et tombaient sur la table couverte d'une toile cirée griffée d'entailles de couteaux. Les portes et les fenêtres vibraient au gré des rafales du vent qui soufflait maintenant en tempête. L'ombre marron créée par les nuages épais, l'odeur de graisse froide de cette cuisine, le désordre de vêtements et de matériel qui jonchait le sol signaient la revanche des choses. Sa pauvre énergie, pendant ces semaines, s'était employée à donner un semblant de sourire à ce décor. Mais ce fard posé sur le visage inerte d'un mort ne faisait plus illusion. Le lieu, en redevenant lui-même, se mettait au diapason du désespoir qu'elle ressentait.

Combien de temps demeura-t-elle ainsi, à sangloter ? Elle n'aurait su le dire. Quand elle entendit un piétinement dehors, sur le seuil de la cabane, elle revint à elle et nota que la tempête avait encore forci, obscurcissant davantage la pièce tandis que, sous l'effet des bourrasques, le toit de tôles vibrait.

Bientôt, cependant, il n'y eut plus de doute : quelqu'un secouait ses chaussures sur la marche de pierre devant la porte pour faire tomber la neige qui collait à ses semelles. Laure était contrariée d'être dérangée. Ce désagrément lui interdit de se demander comment il était possible que quiconque fût monté avec une telle météo.

Elle fixait la porte. Elle vit le pêne bouger, le battant s'ouvrir, sentit l'air chargé de neige qui s'engouffrait dans le refuge tiédi par le chauffage. Puis une silhouette d'homme s'encadra dans la pénombre, à peine contrastée par la lueur jaunâtre que diffusait au-dehors l'air chargé de neige.

Enfin l'intrus, levant les mains, rabattit en arrière sa capuche chargée de flocons.

C'était Rémy.

Laure se leva lentement, incapable de dire un mot. Lui, au contraire, encore tout à sa lutte contre le vent et le froid, était plein d'énergie et souriait.

— L'hélico m'a déposé au pied des rappels, prononça-t-il en ôtant sa parka et ses gants. Comme je n'étais pas blessé…

Elle avait repris ses esprits et s'était précipitée vers lui, l'entourait de ses bras, posait sa tête contre son épaule, cherchait ensuite sa bouche.

Leur union, en cet instant, venait de si loin et charriait comme un torrent tant de lourds souvenirs, tant d'espoirs et d'échecs, tant d'attentes et de rêves douloureux, que cet embâcle, pour la première fois, brisait tous les obstacles, pulvérisait toutes les retenues et toutes les peurs. Ils étaient enfin totalement eux-mêmes et totalement ensemble. La porte du refuge refermée sur eux les livrait à un bonheur que rien ni personne ne pourrait interrompre.

Le mauvais temps régna sur le massif pendant plus de deux semaines. Un velours de neige silencieuse et douce couvrit la cabane et ses alentours. La montagne s'abandonna à la volupté de ses humeurs sombres. Des éclairs, chaque soir, frappaient les parois de granit, des charrois de pierres dévalaient les combes, des vérins de glace écartaient les fissures, prenaient à revers les rochers et les faisaient éclater. Rien ne s'opposait à cette vie des lieux privés de vie. La montagne était telle qu'en elle-même, depuis toujours et à jamais.

Seul, dans cette tourmente, un minuscule cube de bois, qu'éclairaient à peine des bougies tremblantes, veillait. En lui, deux cœurs, livrés à l'amour et à la contemplation des éléments, étaient les témoins de ces colères surnaturelles.

Nul n'aurait pu dire ce qu'ils faisaient là ni pourquoi la montagne leur apportait tant de bonheur.

REMERCIEMENTS

On ne peut raisonnablement pratiquer l'alpinisme sans être assuré. Nombreux sont ceux qui ont tenu ma corde et à qui je tiens à exprimer ma reconnaissance. La confiance qu'ils m'ont donnée m'a permis de progresser en escalade mais aussi, sans qu'ils le sachent toujours, de gravir ce mur infranchissable qu'a été longtemps pour moi la rédaction d'un roman de montagne.

Par ordre d'entrée en scène, je tiens à remercier d'abord Sylvain Tesson. Jamais avare d'idées farfelues, c'est à lui que je dois d'avoir gravi l'aiguille de la République en compagnie d'une arbalète et de Cathy Simond, arrière-petite-fille du célèbre Joseph, premier conquérant de ce magnifique sommet. Ma reconnaissance va également à Daniel Du Lac, grimpeur exceptionnel et ami précieux, qui nous a accompagnés dans cette aventure, guère plus folle que celles qu'il a l'habitude d'entreprendre et de réussir.

Philippe et Patrick Gabarrou, guides de haute montagne, ont été les modèles de la fratrie Rémy et Julien. Patrick est resté jusqu'à aujourd'hui le grand ouvreur de voies extrêmes dans le massif du Mont-Blanc auquel les alpinistes du monde entier reconnaissent non seulement du courage mais du génie. Avec Philippe, l'amitié est plus étroite car il m'a initié à la haute montagne. Il m'a appris tout à la fois la technique et l'autonomie, trop attaché à sa liberté pour recommander aux autres de renoncer à la leur. Il n'a cessé depuis de me prodiguer ses conseils amicaux et c'est en m'inspirant très librement de certains épisodes de sa vie que j'ai pu construire cette histoire.

Stéphanie Bodet et Arnaud Petit, grimpeurs d'exception, ont apporté à cette pratique une rigueur mais aussi une poésie qui me paralyseraient d'admiration s'ils ne cultivaient en même temps la générosité, la simplicité et le sens de l'amitié. Ils ont accepté de relire ces pages et d'y apporter leur expérience d'alpinistes et leur sensibilité d'auteurs.

Dans un désordre qui est celui de ma vie et qui fait le charme de la montagne, je remercie également mes trois enfants Maurice, Gabrielle et Valentine, Emmanuelle Siret, Nicolas Baudouin, Jean-Noël Panthier, Christophe Raylat, Jean Mouton, Sylvie et Bernard Marsigny, Ludovic Escande, Fernando Ferreira, Delphine et Arnaud Burlin, Olivier Chaubin, Jean-Gaël Le Flem, Guillaume Decitre et tous ceux qu'une corde, un jour et pour toujours, a reliés à moi le long d'une paroi de roche…

Œuvres de Jean-Christophe Rufin (suite)

LE TOUR DU MONDE DU ROI ZIBELINE, *Gallimard*, 2017 (« Folio » n° 6526).

LE TOUR DU MONDE DU ROI ZIBELINE. Lu par Caroline Breton, Pierre-François Garel et Mathurin Voltz (« Écoutez Lire »).

LE SUSPENDU DE CONAKRY. Les énigmes d'Aurel le consul I, *Flammarion*, 2018 (« Folio » n° 6676).

LE SUSPENDU DE CONAKRY. Les énigmes d'Aurel le consul I. Lu par Vincent de Bouärd (« Écoutez Lire »).

LES SEPT MARIAGES D'EDGAR ET LUDMILLA, *Gallimard*, 2019 (« Folio » n° 6791).

LES SEPT MARIAGES D'EDGAR ET LUDMILLA. Lu par Bertrand Suarez-Pazos (« Écoutez Lire »).

LES TROIS FEMMES DU CONSUL. Les énigmes d'Aurel le consul II, *Flammarion*, 2019 (« Folio » n° 6929).

LES TROIS FEMMES DU CONSUL. Les énigmes d'Aurel le consul II. Lu par Vincent de Bouärd (« Écoutez Lire »).

LE FLAMBEUR DE LA CASPIENNE. Les énigmes d'Aurel le consul III, *Flammarion*, 2020.

LE FLAMBEUR DE LA CASPIENNE. Les énigmes d'Aurel le consul III. Lu par Vincent de Bouärd (« Écoutez Lire »).

LA PRINCESSE AU PETIT MOI. Les énigmes d'Aurel le consul IV, *Flammarion*, 2021.

LA PRINCESSE AU PETIT MOI. Les énigmes d'Aurel le consul IV. Lu par Vincent de Bouärd (« Écoutez Lire »).

Essais

LE PIÈGE HUMANITAIRE. Quand l'aide humanitaire remplace la guerre, *J.-Cl. Lattès*, 1986 ; « Poche Pluriel », 1992.

L'EMPIRE ET LES NOUVEAUX BARBARES, *J.-Cl. Lattès*, 1991 ; « Poche Pluriel », 1993.

L'AVENTURE HUMANITAIRE, *Gallimard*, 1994 (« Découvertes » n° 226).

LA DICTATURE LIBÉRALE, *J.-Cl. Lattès*, 1994. Prix Jean-Jacques Rousseau ; « Poche Pluriel », 1995.

Composition : Nord Compo.
Achevé d'imprimer
sur Roto-Page
par l'Imprimerie Floch
à Mayenne, en septembre 2021.
Dépôt légal : septembre 2021.
Numéro d'imprimeur : 98805.

ISBN 978-2-07-293011-9 / Imprimé en France.

376343